SALVE
D'HONNEUR

Mary Calmes

SALVE D'HONNEUR

Mary Calmes

Publié par
DREAMSPINNER PRESS

5032 Capital Circle SW, Suite 2, PMB# 279, Tallahassee, FL 32305-7886 USA
www.dreamspinnerpress.com

Salve d'honneur
Copyright de l'édition française © 2019 Dreamspinner Press.
Titre original : Parting Shot
© 2013 Mary Calmes.
Première édition : juillet 2013
Traduit de l'anglais par Julianne Nova.

Illustration de la couverture :
© 2013 Reese Dante.
http://www.reesedante.com
Les éléments de la couverture ne sont utilisés qu'à des fins d'illustration et toute personne qui y est représentée est un modèle

Édition e-book en français : 978-1-64405-164-1
Édition imprimée en français : 978-1-64405-165-8
Première édition française : janvier 2019
v 1.0

Édité aux États-Unis d'Amérique.

À mes merveilleux fans qui étaient convaincus, malgré les apparences prouvant tout le contraire, qu'Aaron Sutter était quelqu'un de bien au fond. Ce livre est pour vous. Merci d'avoir la foi.

I

IL FALLAIT que ce boulot se termine pour que je puisse rentrer chez moi.

Cette prise de conscience était incroyable, parce que j'adore New York. N'importe quelle occasion d'y passer du temps, de manger à Hell's Kitchen, de traverser Central Park ou de m'imprégner de l'ambiance de Times Square était bonne à prendre. Donc le fait d'avoir hâte de partir me disait quelque chose d'important.

Et cela avait tout à voir avec Aaron Sutter.

Je pensais tout savoir sur les beaux hommes. J'avais couché avec assez d'entre eux. Des accros aux salles de sport que je baisais dans des clubs, des minets à genoux dans les ruelles et des types que j'emmenais à l'hôtel et qui me facturaient à l'heure. Je ne me donnais jamais la peine s'ils n'étaient pas magnifiques. Mais aucun d'entre eux n'arrivait à la cheville du millionnaire.

Milliardaire ?

Je n'étais pas certain, je n'avais pas vérifié. Il était blindé ; c'est tout ce que je savais. Pas que je m'en souciais. Cela ne faisait aucune différence. J'étais déjà prêt à prendre soin de lui, à être le mec, *son* mec, celui sur qui il pourrait compter. Qu'il soit aussi dans le placard avait été comme un grand panneau clignotant en néon me signalant que j'en étais enfin au même point avec quelqu'un. C'était effrayant et incroyable à la fois.

Chaque fois que je rencontrais un type ailleurs que dans un bar ou un club, il voulait que je rencontre ses amis, qu'on aille prendre un verre et que je fasse savoir, en gros, que j'étais gay. Le truc, c'est que je ne pouvais pas. J'étais inspecteur de police à Chicago ; être *out* et fier n'était pas une option si je voulais grimper les échelons. Et même si je connaissais un autre inspecteur qui l'avait fait, il n'était pas resté dans les forces de l'ordre et était devenu marshal fédéral. Je m'étais voilé la face un moment et m'étais dit que c'était ce que je voulais faire, moi aussi, mais j'aimais être inspecteur à la criminelle, permettre aux gens de tourner la page, trouver et punir les responsables. Je voulais vraiment continuer à faire ce que je faisais et à vrai dire, jusqu'à maintenant, je n'avais pas trouvé de type assez important pour le choisir à la place de mon boulot. La seule relation à long terme que j'avais eue, pendant deux ans de ma vie, s'était terminée parce que je n'étais pas un homme « gay et fier de l'être ».

1

Dès l'instant où j'avais rencontré Aaron Sutter, toutefois, une alarme s'était déclenchée dans ma tête. J'avais su rien qu'en lui parlant quelques minutes que je ne pourrais être que sérieux avec lui. Il n'était pas du genre à tirer un coup vite fait ; c'était le genre d'homme avec qui on crée un foyer. Étrangement, cela ne m'avait pas fait peur. Mon réflexe de fuite parfaitement aiguisé ne s'était pas activé.

Et le fait qu'il soit magnifique ne faisait pas de mal. Avec sa carrure élancée et musclée, ses traits anguleux et ses yeux bleus et brillants, j'avais immédiatement eu envie de lui. Quand son regard turquoise avait croisé le mien, un élan de désir m'avait serré la poitrine et j'avais eu du mal à me souvenir de mon propre nom. Toute ma vie, j'avais eu un faible pour la beauté, mais à la moitié d'un dîner avec des amis communs, j'avais su la vérité. C'était plus que ça. J'aurais tout fait pour passer du temps avec lui, ou tout ce qu'il me permettrait.

J'aimais la façon dont cet homme parlait. Le son de sa voix – sa résonance, sa qualité rauque – décadente et sexy. Son rire était agréable, profond, pas timide ou discret. Plus important encore, il était drôle et sarcastique, rapide à lancer des piques. Il était intelligent, et comme l'esprit est encore plus sexy que l'apparence, j'étais foutu.

— Réveille-toi, Stiel, m'ordonna une voix dans mon oreillette.

Sortant en sursaut de mes pensées, je regardai de l'autre côté de la pièce, vers l'entrée du club.

— On se concentre. Evanston arrive.

Je couvrais la porte arrière, donc le tueur à gages de la mafia n'aurait aucun moyen de ressortir après être entré. Les deux hommes qu'il avait tués à Chicago, et les trois autres à New York, lui assuraient la peine capitale à moins qu'il ne retourne sa veste et balance son patron. Tout le monde pensait qu'il mourrait avant de donner le moindre nom, mais je savais reconnaître un lâche.

Quand tout cela serait terminé, je pourrais monter dans un avion et rentrer chez moi, puis une fois là-bas, appeler Aaron Sutter et lui demander si je pouvais le voir.

Je voulais *vraiment* le voir.

APRÈS LA première nuit que nous avions passée ensemble, j'avais dû grimper dans un avion le lendemain matin. Passer mon tour pour la douche avant de partir avait été mon choix. L'idée de porter son odeur sur ma peau toute la journée m'avait été vraiment nécessaire.

— Tu ne veux pas te laver ? m'avait-il taquiné, un sourire paresseux aux lèvres.

Il m'avait observé, encore allongé sur son lit king size.

— Non, avais-je répondu d'une voix rauque parce que le simple fait de le regarder, de voir sa peau couverte des marques que j'y avais laissées, ses lèvres enflées et ses cheveux ébouriffés empêchaient mon cœur de battre. Je veux sentir ton odeur un peu plus longtemps.

— Oh, avait-il dit, visiblement pris au dépourvu.

Les choses avaient été sauvages dès que nous avions passé la porte de chez lui, la nuit précédente. À la seconde où le verrou avait été tiré, nous nous étions débarrassés de nos vestes et de nos chemises.

Aaron avait récupéré du lubrifiant et des capotes sur une table près du mur et me les avait fourrés dans les mains avant que les siennes s'attaquent à ma ceinture. Il avait presque perdu l'équilibre quand je l'avais poussé, mais s'était rétabli de justesse avant d'entrer tête la première dans le mur.

— Tiens-toi tranquille, avais-je grogné en m'approchant derrière lui, agrippant ses hanches pour m'assurer qu'il ne bouge pas.

— Oui, avait-il promis, les paumes à plat sur le bois noirci, la tête posée contre son biceps, le souffle brusque et saccadé.

J'avais baissé mon boxer et mon jean jusqu'à mes genoux, enfilé la capote et ouvert le capuchon du flacon de lubrifiant.

— Duncan, avait-il murmuré et j'avais aimé la façon dont mon nom semblait déformé par son désir.

Jetant ses sous-vêtements et son jean à ses chevilles, j'avais glissé la main devant lui et pris sa queue de mes doigts couverts de lubrifiant, en recouvrant la mienne de l'autre.

— Pitié, avait-il supplié d'une voix basse. Je te veux en moi.

Le frisson qui l'avait traversé était beau à voir, son envie et sa confiance un véritable cadeau. Quand j'avais glissé deux doigts en lui, je m'étais rendu compte à quel point il était serré.

— Dis-moi la dernière fois que tu as été pris.

— Je ne peux pas, avait-il soufflé. Je ne l'ai jamais été.

Je m'étais figé.

— Non-non-non, avait-il gémi en cambrant le dos, faisant ressortir ses fesses. J'en ai envie. Je ne sais pas depuis combien de temps j'ai… mais ce n'est pas à moi de demander. Je ne peux pas. Je ne le ferai pas.

Ceux qui avaient été avec lui devaient le savoir, et lire les pensées était une chose plutôt difficile.

3

— Je… Duncan !

J'avais compris. C'était Aaron Sutter, bon sang ! Et les millionnaires effrayants et puissants ne demandaient pas qu'on les baise. Jamais. Jusqu'à maintenant, jusqu'à moi.

Mais la façon dont il avait poussé contre mes doigts, laissant rouler sa tête sur ses épaules et gémissant sans fin – c'en avait été trop.

— Prends ta queue, lui avais-je ordonné.

— Laisse-moi simplement… j'ai besoin de… je veux te sentir.

Je l'avais pris au mot, j'avais écarté les globes ronds et magnifiques de ses fesses et aligné mon gland avec son joli petit orifice rose.

— Vas-y lentement.

Je n'aurais pas voulu faire autrement.

Il me faisait confiance, avait envie de moi et je voulais rendre cet acte tendre et doux. Je voulais faire pour Aaron Sutter ce que j'aurais voulu pour moi.

— Duncan… j'ai besoin de toi.

J'avais bougé au ralenti, le recouvrant, plaquant mon torse contre son dos, mon bras droit autour de son cou, ma main sur sa hanche, le maintenant immobile tout en poussant en lui.

— Duncan !

— Doucement, l'avais-je apaisé en murmurant contre son oreille, embrassant son cou.

Sa réaction au contact de mes lèvres, la façon dont il se détendait lentement, se calmant jusqu'à l'âme, m'avait fait comprendre à quel point il me voulait.

Une fine pellicule de sueur était apparue sur ses épaules et il avait haleté doucement, son corps se resserrant autour du mien. Je rêvais de m'enfouir en lui, de le prendre profondément, mais plonger lentement en Aaron, centimètre par délicieux centimètre, était une chose que je désirais plus encore. Son corps s'était ouvert, s'étirant autour de moi, me voulant en lui tout autant qu'il voulait que je ressorte. Cette bataille, la sensation de ses muscles ondulant autour de moi, tout cela avait été presque plus que je ne pouvais en supporter.

— Tu es tellement bon, avais-je grogné contre sa peau, adorant le goût salé de sa sueur, suçant, léchant et mordillant enfin sa gorge.

— Ne t'arrête pas.

Je ne l'avais pas fait. Je m'étais glissé plus loin, poussant, transgressant, et je m'étais soudain retrouvé là, enfoui jusqu'à la garde, mes bourses contre ses fesses. Il avait tourné la tête et je l'avais embrassé par-dessus son épaule, ma langue prenant absolument possession de lui, le dévorant jusqu'à sentir ses dernières forces disparaître.

— Est-ce que tu pourrais…, avait-il demandé avant de déglutir. Plus serré ?

Il était si vulnérable, nu d'une façon qui n'avait plus rien à voir avec les vêtements. Je voulais qu'il sache qu'il pouvait se perdre en moi, que j'étais là.

Je l'avais serré si fort qu'il pouvait sentir mon cœur battre contre son dos. Ses mains étaient passées du mur à mes hanches et il avait ondulé lentement contre moi.

— Oh, putain, avais-je murmuré avant de rire doucement contre ses cheveux humides, frottant son épaule de mon menton. Je ne vais pas tenir si tu continues.

Chaque picotement, chaque frisson électrique le faisait tressaillir contre moi et les muscles de ses fesses ondulaient autour de mon membre.

— Pitié.

Le mot avait été à peine audible, un souffle tremblant plutôt qu'un son. Son regard empli de passion avait croisé le mien.

— Sers-toi de moi.

Je n'avais pas pu sortir de quelques centimètres pour replonger en lui comme dans tous les bons pornos. J'étais trop gonflé par l'excitation et il était trop serré. Tout ce que j'avais pu faire, c'était rendre ces coups de reins le plus doux possible.

— Duncan ! avait-il hurlé et ses muscles s'étaient contractés, provoquant une réponse en moi, une chaleur brûlante se répandant au bas de ma colonne vertébrale.

Je voulais sentir mon corps s'emboîter dans le sien, donner et recevoir, sentir le plaisir enfler lentement et ne laisser place à rien d'autre qu'à l'adrénaline et l'euphorie avant l'extase. Je voulais le baiser plus fort que je ne le ferai jamais. Mais une seule fois ne suffirait pas.

— J'ai besoin de toi, avait-il murmuré difficilement.

Je le savais.

— Ne me laisse pas.

— Non, avais-je promis en poussant en lui.

Il avait été bruyant et j'avais adoré ça, parce que je n'avais pas eu besoin de deviner ce qu'il voulait, et ses larmes étaient sans conséquence parce qu'il ne s'agissait que de barrières qui s'effondraient, rien d'autre.

Je m'étais recroquevillé sur lui, mon visage pressé contre sa nuque, l'embrassant doucement avant d'agripper ses hanches et de commencer à aller et venir.

— Plus fort, avait-il gémi.

— Jouis ! lui avais-je ordonné parce que j'étais si proche, trop engorgé en lui, mais que j'avais besoin qu'il soit repu en premier.

— Je... Duncan...

J'avais changé d'angle et n'avais pas eu à deviner si j'avais trouvé l'endroit que je recherchais. Il en avait perdu ses mots ; il n'était resté qu'un cri guttural avant qu'il se répande sur le mur devant lui. Mon orgasme avait jailli quelques secondes après le sien et quand nous étions restés plantés là, ensemble, submergés de plaisir, je m'étais rendu compte que je le tenais sans doute un peu trop fermement.

— Oh, avais-je dit doucement en essayant de me libérer.

— Non, m'avait-il arrêté, satisfait du cocon de mes bras. Reste.

Et j'étais resté, toute la nuit, mais j'avais essayé de partir avec ma fierté intacte le lendemain matin. Dire à cet homme que je voulais porter l'odeur de sa sueur toute la journée, que je ne souhaitais pas laver la semence séchée de son deuxième orgasme de la nuit, c'en était probablement trop pour un premier rendez-vous. Je l'aurais fait flipper.

Quand il s'était assis pour me dévisager, je m'étais précipité vers la porte. Je ne voulais pas l'entendre me dire que j'étais stupide et j'avais regretté de l'avoir dit au moment même où les mots avaient passé mes lèvres. J'avais tendance à m'attacher beaucoup trop vite.

— Duncan ?

Je m'étais arrêté et avais jeté un coup d'œil par-dessus mon épaule.

— Tu m'appelleras quand tu rentreras ?

Il m'avait fallu toutes mes forces pour ne pas retourner me jeter sur lui pour l'embrasser jusqu'à ce qu'il me supplie de rester. Il était si beau, si tentant, il me donnait l'impression d'être chez moi... J'avais dû ravaler mon cœur pour ne pas bouger.

— Oui, avais-je répondu d'une voix rauque, si tu veux.

Il avait acquiescé.

— S'il te plaît.

J'avais essayé de sourire, sans vraiment réussir, une grimace douloureuse plutôt qu'autre chose, j'en étais certain.

— D'accord. À la prochaine.

— Tu ne veux pas que mon chauffeur...

— Nan. Un taxi m'attend en bas.

— Oh, avait-il soufflé.

De nouveau, je n'avais pas voulu répondre, donc j'avais ouvert la porte et j'étais parti.

Je ne m'étais pas senti bien de le laisser. J'aurais voulu rester, mais j'avais trop peur de le lui dire. Et même si je ne le connaissais que depuis douze heures, depuis le dîner de la veille, l'idée de le laisser m'était physiquement douloureuse.

Je ne restais jamais. Je m'enfuyais toujours le lendemain matin. Parfois, je rentrais chez certains, mais dès que nous en avions terminé, je trouvais une excuse pour me barrer. Je devais partir. Je n'avais jamais voulu dormir avec quelqu'un et le serrer contre moi comme Nate, d'abord, mon ex, et soudain cet homme auquel je ne m'attendais pas.

Partager le lit d'Aaron Sutter était une chose que je n'arrivais plus à me sortir de la tête. Après une semaine, mon désir prenait le dessus. Je mourrais d'envie de le voir.

— C'est parti.

Revenant soudain à ma tâche, je vis les deux hommes entrer dans le club. Le second m'était familier, mais je n'arrivai pas à le replacer immédiatement.

— Contact visuel confirmé. Tout le monde bouge.

J'observais Evanston se frayer un chemin à travers la foule du club et s'arrêter devant la table de Joaquin Hierra.

— Attendez… attendez, nouveau joueur, nouveau joueur ! Toutes les unités en attente.

Dès que je vis le troisième homme traverser la foule, je le reconnus instantanément. Quand ce fut le cas, toutes les pièces du puzzle s'emboîtèrent, et c'était la merde.

Bordel !

Me déplaçant rapidement, je m'avançai jusqu'à Joaquin et me penchai à son oreille pour y murmurer avant d'avoir eu le temps d'informer qui que ce soit de mes intentions.

— Le type avec votre homme craint, Boss, dis-je doucement. Il a un marshal fédéral au cul.

Il se raidit, attrapa le revers de ma veste de costume et s'y raccrocha en observant Evanston et le Docteur Kevin Dwyer, l'homme qui m'avait paru familier.

— Tu es sûr ?

— Oui. Juste derrière lui. Vous voyez ?

Joaquin se pencha, jeta un coup d'œil derrière Evanston et fut obligé de voir Sam Kage se frayer un chemin à travers la foule grouillante, habillé comme toujours quand il était en service : en costume avec un pardessus, son insigne à la ceinture d'un côté et un flingue dans son étui de l'autre.

— Tu peux me faire sortir d'ici ?

— Je vais créer une diversion ; sortez par-derrière avec Benny et André.

Il empoigna ma chemise.

— Est-ce que c'est Evanston ? Il est pourri ?

J'eus une seconde pour décider si j'allais être ce type. Serait-ce moi qui porterais un micro ou allais-je passer le relais à quelqu'un d'autre ?

Tout avait été si simple : j'étais sous couverture en attendant qu'Evanston débarque. C'était un homme de main du cartel de Delgado et il avait été envoyé à Chicago pour se débarrasser de deux derniers « détails ». Malheureusement, Jared Gibson, quinze ans, s'était retrouvé au mauvais endroit au mauvais moment. J'avais promis à sa mère, quand nous avions compris comment son fils était mort, que je traduirais cet homme justice. Elle comptait sur moi.

Riley Evanston avait été envoyé par Esau Modella, qui était en charge de la sécurité et de la défense de cette famille du crime. J'avais suivi Evanston jusqu'à New York parce que c'était ma priorité, pour le ramener au poste afin qu'il puisse avoir droit à un procès. C'était la principale préoccupation de mon département.

À New York, où s'était enfui notre fugitif, la police suivait Arjun Ruiz ainsi que les drogues qu'il baladait en ville. Ils étaient sur le point de démanteler le réseau de l'un des plus grands fournisseurs de New York. Nous étions après un tueur. Je comprenais que nos objectifs ne correspondaient pas, mais ma capitaine, Lorena Gaines, s'était assurée que la criminelle de Chicago et la brigade des mœurs de New York trouvent un terrain d'entente. Mais il n'en serait rien.

Puisqu'il n'y avait pas de coopération entre départements dans ce genre de cas, les fédéraux intervenaient pour organiser une force de frappe qui nous permettrait supposément à tous d'atteindre nos objectifs. Puisque j'étais déjà en place à surveiller Joaquin, bossant comme garde du corps pour lui, j'étais resté avec quelques autres que je ne connaissais pas. C'était étrange de penser que certains des hommes que j'avais rencontrés étaient sous couverture, tout comme moi.

J'avais été embauché par Hierra, basé sur un faux passif, et plusieurs criminels incarcérés s'étaient portés garants pour moi en échange de nouveaux privilèges et autres concessions. Cela avait été facile, et même si je marchais sur le fil en bossant pour Hierra – l'homme étant lui-même un pion sur le vaste échiquier qu'était la famille du crime Delgado – cela me donnait accès à Evanston, qui avait été envoyé pour percevoir le paiement de Joaquin après son travail bâclé à Chicago. Je ne savais pas pourquoi les grosses huiles avaient envoyé Evanston récupérer l'argent de la famille. Evanston s'occupait de déplacer de la drogue ; il ne trempait pas dans le meurtre, donc ça n'avait aucun sens. Peut-être qu'on l'avait testé, préparé à grimper les échelons – cela m'importait peu. Ce qui importait, c'est que j'avais Evanston dans ma ligne de mire. J'aurais pu sortir de couverture et l'arrêter. Et cela avait semblé être le plan jusqu'à cette seconde.

Il faudrait des mois avant qu'un autre type puisse approcher Hierra et j'étais là, juste là, prêt à lui montrer ma loyauté sans équivoque, prêt à devenir son homme le plus fidèle ou à disparaître simplement à la fin de l'arrestation.

Je pouvais rentrer chez moi ou je pouvais rester et bosser avec la brigade des mœurs à New York. Si je sauvais Joaquin d'un marshal fédéral, j'aurais trouvé ma place et il voudrait m'embaucher définitivement. Parce que oui, s'approcher de Joaquin Hierra nous avait permis d'attraper Riley Evanston dans nos filets, mais si je gagnais sa confiance, nous finirions par avoir accès à toute l'opération, les gros poissons, le palier supérieur du cartel de la drogue de Delgado. À l'heure actuelle, j'étais au niveau inférieur, mais je pourrais être admis, simplement parce qu'il pensait que je le sauvais d'une arrestation fédérale. Peut-être que l'arrivée de Sam Kage n'était pas une si mauvaise chose.

Ou peut-être que c'était la pire.

Je n'avais que quelques secondes pour en décider.

— Obligé, il est pourri, dis-je catégoriquement en jetant à l'homme un regard inébranlable. Il a conduit les fédéraux jusqu'ici.

— Comment le sais-tu ?

J'inclinai la tête vers Sam et mentis.

— C'est le même Fed' qui a placé Javier Musa en détention préventive. Je l'ai vu au palais de justice quand ils sont passés le chercher après son témoignage contre Pascal.

Ses yeux s'écarquillèrent, puis il se leva et me contourna.

— Ce soir, répondit-il avant de s'éloigner à travers la foule.

— Où est-ce qu'il va, bordel ? aboya Evanston.

Je fis le tour de la table, André me serra l'épaule quand je passai près de lui et Benny me tapota le dos quand je fis face à l'homme de main de la mafia.

— Qu'est-ce que tu fous à ramener un putain de fugitif fédéral chez Joaquin ?

— Quoi ? hoqueta-t-il en tournant vivement la tête vers Kevin Dwyer. On t'a suivi ?

— Non, ricana Dwyer au moment même où Sam hurlait « *On ne bouge plus !* » par-dessus la musique trance.

— Putain de connard, grognai-je à Evanston en me jetant sur lui.

L'homme avait bien vingt-cinq kilos de muscles de plus que moi, et du haut de mon mètre quatre-vingt-treize et de mes cent kilos, je n'étais pas petit. Donc, quand il bloqua mon cou pour m'enfoncer son poing en plein visage, je sus que ça allait faire mal.

Alors eut lieu une bagarre, avec des cris et des hurlements, des gens se précipitant vers les sorties, une pluie de coups de poings et, enfin, des flingues.

Je me retrouvai au bas d'une pile et on me marcha dessus, on me piétina, on me frappa, on me coupa. Je n'avais pas la moindre idée de qui tenait le couteau, mais cette diversion créait une occasion parfaite pour quelqu'un voulant se débarrasser d'un rival. Je pariais sur Pedro, qui ne m'avait jamais aimé. C'était moi qui avais pris la place de son ami, Musa, au sein du cercle de son patron après que son pote était parti en prison pour trafic de biens volés. Il n'avait jamais caché qu'il ne me faisait pas confiance et même s'il avait de bonnes raisons en réalité, puisque j'étais sous couverture, il ne le savait pas.

Quand on me tira enfin de sous les autres corps, je saignais assez pour savoir que j'aurais besoin de points de suture.

— Celui-là doit aller à l'hôpital avant d'être coffré, hurla Sam Kage en me tirant sur mes pieds rapidement, mais plus doucement que n'importe qui pourrait le remarquer, j'en étais certain.

Quand il me poussa contre le mur, je geignis.

— Quelque chose de cassé ? demanda-t-il en se penchant vers moi, parlant contre mon oreille en me plaquant là.

— Juste des contusions, marmonnai-je en cachant l'état de mes côtes. Je perds juste du sang.

— Attends, dit-il si bas que moi seul pouvais l'entendre.

Comme si j'avais le choix.

Dix minutes plus tard, j'étais dans une ambulance, sur le dos, Sam Kage au-dessus de moi.

— Connard, aboyai-je tandis que l'ambulancier essayait d'arrêter les saignements.

Il haussa ses épaules massives.

— Comment ton type connaît-il mon type, bordel ?

Nous ne pouvions donner de noms devant l'ambulancier à l'air fatigué.

— Avant que ton type soit embauché comme garde du corps pour la famille, il bossait pour mon type.

— Qui est vraiment le docteur ? grognai-je.

— En fait, le docteur, c'est le méchant, ricana Sam. Enfin, si tu veux être précis.

— Comment diable Salcedo peut-il encore se balader comme ça ? hurlai-je en balançant son nom avant de pouvoir m'en empêcher. Je pensais qu'il était en détention fédérale.

— Nous avions encore une fuite, m'informa Sam. Mais visiblement, c'est bon maintenant.

— Et si tu le perds encore ?

— Mon équipe s'en occupe, m'assura Sam. La mienne. Tu comprends ?

Je restai silencieux, la douleur me submergeant soudain.

— Oui.

Il resta avec moi, ce à quoi je ne m'attendais pas. Au fur et à mesure que les heures défilaient à l'hôpital, j'eus droit à vingt-sept points de suture sur les côtes, à gauche, pendant que les médocs me faisaient divaguer un peu, et Sam resta avec moi pendant l'inventaire complet de mes coupures, de mes contusions et de ma lèvre fendue.

— Pourquoi tu es là ?

— Parce que personne d'autre ne l'est, répondit-il franchement en haussant un sourcil comme si j'étais stupide.

Et puisque je me sentais comme de la merde à cause de sa réponse, je m'en pris à lui.

— Alors, que pense Jory du fait que tu bosses avec ton ex ?

— Je ne bosse pas avec lui, connard, je le récupère et Jory est content qu'il soit de nouveau en garde à vue.

— Et c'est tout ?

— Il me connaît, Duncan ; il sait qui j'aime et de qui je me fous.

Je plissai les yeux.

— Oui, mais ce Salcedo et toi, c'était touche-pipi en Colombie, hein ?

Il fut horrifié.

— Qu'est-ce qu'ils t'ont donné ?

Ça devait être quelque chose de fort, parce que je souriais comme un idiot. Mon instinct d'autopréservation avait disparu.

— Et non, ajouta-t-il en secouant la tête.

— Je sais tout, Kage, soufflai-je. Tu étais avec le bon docteur pendant un an pendant que tu…

— Pour ton information…, m'interrompit Sam d'une voix basse et lugubre qui me rendit un peu nerveux.

Oui, nous étions amis, mais cet homme était menaçant, c'était clair.

— J'ai baisé le docteur pendant trois mois pendant que Jory et moi étions séparés. Ça n'a jamais rien voulu dire. Si je pouvais effacer ça, est-ce que je le ferais ? Bordel, oui, mais pas pour les raisons que tu crois.

— Pour quelles raisons ?

— Je n'ai jamais considéré que je trompais Jory, m'expliqua-t-il. Une année s'était écoulée. Il couchait avec d'autres personnes à cette époque, et moi aussi. La raison pour laquelle j'aurais souhaité que ça n'arrive pas, c'est ce que j'ai ressenti ensuite.

— Comment t'es-tu senti ?

— Comme de la merde, aboya-t-il. Tu sais, quand tu m'as avoué que tu baisais des mecs dans des saunas et ce genre d'endroit ?

— Merci de me le rappeler, grognai-je.

— Écoute… tu t'en souviens ?

— Bien sûr que je m'en souviens, putain ! m'enflammai-je.

— Tu sais comme tu te sens dégueulasse quand ça arrive ?

— Je sais.

— C'était comme ça, m'avoua-t-il. Je ne tenais pas plus à Kevin Dwyer que tu tenais à ces types que tu baisais et oubliais, mais…

— Du peu que je sais de Jory, je parie qu'il ne pense pas que c'était rien.

— Parce que ça a duré plus d'une nuit, grommela-t-il. Jory a baisé une tonne de mecs pendant que nous étions séparés, mais celui avec qui il a passé du temps...

— Aaron, répondis-je.

— Oui, Aaron. Il avait des sentiments pour lui.

— Donc, puisque Jory tenait à Aaron, il se dit que tu tenais au docteur.

— Oui.

— Mais ce n'était pas le cas ?

— Non, soupira Sam. Vraiment pas.

— Mais vous êtes restés ensemble combien de temps ?

— Trois mois.

— Donc, tu as été plutôt dégueulasse.

— Oui, je sais ! aboya-t-il. Je te l'ai déjà dit.

— D'accord, et Jory en pense quoi ?

— Jory pense que j'étais aussi attaché à Salcedo qu'il l'était à Aaron, parce qu'il pense que nous avons le même cœur. En fait, il pense que le cœur de tout le monde fonctionne comme le sien.

— Ce n'est pas le cas, répondis-je tristement.

— Non, ce n'est pas le cas. Mais voilà pourquoi je suis là, pour le protéger.

C'était drôle d'entendre des mots aussi doux de la bouche d'un homme aussi féroce.

— Je n'ai jamais aimé quelqu'un d'autre que lui, et voilà pourquoi je dois le reconquérir. Quand tu es confronté à la vérité, tu dois agir en conséquence.

Il semblait essayer de me faire admettre quelque chose.

— Est-ce que tu aimais ton professeur ? me demanda-t-il.

Il parlait de mon ex, Nathan Qells, le seul homme avec qui j'avais partagé une vraie relation d'adulte.

— Est-ce que tu l'aimais comme j'aime Jory ?

— Pourquoi est-ce que tu me demandes ça ?

Il haussa les épaules avant de s'adosser à sa chaise.

— Désolé, mon pote ; c'est toi qui as voulu aller nager en eaux troubles.

Je le dévisageai un instant. Il avait raison. C'est moi qui avais essayé de lui soutirer des secrets. Et je savais pourquoi. J'étais complètement

13

drogué. Si ça n'avait pas été le cas, je n'aurais jamais eu les couilles de parler si ouvertement à Sam.

— Non.

— Non, quoi ?

Je m'éclaircis la gorge.

— Non, je n'étais pas amoureux de Nate comme tu es amoureux de Jory. J'ai choisi mon boulot plutôt que lui. Tu as choisi Jory plutôt que ton boulot.

— En réalité, je n'ai jamais eu à prendre cette décision, dit-il pensivement. J'ai eu de la chance. Quand Jory et moi avons été prêts à admettre ce que nous étions l'un pour l'autre, je bossais avec un capitaine qui comprenait et j'avais un nouveau partenaire qui se fichait de savoir avec qui je couchais. Et juste après ça, je suis devenu marshal.

— Et maintenant ?

— Maintenant, je suis plutôt tranquille. Je fais bien mon boulot et personne ne me fait chier. S'ils vérifient, ils voient que j'ai un partenaire domestique, mais pourquoi iraient-ils vérifier ça ?

— Ton propre petit « *don't ask, don't tell* [1] », hein ?

— Tu dénigres pas mal de souffrance, là.

— Je ne dénigre rien du tout. Je ne peux simplement pas me permettre ce luxe comme toi. Je n'ai pas eu la chance de partir bosser deux ans avec la DEA [2] pour passer ensuite des homicides aux mœurs ou devenir marshal. J'aime mon boulot. J'aime attraper les méchants. C'est tout ce que je sais faire.

— Alors, fais-le, mais n'oublie pas que j'ai vu la façon dont tu regardes Jory.

Mon cœur faillit s'arrêter.

— De quoi tu parles, putain ?

— Pas comme ça, idiot, rétorqua-t-il en me lançant un regard noir. J'ai vu comment tu regardes Jory et la façon dont il me regarde, et je sais

---

1 « *Don't ask, don't tell* » (« Ne demandez pas, n'en parlez pas » en français) était une loi américaine, en vigueur de 1993 à 2011, qui interdisait à tout militaire de révéler son orientation homosexuelle ou bisexuelle sous peine de renvoi. En contrepartie, l'armée avait pour interdiction de se renseigner sur l'orientation sexuelle des recrues.

2 La *Drug Enforcement Administration* (DEA) est le service de police fédéral américain chargé de la mise en application des lois sur l'usage et le trafic de stupéfiants.

que ça te fait envie, putain. Tu veux retrouver un homme en rentrant chez toi. Je comprends.

Je ricanai.

— Donc, tu penses que Jory te met sur un piédestal, hein ?

— Non, répondit-il d'une voix rauque. Jory peut voir chacun de mes défauts. Il me les pardonne juste. Et je sais comment il me regarde. Je sais que je suis aimé. Qui t'aime, toi ?

Et c'était une question à laquelle je ne pouvais pas répondre.

QUAND SAM partit enfin, ils me placèrent dans une autre chambre et corrigèrent tous les rapports médicaux pour y mettre mon faux nom, Tucker Ross. Peu après, un agent de la DEA, Derrick Chun, et son partenaire, l'agent Maxwell Owens, furent conduits à ma chambre par l'agent spécial Conner Wray. Il me remercia, me serra la main et me conseilla de faire attention. Il fut assez sympa pour me laisser sa carte, avec son numéro de portable griffonné au dos, et pour me dire de l'appeler si j'avais des problèmes. Le regard qu'il lança aux deux agents de la DEA n'était pas clément. Oui, ils travaillaient tous ensemble, mais il était flagrant que Wray pensait qu'ils pourraient me faire tuer.

« Nous ne te laisserons pas te faire tuer. », fut la première chose que Chun me lança. Cela ne m'inspirait pas confiance.

Ils repartirent rapidement, après m'avoir promis de rester en contact et m'avoir laissé un téléphone portable impossible à tracer pour que je le cache, ce qui n'était pas génial étant donné que j'étais à l'hôpital, puis je me retrouvai seul à réfléchir à ma vie. Elle était merdique, voilà ce qu'elle était.

II

L'HÔPITAL VOULAIT me garder pour la nuit au cas où j'ai une commotion cérébrale, mais j'en avais eu assez au fil des ans pour connaître la différence. Je n'avais pas de nausées, ni de douleur lancinante à l'arrière de l'œil droit, mais surtout – et ce fut l'argument décisif – tout était de la bonne couleur. Ma vision n'était pas floue ou obscurcie donc, contre avis médical, je signai une décharge pour quitter l'hôpital.

J'étais en train de sortir de ma chambre quand je vis Joaquin et les autres près du bureau des infirmières.

— Salut, leur lançai-je.

Joaquin s'écarta du comptoir où il était appuyé et s'approcha rapidement de moi, Benny et André sur les talons.

— Est-ce que ça va ? me demanda-t-il l'air inquiet, son regard croisant le mien.

Quand il m'atteignit, sa main se posa sur mon épaule. C'était drôle, mais il semblait honnêtement se faire du souci.

— Oui, ça va.

Il n'eut pas l'air convaincu.

— Alors, où est-ce que tu crèches, mec ?

— Brooklyn, répondis-je comme j'étais censé le faire.

Il secoua la tête.

— Nan. Maintenant tu vas vivre dans l'ancienne piaule de Musa. J'ai tout fait nettoyer pour toi.

— Oh non, Boss, pas besoin de faire ça.

— Bien sûr que si, m'assura Benny.

— Bien sûr que si, renchérit Joaquin en riant quand André passa son bras autour de mes épaules.

— Allez, mec, allons-y. On va aller chercher tes affaires d'abord.

— T'as une sale tête, me lança Benny en fronçant le nez comme si je sentais mauvais.

— Ça ira.

— Combien de points de suture ? voulut savoir Joaquin.

— Seulement une quinzaine, mentis-je. Rien de grave.

— J'ai dit diversion, mon pote, pas Troisième Guerre mondiale.

— Je pense que c'était Pedro qui avait le couteau.

Joaquin acquiesça.

— Oui. Je crois qu'il est fâché contre toi depuis Musa.

— Ça ne va pas aider si j'emménage chez lui, répondis-je franchement.

— Je m'occuperai de Pedro.

Benny sourit de cette façon sinistre dont il avait l'habitude. On aurait dit un chat qui venait d'avaler un canari.

— Oh non, je ne voulais pas dire…

— Non, non, m'apaisa Joaquin. Pas comme ça. Calme-toi.

— Je ne veux simplement pas causer de problèmes.

— Non, mec. Toi, tu les répares, d'après ce que j'ai vu.

— Toute cette merde, c'était les fédéraux, me rappela André à voix basse en me faisant pencher un peu pour que je m'appuie sur lui. Cet abruti d'Evanston nous a ramené un type avec un marshal au cul.

J'acquiesçai.

— Tu savais qu'Evanston a tué un gamin à Chicago ?

Oui.

— Non, j'savais pas.

— Oui, il va se taper perpète pour cette merde, ou la peine capitale.

— S'il ne retourne pas sa veste, ajouta Benny en souriant. Faut toujours penser à ça avec les types comme lui.

Joaquin secoua la tête.

— C'est le problème de Modella. Je l'ai déjà appelé.

— Dommage qu'on n'ait pas pris le nom du marshal, ajoutai-je en tâtant le terrain. On aurait pu s'en occuper aussi.

— Bordel, non, grommela André. On ne va pas s'en prendre à un putain de marshal. Il n'était même pas là pour nous ; tout ce qu'il voulait, c'était ce connard d'Evanston.

— Personne n'a besoin de ce genre d'attention, renchérit Benny.

Je fus heureux d'apprendre qu'ils n'avaient pas Sam dans le viseur.

— D'accord, grimaçai-je. Allons-y avant que tous mes antidouleurs cessent de faire effet.

— J'ai des trucs pour la douleur, m'assura Benny. Suffit de demander.

Même si j'étais autorisé à prendre de la drogue si nécessaire pour maintenir ma couverture, je ne pensais pas que prendre quoi que ce soit de plus fort que du Tylenol pour mes points de suture conviendrait aux membres de mon équipe en coulisse.

17

L'APPARTEMENT ÉTAIT petit et propre, dans un vieux bâtiment qui avait été rénové. Il n'était pas loin du quartier des théâtres, assez proche pour marcher si vous aviez envie d'une balade de vingt minutes. C'était comme séjourner à l'hôtel et Joaquin suggéra que je me prenne une plante verte ou un chat. Benny me suggéra plutôt de trouver une femme et d'oublier le reste. André m'informa des bons endroits pour trouver des pâtisseries, des tapas ou prendre un verre.

En sortant, Joaquin me serra la nuque et m'ordonna de rester au lit, ce qui était sympa. Il me laissa les clés : une pour la porte sécurisée à l'extérieur, l'autre pour entrer dans le reste du bâtiment depuis le hall où se trouvaient les boîtes aux lettres, et la dernière pour l'appartement.

— Je ne veux pas voir ta tronche avant lundi, au moins.

Comme nous étions jeudi soir, cela me laissait un petit week-end sympa de trois jours. Peut-être que je pourrais reprendre l'avion jusqu'à Chicago et voir Aaron Sutter.

— D'accord.

Quand ils furent partis, j'appelai l'agent Chun, lui racontai ce qu'il s'était passé et raccrochai. Je lui promis de le rappeler mardi au plus tard. J'envisageai de prendre une douche et de me débarrasser de mon tee-shirt ensanglanté, mais n'en trouvai pas l'énergie. Ma veste de costume et ma chemise avaient toutes deux été sacrifiées dans l'exercice de mes fonctions, d'abord transpercées par le couteau dont on s'était servi pour me poignarder, puis découpées par les ambulanciers. J'avais perdu beaucoup de vêtements au fil des ans. Je m'amuserai à faire le compte de ce que me devait le département de police de Chicago en nettoyage à sec et remplacement de garde-robe, un de ces jours. Ça devait faire des milliers.

Allongé sur le canapé, je récupérai mon propre téléphone sur la table basse et appelai Aaron.

Il répondit à la deuxième sonnerie.

— Duncan ?

— Oui. Comment tu le savais ?

— Je…

Il toussota.

— J'ai mis ton numéro dans mon téléphone.

C'était agréable à entendre

— Alors, dis-je d'une voix basse et rocailleuse. Comment vas-tu ?

— Je vais bien, répondit-il rapidement. Et toi ?

— On vient de me faire des points de suture.

Je me mis à sourire parce que bon sang, c'était agréable de l'entendre.

— Donc, je suis un peu crevé, à vrai dire.

— On vient de… qui t'a fait du mal ?

— Je suis flic. Tu sais ce que c'est.

Il s'éclaircit la gorge.

— Non, je ne sais pas, en fait.

Je grognai.

— Ça arrive. Je survivrai.

— Oui ?

Pourquoi avait-il l'air si effrayé ?

— Est-ce que ça va ? demandai-je.

— Je ne veux pas te faire flipper.

— Pourquoi tu me ferais flipper ?

— Je, hum… je suis à New York. Depuis une semaine.

Il devait y avoir autre chose.

— Duncan ?

— Oui, toujours là.

— Est-ce que tu… ça te fait flipper ?

— Tu fais des affaires partout dans le monde, non ?

— Oui

— Tu dois sans doute venir souvent à New York, alors, non ?

— Oui, en effet.

— Donc, je ne vois pas pourquoi ce serait bizarre que tu sois là.

— C'est juste que…

Sa voix se brisa.

— Je ne voulais pas que tu penses que je te traquais ou quelque chose du genre.

— Oh, ça serait quelque chose, répondis-je pensivement.

— Quelque chose ?

— Oui, je veux dire, ce serait cool, non ? Combien de types pourraient se vanter qu'Aaron Sutter les suit ? Je serais chanceux.

Il gémit.

Ce bruit faillit faire voler en éclats le peu de contrôle qu'il me restait. Blessé et fatigué, l'effet des médicaments disparaissant peu à peu, j'avais sacrément besoin de lui.

— Tu veux peut-être me voir ?

Silence.

— Aaron ?

— Oui, s'il te plaît, murmura-t-il. J'adorerais te voir. Où es-tu ? Je passerai te prendre.

— Non. Ce n'est pas prudent. Dis-moi où tu es et je viendrai à toi.

Il me répondit d'une voix tremblante.

— Que dirais-tu de marcher jusqu'à une rue de chez toi, et je serai dans une voiture dans dix minutes pour passer te prendre. Marché conclu ?

— Et si je ne suis pas en centre-ville ?

— Très bien. Peu importe le temps que ça prend, soupira-t-il. Où es-tu ?

— Au coin de la Dixième Avenue et de la 49e.

— Oh bon sang, je suis à quelques minutes de toi. Je séjourne au « Pierre », sur la Cinquième.

— Je ne connais pas cet endroit. C'est luxueux ? le taquinai-je.

— En effet.

Évidemment.

— D'accord. Est-ce qu'ils me laisseront entrer ?

— Tu seras avec moi.

— C'est vrai.

— Alors… est-ce que tu travailles ?

— Oui.

— Je vois.

— Mais pas avant lundi.

— Oh ?

Sa voix se fit plus aiguë et je pus entendre son soulagement et son bonheur.

J'émis un bruit qui ne se qualifiait pas vraiment comme moyen de communication.

— Tu penses que tu voudrais rester avec moi quelques jours ?

— Oui. Tu sais, je pensais reprendre l'avion jusqu'à Chicago juste pour te voir, avouai-je sans même réfléchir au fait que ça me donnait l'air d'un psychopathe. Oooh, merde.

Un long moment s'écoula, mais j'étais trop paniqué pour parler. Je n'avais plus de filtre à cause de ce qu'il venait de se passer, et maintenant j'allais en payer le prix.

— Tu pensais retourner à Chicago pour seulement deux jours ?

— Eh bien, trois en fait, le corrigeai-je. Mais, oui.

Un petit soupir rapide.

— D'accord, tu as gagné. C'est l'une des plus gentilles choses qu'on m'ait dites de toute ma vie.

Vraiment ?

— Vraiment ?

J'étais déconcerté.

— Merde, mais avec qui est-ce que tu as passé ton temps ?

— Des gens qui aimaient mon argent, dit-il d'une voix guindée. Je pars maintenant. Tu peux marcher ?

— Oui, je peux marcher, grommelai-je.

Il rit doucement.

— Dépêche-toi, d'accord ?

La ligne fut coupée et je me rendis compte qu'il venait en gros de m'ordonner de me bouger le cul. Et même si je commençais à avoir mal, je me levai malgré tout pour enfiler des vêtements propres.

C'ÉTAIT UNE belle voiture : une sorte de grosse berline BMW luxueuse et noire avec des vitres teintées, une carrosserie brillante qui reflétait toutes les lumières de la ville et des chromes étincelants. Quand elle se gara près de moi devant le trottoir, je restai planté là à observer mon reflet pendant une minute avant que la vitre ne s'abaisse et que je me retrouve face à Aaron Sutter.

Ses yeux bleus lumineux frangés de longs cils dorés me dévisagèrent depuis l'obscurité de la voiture. Je faillis avaler ma langue.

— Salut, dis-je piteusement.

La portière s'ouvrit.

— Grimpe.

Le chauffeur apparut soudain près de moi, tendant la main pour prendre mon sac. Je le lui passai en voyant le coffre s'ouvrir, puis grimpai dans la voiture en refermant la portière derrière moi. Quand je me tournai vers Aaron, il hoqueta.

— Ooh, ce n'est pas si terrible.

Je souris malicieusement, essayant d'avoir l'air normal et de ne pas laisser voir que mon cœur était sur le point de jaillir de ma poitrine.

Ses sourcils étaient froncés et ses yeux brillaient dans la pénombre.

— C'est pire, en réalité, m'assura-t-il en posant la main sur ma joue.

Je me penchai à son contact. Je ne pus m'en empêcher.

— Bon sang, comme je comprends, maintenant, dit-il.

21

— Hmm ?

— Oui. Cette envie de réconforter un policier, précisa-t-il. Pas étonnant que je n'ai jamais eu la moindre chance avec Jory. C'est terriblement addictif.

— Quoi ?

Il secoua la tête, puis informa le chauffeur que nous étions prêts à y aller.

Quand la voiture s'éloigna du trottoir, je couvris sa main de la mienne et la laissai glisser le long de ma joue avant de la retourner pour embrasser sa paume.

— Je suis vraiment heureux de te voir.

Je l'observais, mémorisant chacune de ses réactions quand je me rapprochai de lui, incapable de résister à la tentation de son oreille. Gentiment, je suçotai la chair douce et mordillai lentement sa peau jusqu'à son lobe.

Il frissonna vivement et pencha la tête en l'arrière, à peine. Je suivis lentement le balancement de son corps, déplaçant ma bouche vers la peau tendre derrière son oreille, puis descendant le long de son cou, l'embrassant et le suçotant aussi. Me servant de son tendon comme guide, je le léchai et le mordis ; enfin, pas assez pour lui faire mal, mais juste assez pour qu'il puisse sentir mes dents.

— Duncan.

Il tressaillit et s'éloigna.

— Merde, je…

— Non, m'arrêta-t-il. Je ne veux simplement pas t'attaquer ici, dans la voiture. Ce serait un peu déplacé, non ?

— Vraiment ?

Il fronça les sourcils.

— Laisse-moi juste t'amener jusqu'à ma suite. Tu pourras prendre un long bain chaud, je commanderai à manger au service de chambre, et nous pourrons nous asseoir sur la terrasse pour admirer Central Park.

— Et ?

— Et après avoir pris soin de toi et m'être assuré que tu vas bien… alors je serai tout à toi.

Il avait l'habitude de donner des ordres ; je n'avais pas l'habitude d'en recevoir.

— Laisse tomber, grognai-je en prenant son visage en coupe et l'attirant dans un baiser.

Je n'eus même pas à insister : il s'ouvrit à moi dès l'instant où nos lèvres se scellèrent. Me glissant dans sa chaleur humide, je frottais ma langue contre la sienne, le goûtant, me rappelant que j'avais déjà fait ça avant. Il fondit contre moi, souple et volontaire, son gémissement profond et guttural. Il n'avait aucune idée d'à quel point j'aimais ces bruits d'abandon, d'à quel point mon sexe était soudain dur et palpitant, presque douloureux dans mon jean.

Quand il m'embrassa en retour, dévorant ma bouche, caressant ma langue de la sienne, suçant mes lèvres, ses mains papillonnant autour de mon cou, je sus qu'il était à moi.

— Tu as bon goût, arrivai-je à peine à dire en me déplaçant de côté et l'attirant sur mes genoux pour qu'il se retrouve à califourchon sur mes hanches.

Il essaya de se libérer, mais je l'embrassai brusquement, brutalement, et il n'eut plus la force de combattre.

— Duncan, gémit-il doucement quand je le laissai enfin respirer, frottant son aine contre mon abdomen, ayant besoin de ce frottement, ses mains agrippant mon torse comme il entamait un rythme lent et entraînant. Tu m'as manqué… je…

Il ne put finir, les mots lui échappant.

Je trouvai ça incroyablement sexy.

— Ce n'est pas moi, dit-il.

— Quoi ?

— Je n'ai jamais… besoin.

Il tenait à garder le contrôle. Je comprenais ça. Il était riche et puissant ; Aaron Sutter n'était pas le genre d'homme à prendre du plaisir en frottant sa queue contre mes abdominaux. Mais, c'était le cas, et sa faim et son désir causaient sa perte. Il craquait entre mes bras et je voulais le voir, le sentir à nouveau entre mes mains. Je me débarrassai rapidement de sa ceinture et, quelques secondes plus tard, j'avais ouvert son pantalon de costume et baissé sa braguette.

— Tu es blessé, dit-il, sa voix se brisant quand il soupira contre ma peau, son souffle humide et brûlant.

Je sortis sa queue de son boxer et enroulai ma main autour de son long membre épais, aimant la sensation de sa peau soyeuse, étalant son désir sur son gland évasé, le caressant lentement, sensuellement.

Il pressa contre ma poigne et aboya un ordre au chauffeur en même temps.

— Garez la voiture !

Quand vous valez des millions, je suppose que les gens savent ce que vous voulez dire. Mais, je ne fus que vaguement conscient que nous avions pris une direction différente. J'étais bien trop concentré sur l'homme à couper le souffle assis sur mes genoux, se tordant de désir, allant et venant dans mon poing.

Je portai la main gauche à ses lèvres.

— Suce mes doigts. Mouille-les bien.

Il comprit, s'ouvrant instantanément, les prenant loin dans sa bouche, léchant mon index et mon majeur et les recouvrant de salive jusqu'à ce que je les libère.

Nous nous arrêtâmes et j'entendis la portière s'ouvrir et se refermer, vaguement conscient du bruit des serrures, puis de celui de chaussures de ville sur le béton.

— Lève-toi, ordonnai-je et il s'exécuta, se penchant vers l'avant et courbant le dos de sorte qu'il effleura simplement le toit de la voiture au lieu de s'y cogner quand je glissai la main à l'arrière de son pantalon.

— Je n'ai jamais… je ne… je…

Il était bien élevé et propre sur lui, et ne péchait que derrière des portes closes. C'était Aaron Sutter, putain. Il ne se débarrassait pas de ses inhibitions en public ; ç'aurait été inconvenant. L'idée qu'il soit si parti que toutes ces réticences soient passées par-dessus bord était à peu près la chose la plus sexy que je puisse imaginer.

Je serrai son membre tout en enfonçant mon majeur en lui. Il se cambra vers l'avant et me fit mal – aux côtes, au flanc –, mais seulement pendant une seconde, et pas assez pour m'arrêter. Sa tête basculée en arrière, la cambrure de son dos, la façon dont il se mordait la lèvre inférieure : c'était une sacrée vision et je ne voulais pas m'attarder sur mon confort. Tout ce qui importait, c'était lui.

J'effleurai sa prostate du bout du doigt et il balbutia quelque chose d'incompréhensible, entrant et sortant de mon poing.

— C'est bon ? demandai-je d'une voix caverneuse, parce que l'observer était un vrai cadeau.

Sa bouche était ouverte et je n'entendis que des hoquets quand j'ajoutai un deuxième doigt, cisaillant, massant les muscles contractés, les sentant se détendre en pressant plus profondément dans son corps chaud et serré.

— Duncan, pitié, me supplia-t-il, les mains crispées sur mes épaules, mes doigts s'enfonçant jusqu'aux deuxièmes phalanges, se levant et retombant, encore et encore.

— Retourne-toi et je vais te fourrer ma langue dans le cul.

Il poussa un gémissement étranglé ; il avait presque joui à cette simple suggestion.

— Tu veux que je fasse ça ? Hein ? Aaron ? Tu veux que je te bouffe jusqu'à ce que tu cries ?

Il frémit et jouit sur l'avant de mon tee-shirt gris, hurlant mon nom quand son orgasme le submergea, figeant tous ses muscles.

Je ne bougeai pas. Je laissai les répliques de son plaisir le traverser, sentis ses frissons commencer quand sa semence s'écoula de son sexe en train de ramollir lentement.

Ses mains se détendirent sur mes épaules et il se pencha, s'enfouissant contre mon torse quand je libérai mes doigts de ses reins. Son souffle rapide, ses bras serrés autour de mon cou et son visage au creux de ma gorge transformèrent la passion en possession en un instant. Je ressentis l'envie écrasante d'ordonner que personne ne soit plus jamais autorisé à le voir ainsi, sauf moi. Je voulais lui dire qu'il m'appartenait, mais c'était trop rapide et j'avais peur de l'effrayer.

Je ne voulais pas qu'il s'enfuie. Plus important encore, je ne voulais pas qu'il m'ordonne de rester loin de lui.

— Sors ta queue pour que je puisse la sucer, m'ordonna-t-il doucement, tremblant toujours, le corps surexcité, trop sensible et frémissant en redescendant de l'euphorie de son orgasme.

— Laisse-moi juste te tenir contre moi, d'accord ? demandai-je en le serrant dans mes bras, le pressant contre mon torse, sans prendre garde à la douleur et embrassant son front. Est-ce que je peux t'abriter une seconde ?

Il se laissa aller contre moi, fondant en quelque sorte, et je soupirai longuement. Il était vulnérable et j'étais là pour lui. C'était si agréable de sentir qu'il n'avait pas seulement envie de moi, mais aussi besoin de moi.

III

Il ne voulut pas qu'on se sépare pour entrer dans le hall de l'hôtel, mais j'insistai. Il sortit en premier et je le suivis quelques minutes plus tard, après avoir récupéré mon sac dans le coffre et remercié le chauffeur. Je n'étais pas certain de devoir lui laisser un pourboire, mais j'eus le sentiment, comme il n'avait pris personne d'autre et s'était contenté de repartir, que monsieur Sutter l'avait déjà indemnisé.

À l'intérieur, Aaron m'attendait et je le rejoignis dans un ascenseur où il fallait se servir d'une clé avant que les boutons ne s'allument pour atteindre les étages supérieurs. Apparemment, la suite où nous nous rendions était le penthouse.

— Putain de merde, m'exclamai-je, impressionné par le spectacle qui s'offrit à moi une fois à l'intérieur.

La chambre était gigantesque ; on pouvait voir la silhouette des immeubles et le parc depuis l'énorme terrasse, et les fenêtres et les lumières de la ville... j'étais dépassé.

— C'est magnifique, m'enthousiasmai-je. Merci de m'avoir invité.

Il semblait souffrir.

— Qu'est-ce qui ne va pas ?

— Pourquoi ne me laisses-tu pas te toucher ?

Je laissai échapper un ricanement peu distingué.

— Tu plaisantes ? répondis-je en écartant les bras pour l'y accueillir. Viens me toucher. Pose tes mains partout sur moi.

— Je veux sucer ta queue, me cria-t-il presque. Pourquoi ne me laisses-tu pas faire ?

— Tu crois que je vais juste éjaculer dans ta gorge sans te montrer un papier qui te dise que je suis clean ? Pour quel genre de connard est-ce que tu me prends ?

Il traversa la pièce d'un pas rapide, s'arrêtant à quelques centimètres de moi et me regardant fixement.

— Je sais tout de tes nombreuses, nombreuses conquêtes. Je me suis renseigné sur vous en long, en large et en travers, histoire que vous le sachiez, inspecteur.

— Vraiment ?

— Oui, vraiment.

Il était catégorique.

— Je voulais apprendre chacun de tes vilains petits secrets et devine quoi ? En dehors du fait que tu es gay et que tu baises tout ce qui respire, tu n'as aucun squelette dans le placard.

Mais c'était un mensonge et nous le savions tous les deux, parce que s'il s'était renseigné comme il l'avait dit, alors il savait qu'une partie de ma vie était cachée. Mais nous ne parlions pas de ça, pas de l'histoire ancienne, nous parlions de maintenant. Et il n'y avait rien de récent, c'était vrai, rien de nouveau, mais il y avait des choses qu'il ne saurait jamais à moins que je les lui offre.

— Tu crois peut-être que tu es un gros dur à cuire, mais en comparaison avec les gens que je connais, tu n'es qu'un boy-scout.

Il essayait d'avoir l'air fâché et mauvais, mais tout ce que je voyais, c'était ses lèvres enflées, ses joues éraflées par le chaume de mon menton, son teint rougi par le sexe, et les suçons sur sa gorge. Ses pupilles dilatées, ses légers tremblements et ses cheveux ébouriffés trahissaient clairement une passion assouvie.

— Tu veux aller au lit ? demandai-je.

— Quoi ?

— Est-ce que… tu veux… que je t'emmène au lit ?

Il hocha la tête en me fixant du regard.

— Qu'en est-il de me nourrir, d'un bon bain chaud et de toute cette merde ?

Ses yeux étaient orageux.

— Je… je suis un peu dérouté.

Je souris malicieusement.

— Ce n'est rien. Moi aussi.

Il fronça les sourcils.

— Comment peux-tu simplement dire ce que tu penses ?

— Pourquoi pas ? rétorquai-je en haussant les épaules. Tu m'aimes bien, exact ?

— En effet.

— Pareil, répondis-je carrément. Quand je suis avec toi, je me sens vraiment bien. Je veux ça.

Il secoua la tête.

— Quoi ?

— Tu n'aimes pas les jeux ? Tu ne joues pas ?

Je haussai les épaules.

— Pourquoi ? Tout ceci est nouveau, je n'ai pas encore tout gâché et tu me regardes comme si j'étais spécial. Alors, allons-y.

Il me dévisagea.

— Quoi ?

— Tu ne t'inquiètes pas que je perde mon intérêt sans tout ce mystère ? Je croisai son regard.

— Tu t'ennuies ?

— Non.

— Qu'est-ce que tu veux ?

— Passer du temps avec toi.

— Bah voilà, ris-je doucement. Donc, nous sommes sur la même longueur d'onde et je te plais toujours, du moins jusqu'à présent.

— Jusqu'à présent, répéta-t-il d'une voix rauque.

Tout devint flou pendant une seconde et je plissai les yeux jusqu'à ce que ma vision s'éclaircisse.

— Peut-être que tu devrais t'allonger.

— Peut-être, acquiesçai-je.

Il s'approcha rapidement, passa son bras autour de moi, et je m'appuyai contre lui tandis que nous entrions dans la chambre.

— Cette suite vaut genre un million de dollars la nuit, hein ?

— Ouaip, répondit-il et je pus entendre son sourire dans sa voix quand nous passâmes la porte et qu'il me laissa tomber sur le lit.

— Je retire ce que j'ai dit, geignis-je en laissant mes bras et mes jambes tomber en vrac, le lit king size me permettant de m'allonger en étoile de tout mon long. Tu essaies de me tuer.

— Non, soupira-t-il en s'asseyant près de moi tandis que mes yeux se fermaient. Je te le promets, c'est bien la dernière chose à laquelle je pense.

— Ce n'était peut-être pas la meilleure idée, réussis-je à répondre. Je crois bien que je vais m'endormir.

— C'est bien. Vas-y.

Et j'allais le contredire, mais le lit me parut si doux et si confortable que je soupirai et me jurai de ne me reposer qu'une minute.

QUELQUE CHOSE sentait incroyablement bon. Mes yeux s'ouvrirent et je découvris un Aaron Sutter perplexe, assis près de moi en tee-shirt et short de pyjama.

— Merde, gémis-je.

28

Il fit alors une chose curieuse : il se pencha et m'embrassa.

— Pourquoi est-ce que j'ai droit à ça ?

— Parce qu'il pleut dehors et que nous sommes au chaud, ici, et que je suis resté au lit à regarder un film pendant que tu dormais à côté de moi. C'était vraiment agréable.

— Bon sang, tu es facile à satisfaire.

— Pas d'habitude, répondit-il d'un ton bourru.

Je m'affalai sur ses genoux, passai un bras autour de sa hanche et me servis de lui comme d'un oreiller en posant les yeux sur l'énorme écran plat devant moi.

— CNN ? Vraiment ?

Ses doigts se glissèrent langoureusement dans mes cheveux.

— Il faut se tenir au courant, inspecteur.

— À cette heure indue, un jeudi soir ?

— Toujours.

— Pourquoi tu ne regardes pas le Seigneur des anneaux ou quelque chose du genre ?

Il grogna.

— Allons, Viggo est sexy.

— Tu trouves ?

— Pas toi ?

— Je préfère Sean Bean.

— Vraiment ?

Son ronronnement grondant me poussa à le serrer plus fort.

— Les hommes baraqués, c'est mon truc.

C'était la bonne réponse.

— Sympa.

— Tu as faim ?

— Je suis affamé, en fait.

— Tant mieux, dit-il en entortillant ses doigts dans mes cheveux épais. Mange, puis va prendre une douche et reviens t'allonger avec moi.

— En quoi est-ce amusant pour toi ?

— Personne ne me laisse jamais prendre soin de lui. Si tu me laisses faire… ce sera bien.

Pourquoi le contredire ? Je me redressai jusqu'à ce que nous nous retrouvions face à face et le dévisageai. Il soutint mon regard, puis nous nous retrouvâmes à nous observer de longues minutes, apparemment heureux de le faire, jusqu'à ce que je me penche et que je l'embrasse.

— Qu'y a-t-il à manger ?

Il passa ses bras autour de mon cou et me serra fort. C'était vraiment agréable, simplement d'être tenu ainsi, d'être désiré.

Le burger qu'il commanda était énorme. Il était couvert de rondelles d'oignon, de sauce barbecue et de fromage bleu. Apparemment, c'était un original spécial Sutter que le chef ici ne préparait que pour lui. Je pris du coleslaw, des frites de patates douces et une brochette de champignons sautés avec un milk-shake épais au chocolat pour faire passer le tout, et une carafe d'eau glacée. Normalement, me dit-il, il m'aurait gavé d'alcool, mais comme j'avais peut-être une commotion, il n'était pas prêt à prendre ce risque.

Après avoir mangé, je ressentis le besoin d'être propre, ne m'étant pas douché depuis ma sortie de l'hôpital.

La douche était énorme et avait un pommeau amovible, ce qui me facilita beaucoup les choses. J'avais mal, alors je fis attention à mes points de suture. Quand je sortis et observai ma joue gonflée, mon œil rouge et bouffi, et les diverses éraflures et coupures dont j'avais écopé, je me rendis compte que je devais avoir eu l'air pire quand Aaron m'avait vu un peu plus tôt.

— Qu'est-ce que tu regardes ? demanda-t-il en entrant dans la salle de bains derrière moi.

Je lui fis face, m'appuyant au comptoir, ne portant qu'une serviette autour des hanches.

— Je ne te comprends pas.

— Tu changes de su...

— Pourquoi tu t'encanailles ?

— Comment est-ce que je m'encanaille ? voulut-il savoir en se rapprochant, le regard brûlant, en m'observant de haut en bas.

Je croisai les bras et les jambes en l'examinant à mon tour et il glissa une main sur mon biceps gauche, ses doigts traçant le muscle et les veines sous ma peau pâle.

— Comment se fait-il que tu n'aies pas un petit ami riche ?

Il laissa glisser sa main jusqu'à mon épaule et la laissa posée là, caressant mon abdomen du dos de l'autre de haut en bas. Le geste était apaisant et érotique à la fois.

— Ça serait logique, non ?

— Pour moi, oui.

30

— Pour la plupart des gens, j'en suis sûr, répondit-il en se rapprochant de moi, posant ses deux mains sur mon visage en se penchant vers moi. Avoir quelqu'un à appeler pour se rejoindre à Paris à tout moment.

Je murmurai une sorte de « oui » avant que ses lèvres ne se referment sur les miennes.

Même comparé à ce que j'avais ressenti avec Nate, mon ex – que je pensais avoir presque désespérément aimé – c'était plus encore avec Aaron Sutter. Je n'avais pas ce sentiment accablant qu'il avait déjà un pied dehors. Je n'avais pas l'impression que l'homme qui se tenait devant moi partirait un jour, ce qui était bizarre puisqu'il ne m'appartenait même pas.

Sa langue pressa contre mes lèvres, quémandant d'entrer, et je m'ouvris à lui quand il s'affala contre moi.

Je me perdis dans cette sensation : la chaleur de son corps, son entrejambe frottant le mien à travers la serviette, ses mains sur mes hanches s'en débarrassant.

Mon frisson était incontrôlable et il s'écarta, rompant le baiser en réponse.

— Je ne m'encanaille pas, haleta-t-il en me dévisageant.

L'instant d'après, il réussit à ouvrir ma serviette avant de se mettre à genoux.

Mon sexe se tendait vers lui et quand il y posa la langue pour le goûter, un gémissement guttural et profond m'échappa.

— La plupart des gens…

Il s'arrêta pour m'attraper et tracer une longue ligne humide de mes bourses à mon gland, aplatissant la langue avant de s'écarter pour continuer.

— … m'ennuient à mourir. J'ai du mal à tenir à eux, à être même intéressé, parce que j'ai vu tant de choses, que j'ai été gâté toute ma vie, et que je peux désormais avoir tout ce que je veux.

Mon souffle s'accéléra quand il s'approcha pour aspirer mon gland dans sa bouche brûlante. Après l'avoir regardé faire, ses lèvres serrées autour de mon sexe, sa tête ballottée par ce mouvement, la façon dont il suçait et faisait tourner sa langue, je dus l'arrêter après quelques minutes pour ne pas jouir.

Son sourire était malicieux quand il leva les yeux vers moi.

— Toi, tu ne m'ennuies pas.

— Tant mieux, répondis-je d'une voix tendue en m'appuyant contre le lavabo.

— Tant mieux, acquiesça-t-il avant de me prendre en bouche jusqu'à la gorge d'un geste fluide, sans même un haut-le-cœur.

La façon dont sa gorge s'ouvrit autour de moi, ses mains agrippant mes fesses… il me fut impossible de ne pas m'enfoncer plus loin encore. Quand je frappai au fond, il suça, avala, et je passai les doigts dans ses cheveux pour les saisir. Je l'écartai de moi pour le ramener brusquement, baisant sa bouche, le poussant à me prendre encore et encore comme ses doigts massaient mes fesses, les écartant. C'était tellement bon que je me rendis compte que je le voulais en moi plus que de jouir dans sa bouche. En le repoussant, je vis son désir une seconde avant de l'attirer sur ses pieds.

— Duncan…

— Non, l'interrompis-je en me tournant vers le lavabo, les mains posées sur le marbre froid, les jambes écartées, laissant ma tête retomber vers l'avant.

Ses mains furent instantanément sur mes hanches et je sentis sa bouche entre mes omoplates.

— Je n'avais jamais été pris avant cette nuit avec toi, dit-il en m'embrassant le long de la colonne vertébrale. Et c'était si bon de te chevaucher, j'étais… je n'ai jamais joui comme ça.

Il déposa d'autres baisers au bas de mon dos, puis sa langue effleura le haut de ma raie.

Instinctivement, je poussai vers lui et il se retrouva encore à genoux, ses mains séparant mes fesses tandis que sa langue se glissait sur mon entrée. Il la lapa, me pénétrant du bout de sa langue un moment avant de parler à nouveau.

— Mais Duncan, dit-il d'une voix bourrue. Je n'arrive pas à me sortir de la tête l'idée de te baiser.

Je frissonnai.

— Où sont ton lubrifiant et tes capotes ?

— Ici. Tiroir de droite.

— C'était déjà dans la salle de bains quand tu as pris la chambre ?

— Non. J'ai appelé à l'avance et les ai fait mettre là après que tu m'as dit que tu me rejoindrais.

— Moi, m'étouffai-je, ou n'importe…

— Toi, grogna-t-il en me mordant la fesse droite.

Je poussai un petit cri et éclatai de rire, et il se releva en me giflant l'autre fesse avant d'ouvrir le tiroir pour y récupérer le flacon intact et un préservatif.

— Je ne…, commença-t-il et j'entendis le bouchon claquer. Je ne ferais jamais venir n'importe qui avec moi, au lit, pour coucher avec lui. Tu comprends ?

J'agrippai le rebord du comptoir pour garder l'équilibre et le regardai dans le miroir.

— Oui.

— Tu es sûr ? vérifia-t-il, sa voix étouffée par le préservatif qui se balançait entre ses dents comme il me pénétrait d'un doigt recouvert de lubrifiant.

— Aaron, murmurai-je, mes yeux se fermant avant que ma tête ne retombe sur mes épaules. Ne t'occupe pas de tous ces préparatifs… Enfile juste la capote et baise-moi.

— Nous devons y aller doucement, râla-t-il et j'entendis l'emballage se déchirer.

— Non.

— Je refuse de te faire mal, rétorqua-t-il en retirant son doigt, puis l'enfonçant de nouveau, plus profondément, effleurant ma glande et me poussant à me cambrer contre le comptoir.

— Personne ne m'a jamais pris sauf…, hoquetai-je. Sauf un…

— Ton ex, je sais, me calma-t-il. Je sais que ta soumission est un cadeau.

Je me penchai, le désirant presque douloureusement.

— Pitié.

— Je vais prendre soin de toi, me promit-il avant que son gland ne m'ouvre en grand.

Il poussa en moi, le lubrifiant facilitant son geste, mes muscles se resserrant autour de lui quand il plongea plus profondément.

— Bon sang, Duncan, tu es si serré, chuchota-t-il en me caressant les flancs, embrassant mon épaule, se courbant avec moi, laissant à mon corps le temps de s'habituer à cette intrusion.

La pression en moi, la façon dont il me remplissait, ce léger retrait avant le coup de reins brusque, d'une traite, tout cela était bienvenu. Je le voulais, là.

— Je dois bouger.

— Oui, fais-le.

Il se dégagea et s'enfonça de nouveau brutalement.

Je gémis son nom.

— Cette putain de capote, grogna-t-il. Je la déteste.

— Retire-la, grondai-je. Tu t'es renseigné sur moi. Tu sais que c'est bon. Débarrasse-t'en.

Il se retira, puis revint, plongeant en moi, et je pus sentir la différence, la sensation de sa peau en moi comme ses mains se resserraient sur mes fesses.

— Je vais jouir en regardant ma queue aller et venir dans ton cul, me dit-il et sa voix était grave, rocailleuse. Et je ne vais pas me retirer et jouir sur ton dos. Je vais jouir dans ton cul. Est-ce que tu comprends ?

J'acquiesçai.

— Dis oui.

— Oui, répondis-je d'une voix rauque.

Puis, il n'y eut plus de mots, seulement lui, avec ses mains sur mes hanches pour me maintenir tandis qu'il me pilonnait brutalement, aussi vite qu'il le pouvait. J'attrapai ma queue et me caressai, ma tête se balançant quand je jouis contre le comptoir.

Je me resserrai tout à coup autour de lui, mes muscles se contractant, et il continua à me baiser à travers les sensations de mon orgasme, puis du sien. Quand une chaleur humide et soyeuse me remplit, je hoquetai à cette sensation depuis longtemps oubliée.

— Promets-moi que je pourrai recommencer, quand je veux.

— Oui. Quand tu veux.

— Personne d'autre, dit-il, sa voix se brisant un peu. Ce n'est pas prudent.

— Ce n'est pas la raison.

Je le regardai par-dessus mon épaule.

— Non, acquiesça-t-il et je le vis frémir. Je ne veux pas que tu voies quelqu'un d'autre que moi.

— Je ne le ferai pas. Et toi non plus.

— Je te le promets, murmura-t-il avant de s'écrouler sur mon dos.

Puisque je le pouvais, car j'étais grand et fort même blessé comme je l'étais, je nous soutins tous les deux. La sensation humide quand il se retira me rappela ce que je lui avais permis de faire et il s'écarta rapidement pour lancer la douche.

— Viens là ; laisse-moi prendre soin de toi.

Nous prîmes une douche rapide ; il allait vite et fut bien plus prudent avec mes points de suture que moi. Une fois au lit, il me donna deux Tylenol, m'ordonna de boire le verre d'eau, puis je me retrouvai sur le flanc dans l'obscurité, les lumières de la ville illuminant la vaste chambre.

34

— Tu peux regarder la télé, lui dis-je quand il se plaqua contre mon dos, son entrejambe pressé contre mes fesses, son visage dans mes cheveux, son biceps glissé sous ma joue et sa main sur mon torse. Ça ne me dérangera pas.

— Non, je veux dormir avec toi, Duncan. J'attendais ça.

Je grognai quand mes yeux se refermèrent et il se rapprocha encore.

— C'est vrai, insista-t-il.

— J'en suis heureux, lui assurai-je. Embrasse-moi pour me souhaiter bonne nuit.

— Tourne la tête pour que je puisse le faire.

Je me reculai et il se redressa. Le baiser était doux, juste un frôlement de lèvres, mais en quelque sorte très intime.

— Dors, bébé.

Et c'est ce que je fis, en sécurité dans ses bras.

IV

Je me réveillai en entendant jurer.

— Je vais partir, lançai-je en roulant sur le dos, groggy de sommeil.

C'était un jour gris et couvert, mais j'avais fait la grasse matinée, donc c'était déjà bien.

— Ne sois pas en colère.

— Tais-toi ! me lança-t-il depuis la salle de bains.

Je baillai et m'étirai, et quand il ressortit de la salle de bains à grands pas, habillé pour... je n'étais pas sûr pour quoi, je ne pus m'empêcher de sourire.

Il agita la main, dédaigneux.

— Ne dis rien.

— Tu es sexy, lui dis-je en m'asseyant et me frottant les yeux de mes paumes avant de l'observer de nouveau. Où tu vas ?

Il enfila le casque qu'il portait sous son bras.

— À un match de polo caritatif.

— Ça a l'air fun, plaisantai-je. Donc je vais juste passer du temps avec toi ici jusqu'à ce que tu...

— Tu ne voudrais pas venir, n'est-ce pas ?

La façon dont il le demandait, nonchalante comme si cela n'avait pas d'importance, était complètement trahie par la façon dont il se mordillait l'intérieur de la joue gauche. Comme si je n'étais pas inspecteur de police, entraîné à regarder toute une personne, et que ce genre de détail m'échappait.

— J'aimerais bien, répondis-je sincèrement. Mais je serais qui ?

— Qu'est-ce que tu racontes ?

Je le dévisageai.

— Je veux dire, je suis ton garde du corps, un ami ? Qui suis-je ?

Il se dirigea vers la fenêtre, se planta là et croisa les bras.

— Je n'essaie pas de jouer les connards, lui dis-je sincèrement. J'ai juste besoin de savoir.

Il émit un petit bruit me prouvant qu'il comprenait, un « hum » et une sorte de grognement.

— Dans tous les cas, je ne pourrais pas te toucher, alors...

— J'ai compris, me coupa-t-il.

Nous restâmes silencieux et, dans le silence, les vibrations de son téléphone portable furent très bruyantes.

Il traversa la chambre à pas lourds pour vérifier l'écran. La colère envahit ses traits magnifiques quand il enleva son casque et le plaça sous son bras avant de répondre.

— Oui, dit-il brusquement au téléphone et je fus surpris que la personne à l'autre bout du fil soit soudain sur haut-parleur.

— Tu ne peux pas te cacher pour toujours, Aaron, aboya l'homme. Et le conseil d'administration se réunit dans une semaine pour entendre les accusations.

— D'accord.

— Tu es terriblement cavalier.

— Comment veux-tu que je sois ?

— Je préférerais que les rumeurs soient vraies, grogna l'homme à l'autre bout du fil. Que tu sois un coureur de jupons et pas un sodomite.

— Autre chose ?

— Tu seras accusé de turpitude morale.

— C'est ce que tu m'as dit.

— Tu seras renvoyé du conseil et je serai réintégré !

— Pense ce que tu veux.

— Tu devrais t'inquiéter. Quand tu auras été renvoyé, je te prendrai tout et tu te retrouveras à la rue, comme devraient l'être les hommes comme toi.

— Les hommes comme moi, se moqua Aaron. Peu importe. Ça ne se passera pas comme ça.

— Je pense que tu sous-estimes ton propre conseil d'administration. Tes badinages minent la crédibilité de cette entreprise et nous ne les laisserons plus entacher la réputation de Sutter.

— Je suppose que je recevrai un mémo avec la date et l'heure de cette chasse aux sorcières ?

— Mais c'est ça, le truc, soupira l'homme. Cette fois, ce n'est pas une chasse aux sorcières. Cette fois, nous avons des preuves.

— Hum hum.

— Jaden Cobb.

— Et alors ?

— Il a vécu avec toi et tu lui as payé une école de cuisine après votre rupture.

Aaron soupira.

— Et tu as envoyé quelqu'un lui faire peur ? Tu lui as dit qu'il allait devoir rembourser son prêt avec des intérêts ou une connerie du genre ?

— Nous avons fait ce qu'il fallait.

— Donc, c'est oui.

Il avait l'air détaché.

— Aaron...

— J'aurais aimé qu'il m'appelle d'abord, mais... ce qui est fait est fait.

— Tu n'as pas idée des problèmes auxquels tu vas devoir faire face, n'est-ce pas ?

— C'est toi qui es confus. Tu joues avec le feu.

— Aaron...

Il leva les yeux vers moi.

— J'ai fini de me cacher de toi.

— Mon fils, commença-t-il et je faillis tomber par terre. Je...

— Arrête, lui ordonna Aaron et je fus encore plus étonné de le voir sourire.

Je ressemblais probablement à un poisson hors de l'eau et je déglutis d'un air stupide.

— Je te verrai à mon procès, dit-il avant de raccrocher.

— C'était ton père ?

Il avait l'air ravi de ma réaction ; c'était peint sur son visage. Ses yeux turquoise scintillants, la courbe de ses lèvres : j'avais fait une chose qu'il appréciait.

— Que se passe-t-il ?

— Il va me faire virer de mon poste en tant que PDG de Sutter pour pouvoir reprendre la place que je lui ai prise il y a cinq ans.

— Ton père était PDG ?

— Exact.

— Mais tu l'as flanqué à la porte.

Il bougea la tête.

— Oui.

— Pas étonnant qu'il soit fâché.

— Il est fâché parce que j'ai poussé le conseil à le renvoyer à cause de son rendement au travail. Je suis un meilleur PDG, je suis le meilleur homme d'affaires et le meilleur dirigeant. Il aurait ruiné la compagnie avec ses mauvais choix perpétuels ; nous en prenions le chemin.

— Jusqu'à ce que tu prennes sa suite.

38

— Oui. Depuis que je suis à la tête de l'entreprise, nous avons eu une croissance continue, de meilleures parts de marché et les affaires ont augmenté de 27 % l'an dernier par rapport à la précédente, même avec l'économie actuelle.

— Merci pour ton CV.

Son sourire fut instantané et aveuglant, et il traversa la chambre, jeta le casque sur une chaise et se pencha vers moi.

— Alors, le taquinai-je, est-ce que tu garderas cette tenue quand nous reviendrons ici ?

— Je ne vais pas y aller, murmura-t-il. Mon frère ira ; il pourra être le Sutter que tout le monde prend en photo.

— Peut-être que tu devrais le laisser faire tout le temps, dis-je pensivement.

— Je pensais la même chose, répondit-il en se laissant tomber sur le lit et s'installant à califourchon sur mes cuisses.

— Vraiment ?

— Oui, murmura-t-il, ses mains glissant sur mon torse. Peut-être que mes voyages constants ne me conviendront plus, maintenant.

— Pourquoi ça ?

Il fouilla mon regard du sien.

— Dis-moi.

— Je ne voudrais pas me retrouver loin de toi pendant deux à trois semaines.

— Moi non plus, répondis-je en soupirant brusquement. Tu me manquerais.

Il s'éclaircit la gorge quand je posai les mains sur ses cuisses pour les serrer.

— Tu me manquais déjà depuis ces quelques…

Il me fallut une minute avant que je me rende compte qu'il n'allait rien dire d'autre.

— Aaron ?

Il était incertain et je le comprenais. Je posai les mains sur son visage et il se pencha juste assez pour que je puisse le toucher.

— Tu n'es pas obligé de te cacher de moi et tu n'es pas le seul à ressentir ça.

— Non ?

— Non, promis-je.

Il se rapprocha.

— J'ai la mauvaise haleine du matin, lui dis-je en glissant malgré toute une main sur sa nuque.

— Ce n'est rien, dit-il faiblement en posant sa bouche sur la mienne.

Je le fis rouler sur le dos et le plaquai contre le matelas en quelques secondes. Il passa une jambe par-dessus ma hanche et je la saisis fermement, savourant la sensation de ses muscles puissants sous mes doigts comme ses bras se resserraient autour de mon cou. Il n'y avait aucun doute à ce sujet : j'aurais pu rester au lit avec Aaron Sutter pour le restant de mes jours.

— Oh.

Il avait l'air content de quelque chose.

— Quoi ?

Il pencha la tête pour me regarder.

— Est-ce que je pourrais vous emmener déjeuner, inspecteur ?

— On ne peut pas juste rester au lit ?

Il me dévisagea.

— Quoi ?

— Ça va avoir l'air étrange.

Je souris malicieusement.

— J'aime les choses étranges.

— J'aimerais que les gens te voient avec moi.

Normalement, ces mots auraient signifié la fin pour qui que ce soit d'autre. Je ne comprenais pas pourquoi je faisais ressortir ce besoin chez les hommes que je fréquentais. C'était probablement flatteur, ce désir de me revendiquer publiquement, mais je ne l'avais jamais pensé. Jusqu'à maintenant.

Aaron Sutter voulait en gros me tenir la main et que d'autres le voient, et au lieu de me terrifier comme d'habitude, cette pensée me semblait juste parfaite. J'aimais l'idée d'appartenir à Aaron Sutter.

— N'est-ce pas dangereux pour toi ?

— Je ne sais pas.

Il sembla confus.

— Tu joues avec le feu avec ton père qui se déchaîne, non ?

— Oui, confirma-t-il.

— Alors, pourquoi faire une telle chose ? Nous pourrions nous terrer ici, dis-je de manière suggestive en agitant les sourcils.

Il fouilla mon regard.

— Parce que tu mérites d'être avec quelqu'un qui soit fier d'être avec toi.

— Je crois que mon ex a dit quelque chose de similaire à propos de lui-même juste avant de rompre avec moi.

— Et maintenant, c'est ton tour, répondit Aaron en souriant.

— Oui, mais aucun de nous deux ne peut être *out*. Pas vraiment.

— Tu es sûr ?

Je l'étais, n'est-ce pas ? Ou avais-je trop peur de le découvrir ?

— Est-ce que tu connais d'autres policiers gays dans les forces de l'ordre ?

— Non, répondis-je en commençant à me sentir coincé.

— Mais il doit y en avoir.

— Oui, bien sûr.

— Est-ce que tu pourrais être renvoyé parce que tu es gay ?

— Non, mais je pourrais me retrouver coincé à cause de ça.

— Comment ?

— Ne plus être promu.

— Et quel est ton poste, actuellement ?

— On appelle ça un grade, civil.

Il leva un sourcil.

— Je suis sergent.

— Et tu ne deviendras peut-être jamais lieutenant si tu fais ton coming out.

— Ou capitaine, un jour.

— Alors d'accord, répondit-il en essayant de s'écarter de moi.

Je resserrai mon emprise.

— Laisse-moi partir, Duncan.

Mais je n'en fis rien.

— Tu n'aimes pas les ultimatums et c'est moi qui ai lancé toute cette histoire, et maintenant…

— Je ne veux pas que tu choisisses quelqu'un d'autre, répondis-je franchement.

Il s'immobilisa et son regard croisa le mien.

— Est-ce que tu comprends ?

— Oui, m'assura-t-il.

— Alors, comporte-toi comme si c'était le cas, répondis-je en l'écrasant de mon corps plus imposant, pressant sur lui jusqu'à sentir disparaître son envie de se battre.

Il enroula fermement ses bras et ses jambes autour de moi.

— Je ne veux pas que tu couches avec quelqu'un d'autre que moi.

— J'ai déjà promis, lui rappelai-je.

— Je sais, soupira-t-il. Je veux juste l'entendre encore.

Je m'écartai de lui, seulement pour relever sa chemise et embrasser son ventre plat. Son souffle s'accéléra, sa main empoigna mes cheveux et il frémit quand ma bouche se rapprocha de sa hampe qui essayait de m'atteindre à travers deux épaisseurs de tissu.

— S'il te plaît.

Sa requête était inutile.

V

AARON PARTIT le lundi matin, ce qui était une bonne chose parce que je devais me remettre dans le bain et retourner travailler avec Joaquin et les autres. Il fut vraiment difficile de quitter la suite en sachant que je ne le reverrais pas à la fin de la journée. En si peu de temps, je m'étais habitué à lui et à l'hôtel.

Benny vint me chercher à mon nouvel appartement dans l'Escalade de Joaquin et nous discutâmes comme d'habitude. André et lui avaient tous les deux l'air épuisés.

— Qu'est-ce qui vous arrive, les mecs ?

André portait ses lunettes de soleil, la tête en arrière, et Benny, qui conduisait, portait les siennes aussi. Mais il pleuvait et il n'y avait aucune lumière vive.

— On a fait la fête au Mayan hier soir, marmonna André. Arrête-toi chez Starbucks, j'ai besoin d'eau et de café.

— Ma mère voulait que je mange des œufs ce matin, grommela Benny. Bordel.

Ils étaient censés être effrayants. C'étaient des trafiquants de drogue. Mais pour l'instant, ils avaient simplement la gueule de bois.

— Alors, qu'est-ce que t'as fait ? me demanda Benny dix minutes plus tard quand nous nous garâmes devant le Starbucks.

— Quand ?

— Ce week-end, précisa-t-il. T. et moi sommes passé chez toi, mais tu étais sorti. Tu t'es terré avec une salope tout le week-end ?

C'était la faute d'Aaron. La séparation était trop récente et je n'étais pas prêt à mentir.

— Non.

— Non ? insista Benny.

— Je ne couche pas avec les filles.

Deux paires de lunettes s'abaissèrent ; deux paires d'yeux injectés de sang et plissés me dévisagèrent.

Je restai assis là et patientai.

43

— D'accord, répondit Benny en haussant les épaules peu après. Y'en aura plus pour moi. C'est cool.

— Je m'en branle, marmonna André en remettant ses lunettes et me tendant son téléphone. Va juste me chercher mon Venti Quad Mocha Blanc, et prends du lait écrémé, compris ?

J'étais confus.

— J'ai ma carte du Starbucks sur mon téléphone.

— Et moi il me faut un Venti Americano, avec de la crème, pas du lait, ajouta Benny.

— L'un d'entre vous y va. Je ne sais même pas ce qu'est cette merde.

Mais puisque la lumière du jour ne pouvait pas me faire fondre, je fus choisi. Quand je revins avec leurs boissons, l'eau en bouteille et le gâteau au café que ni l'un ni l'autre ne voulait – *la bouffe, c'est mal* – Benny m'expliqua que nous avions une tonne d'argent à récolter ce matin.

Je sirotais ma tasse de café très ordinaire en écoutant les nouvelles sur la circulation à la radio quand Benny perturba mes pensées.

— Peut-être qu'on dira à personne que t'es pédé, hein ?

Je portai mon attention sur lui.

— Oui, ce serait bien, bâilla André sur la banquette arrière. Ça pourrait être un problème pour certains de ces types et je ne veux pas tuer qui que ce soit aujourd'hui. J'aime ce costume.

Les priorités…

— D'accord, acquiesçai-je.

Les trois premiers arrêts se déroulèrent sans incident : débarquer, prendre l'argent, donner sa part au dealer et partir. Au quatrième, quand nous atteignîmes la porte, elle était déjà entrouverte et s'ouvrit à la volée après un petit coup de botte de la part de Benny. Je vis le sang sur les murs de là où je me trouvais derrière lui et l'empêchai d'entrer.

— Ooh, bordel, grogna Benny depuis la porte en sortant son téléphone de sa poche de poitrine tandis qu'André et moi essayions de voir combien de types étaient morts depuis le couloir.

— On ne bouge plus !

Bien sûr, les flics étaient là. Quelqu'un avait dû les appeler. Au moins, Benny et André avaient tous deux terminé leur café.

LA QUESTION était simple : pourquoi étions-nous là ? Au poste de police, chacun d'entre nous fut placé dans une pièce différente avec un groupe d'inspecteurs différent et nous répondîmes tous la même chose : nous étions là pour voir Pablo Guzman, et rien d'autre.

— T'es un ami de Pablo, alors ?

— Bien sûr, répondis-je avec nonchalance en attendant d'être attaqué avec ce qu'ils pensaient savoir : je travaillais pour Joaquin Hierra et Joaquin travaillait pour le cartel Modella, qui approvisionnait la moitié de la ville en stupéfiants.

— C'est quoi, ça, Ross ? me demanda l'inspecteur Craig en brandissant un revolver à canon court.

Je plissai les yeux.

— Je ne sais pas, inspecteur. Je porte un 9 mm, comme vous le savez d'après vos dossiers.

— Tu as un permis ?

— Vous savez bien que oui.

Il fallut des heures avant que nous nous retrouvions devant la fourrière de la police, à attendre qu'ils nous ramènent l'Escalade.

Je pointai André du doigt.

— Ton œil est presque complètement fermé tellement il est gonflé, mec.

— Putain de flics, grogna Benny en léchant sa lèvre fendue. T'as pas l'air mieux, Tuck.

Je m'étais pris moi aussi un coup de coude dans l'œil par accident, en insistant bien sur « accident ». Non pas que je ne sois pas coupable de faire la même chose à mes suspects lors de mes gardes à vue.

L'interrogatoire nous avait bouffé la journée, donc je ne fus pas surpris de devoir bosser tard le soir pour rattraper. Nous devions beaucoup conduire, nous avions beaucoup d'endroits à visiter, beaucoup de gens à voir et beaucoup d'argent à ramener au bar de Joaquin, le Jimmy Rig.

Quand nous arrivâmes, l'une des hôtesses de Joaquin nous mena vers l'une des pièces du fond.

— Pourquoi on ne va pas au bureau ou dans l'une des salles VIP ? demanda André quand un homme que je n'avais jamais rencontré avant, ni même vu, ouvrit la porte.

À l'intérieur de la pièce clairsemée dans laquelle on nous mena, un canapé avait été libéré pour nous.

Joaquin se trouvait dans un coin avec cinq hommes et, alors seulement, stupidement, il me vint à l'esprit que je n'avais pas tenu qui que ce soit informé de mes activités de la journée. J'avais un 9 mm attaché aux côtes, mais je ne pouvais pas l'atteindre sans risquer que quelqu'un me mette une balle dans la tête. J'étais à la merci de Joaquin et je venais de me jeter tout seul dans la gueule du loup. Je n'avais rien fait d'aussi stupide depuis très longtemps.

— À genoux, bordel !

Donc, le canapé n'était pas pour nous.

André, Benny et moi fûmes attrapés par la nuque et poussés sur le sol de béton froid. Un homme s'éloigna des autres. Il ne me fallut qu'une seconde pour le reconnaître. J'avais vu beaucoup de photos d'Esau Modella ; je ne l'avais simplement jamais vu en vrai.

— Apparemment, nous avons un flic parmi nous, nous informa le responsable de la sécurité du cartel Delgado. Et nous allons trouver qui c'est.

INTERROGATOIRE OU torture, impossible de faire la différence.

D'abord, je perdis la notion du temps. Difficile de discerner les jours quand vous êtes enfermé dans une pièce sombre. Franchement, c'était impressionnant de découvrir comme monsieur Modella savait infliger la douleur, mais son ingéniosité et sa patience étaient exténuantes quand on en était la cible. Le pire, c'était qu'ils soupçonnaient l'un de nous trois : André, Benny ou moi. Ils pensaient que quelqu'un portait un micro depuis six mois et fournissait des informations aux fédéraux. Je voulais souligner que je ne travaillais même pas pour Joaquin depuis un mois, mais cela se résumait au fait que quelqu'un était flic, et que les autres le savaient ou l'avaient couvert. Ou que seulement l'un de nous couvrait l'autre. Monsieur Modella ne savait pas. Joaquin ne savait pas. Mais ils étaient déterminés à nous briser pour le découvrir. Je compris donc que Benny ou André était flic. Je ne savais simplement pas qui. Quand les jours s'écoulèrent, il me fut plus difficile de me concentrer suffisamment pour le découvrir.

Le premier jour, on me tabassa jusqu'à ce que je perde connaissance puis, comme ils m'avaient pris ma montre, il me fut trop difficile de suivre combien de temps s'écoulait. J'eus de la chance qu'on ne m'arrache pas ma chemise, donc personne ne vit mes points de suture ou je suis certain qu'on aurait tapé dessus. Joaquin ne le mentionna pas, mais de temps à autre quelqu'un me frappait là. Cela me coupait instantanément le souffle, cette douleur aiguë et éclatante et, en chutant au sol, mon visage subit davantage de dégâts.

Mon œil gauche était si enflé qu'il était fermé, mon nez *encore* cassé, et entre la pisse, le sang et le vomi, la cellule où ils nous gardaient empestait.

Nous avions été transférés à un moment donné, ou peut-être seulement moi puisque je perdis complètement la trace de Benny et André. Je ne pouvais plus entendre les autres crier. J'avais été fier de ne pas crier, mais quand ils me cassèrent le bras droit, je n'eus pas le choix. Mon hurlement fut involontaire et bruyant.

Les questions étaient toujours les mêmes : étais-je le flic ? Savais-je qui était le flic ? Que lui avais-je dit ?

Ils ne me donnèrent que de l'eau, rien d'autre, et quand je ne vis personne pendant ce qui me sembla être des jours, je crus qu'on m'avait peut-être laissé pour mort. Mon seul regret fut de ne pas avoir pu vivre avec Aaron Sutter. J'aurais vraiment aimé rentrer chez lui tous les soirs.

PUISQUE ME lever n'était plus une option, on me traîna jusqu'à un coin d'entrepôt et on me jeta devant Joaquin et Esau Modella. Ce fut marrant de voir ce qui ressemblait à de la douleur envahir le visage de Joaquin. Nous étions ses hommes, après tout. Ça ne devait pas être bon pour lui d'être responsable des maillons faibles. André avait été tabassé comme moi. Benny était dans un état encore pire et sa respiration semblait sifflante.

— Alors, dit Esau en s'avançant. La seule personne qui n'a rien dit du tout, c'est vous, monsieur Ross. Pourquoi pensez-vous que ce soit le cas ?

Il me fallut une seconde pour retrouver ma voix puisque je ne m'en étais pas servi depuis plusieurs jours.

— Parce que je ne suis là que depuis un mois, répondis-je.

— Et qu'avez-vous vu ou entendu de la part de Benny ou André ?

Les deux hommes me regardaient.

— Rien, répondis-je. Absolument rien.

— Malheureusement, dit Esau Modella en sortant son arme de l'étui sous sa veste de costume Armani et en contournant Benny et André pour se placer derrière eux, ce n'est pas le cas.

— Non ! cria Benny et sa voix était haut perchée et fracturée avant que Modella n'appuie sur la gâchette.

L'explosion nous éclaboussa, André et moi, avant que Joaquin ne s'avance derrière nous.

— Oh, mon Dieu.

André tremblait et me regarda.

— Je suis tellement désolé.

Ce qui était, en gros, un aveu.

Je levai les yeux vers Joaquin quand il appuya sur la gâchette et je fus éclaboussé de sang une deuxième fois, encore plus étant donné que je me trouvais plus près. Les deux hommes étaient morts près de moi.

— Et maintenant ? demanda Joaquin à Esau.

Il pencha la tête vers moi.

— Ton homme m'a vu. Nous ne laissons pas de trace.

— D'accord, répondit mon faux patron et il leva son arme pour la pointer vers moi. Je suis désolé.

Je fermai les yeux. J'entendis le coup de feu, le son suivi par une pression lancinante, de la chaleur. J'eus l'impression qu'on me déchirait l'épaule gauche. Peut-être que tout le sang quittait mon cœur et que c'était ça, cette sensation. Trop de choses à savoir. Trop de choses à prendre en compte.

Un seul regret, ce n'était pas si mal et c'était tout ce que j'avais. Je me demandai si Aaron découvrirait la vérité ou s'il s'interrogerait pour le restant de ses jours en se demandant ce qu'il m'était arrivé. J'espérais vraiment valoir la peine d'être cherché.

— Tire-lui dans la tête !

L'ordre jaillit, sombre et meurtrier.

— Je suis tellement désolé, murmura Joaquin tout bas.

Je ne pouvais plus parler. Il fallait vraiment qu'il vise juste. Être blessé et se vider de son sang, ce n'était pas un bon moment à passer. Mieux valait en finir.

Même quand la bombe explosa, je ne pus ouvrir les yeux pour regarder.

VI

J'AI TOUJOURS eu une façon étrange d'affronter les traumatismes. Comme quand j'avais huit ans et que mon beau-père s'en était encore pris à moi. Il avait l'habitude de me passer à tabac, mais malheureusement, cette fois, mon frère Ian était rentré de l'école militaire où mon beau-père l'avait envoyé – je n'étais pas encore assez âgé pour y aller moi aussi – et s'était interposé. J'avais cru – nous l'avions cru tous les deux – que Philip Calloway avait laissé tomber, mais il était revenu avec une batte de base-ball et avait matraqué mon frère à mort.

Il m'avait manqué de quelques centimètres quand j'étais sorti en courant par la porte d'entrée. Ma mère couvrait cet homme depuis que j'avais six ans et Ian onze. Mais mon frère avait été assassiné et, au tribunal, quand j'avais témoigné et pleuré en montrant la façon dont beau-père m'avait maintenu au sol et frappé, et quand le procureur avait montré les énormes gros plans de mes ecchymoses, ça s'était terminé. Il avait été accusé, reconnu coupable d'avoir tué Ian et d'avoir essayé de me faire la même chose. La sentence prononcée avait été de trente ans. Il n'avait jamais atteint la chambre d'exécution de la prison d'État de l'Utah ; il avait eu une crise cardiaque et était mort dans son sommeil un an après son incarcération. Les journaux avaient déclaré qu'il ne méritait pas de s'en sortir si facilement. Les gens qui laissaient des lettres et des panneaux à la prison avaient dit que c'était une fin bien trop facile pour lui. Moi, bien sûr, je n'aurais pas pu être plus d'accord.

Ma mère avait été accusée de maltraitance, négligence, mise en danger de la vie d'un enfant, la totale en somme, et condamnée à dix ans. La mort de n'importe quel enfant est horrible. Mais qu'une mère permette le meurtre de l'un de ses enfants et soutienne malgré tout son tueur dépassait complètement la compréhension du jury. Je fus informé de son suicide trois ans après le début de sa sentence. Elle ne s'excusa jamais ou, autant que je sache, n'exprima le moindre regret. Je ne pleurai pas son décès.

Mes dossiers juvéniles furent scellés et, par la suite, j'allai vivre avec mon père et sa nouvelle famille à Détroit, dans le Michigan. Mon paternel était mécanicien et possédait son propre garage. Ma belle-mère, Susan, était secrétaire de l'une des plus grandes églises baptistes de la ville. Mon père et elle étaient tous deux extrêmement religieux, mais quand elle me surprenait en train de faire quelque chose de mal, j'avais droit à un sermon, alors que quand c'était mon père qui m'attrapait, il sortait sa ceinture.

Les punitions d'Henry Stiel n'avaient rien à voir avec celles de mon beau-père et je les supportais donc, les digérais et passais à autre chose. Il ne me battait que quand je faisais quelque chose de mal, pas par plaisir. Quand j'eus l'âge de Ian à sa mort, mon père raccrocha définitivement sa ceinture et se contenta de me rugir dessus et de me supprimer des trucs. Je devais dormir dans l'escalier de secours ou aller me coucher sans dîner. Ces punitions me semblaient justes.

J'appris à être sournois et à mentir et, bien vite, quand mes deux sœurs les plus jeunes atteignirent respectivement quatorze et seize ans, tout le monde m'oublia. J'étais sauvage en privé ; Lydia et Karen en public. Dès que je pus, je m'enrôlai dans l'armée et fus envoyé en camp d'entraînement une semaine après l'obtention de mon diplôme.

Avec un père et une belle-mère ultraconservateurs, après avoir grandi avec les blagues d'Henry Stiel sur les pédés et le Lévitique de Susan, je ne leur fis pas mon coming out. Ils m'envoyaient des cartes de Noël ; je leur envoyais des paniers garnis d'Hickory Farms tous les ans. C'était l'étendue de nos interactions.

Souvent, pendant les fêtes, quand j'étais seul le soir après des dîners avec des amis, je pensais à mon frère et à ce qu'aurait été notre relation. Et même si je savais que je l'idéalisais un peu, nous avions été proches, enfants, même si nous avions cinq ans de différence. Voilà pourquoi il s'était précipité pour me défendre le soir où il était mort. Il n'allait pas me laisser souffrir encore.

Donc, à cause de la perte de Ian et de tous les événements qui l'avaient accompagnée, puisque j'avais grandi en cachant qui j'étais vraiment, que je m'étais caché dans l'armée, que j'avais perdu des amis en Irak et en Afghanistan, que j'étais inspecteur aux homicides et que j'avais caché qui j'étais une nouvelle fois, voir deux hommes que je connaissais être tués devant moi ne me fit pas basculer dans une spirale infernale. Je me contentai de me figer.

Un tuyau anonyme avait conduit les autorités à l'entrepôt d'Hoboken, dans le New Jersey, où on m'avait trouvé en vie, et Benny Aruellio et André Franks abattus d'une balle dans la tête. Ils avaient arrêté Joaquin Hierra, mais Esau Modella s'était enfui. Je m'en fichais. Le fait est qu'à cause du traumatisme, je m'en sortais bien.

Rien d'autre n'avait d'importance.

LA SECONDE nuit à l'hôpital, je faillis m'évanouir sous le choc. Un homme que je n'avais pas vu depuis trois ans entra tranquillement dans ma chambre.

— Oh, merde.

Je souris même si mes lèvres se craquelaient et que mon nez me fit mal, tout comme le reste de mon corps. J'avais l'impression d'avoir été écrasé par un camion.

Il se déplaça d'un geste fluide jusqu'au bord de mon lit et me prit la main gauche.

— Qu'est-ce que c'est que ce bordel, T. ? soufflai-je en levant les yeux vers Terrence Moss, avec qui j'avais été ami depuis le CM2 jusqu'à ce que nous décrochions notre diplôme.

Nous avions même rejoint l'armée ensemble, mais il était parti pour devenir Dieu sait quoi, alors que je n'étais resté qu'un grouillot.

— Tu n'étais pas là où je t'avais laissé.

L'homme me sourit, le regard brillant. Ses contrastes étaient magnifiques : sa peau sombre, ses dents blanches et ses yeux verts étincelants. Je lui disais toujours qu'il aurait pu s'en sortir dans les défilés de mode au lieu de tirer sur des gens dans les trous perdus du tiers-monde où il se retrouvait. Je savais qu'il était devenu mercenaire, mais il n'y avait plus aucune trace de lui nulle part, pas même dans l'armée. J'avais arrêté de chercher et accepté que je le reverrai quand je le reverrai.

— Tu te renseignes beaucoup sur moi, hein ?

— En effet, répondit-il franchement en me serrant la main.

Et quand il me parcourut du regard, j'eus l'impression d'avoir l'air d'une merde.

— Oh, ce n'est pas si terrible.

— Bien sûr que si, répondit-il et je le vis froncer ses sourcils sombres.

Et comme ça, je compris.

— Tuyau anonyme, mon cul.

Il haussa les épaules.

— Je suis désolé de ne pas avoir pu sauver tes amis, mais la seule façon aurait été de tuer tout le monde et ça aurait voulu dire eux aussi. Quoi qu'il en soit… ils étaient foutus.

51

— Ce n'était pas mes amis ; nous travaillions ensemble. Et merci de m'avoir sauvé la vie.

— De rien.

Il était comme ça. Il venait, partageait quelques informations, normalement nous dînions ensemble, il me serrait dans ses bras pour me dire au revoir et disparaissait à nouveau quelques années. Ce ne serait pas différent cette fois. Il était venu voir comment j'allais pour une raison quelconque, peut-être même à cause d'une intuition, ne m'avait pas trouvé et m'avait donc cherché comme lui seul pouvait le faire. Je lui devais ma vie, mais il n'était pas là pour recevoir un trophée ou être remercié par quelqu'un d'autre que moi.

— Combien de temps est-ce que je suis resté là-bas ?

— Tu veux dire, retenu par ses voyous ?

— Oui.

— Cinq jours.

Hum.

— Ça me semblait plus long.

— Sans aucun doute.

Il resta une heure, fit le tour de ma chambre d'hôpital de cette façon fluide, presque prédatrice qui était la sienne, et enfin me donna un numéro où je pourrais laisser un message si j'avais besoin de lui. Je ris, parce que ça ne lui ressemblait pas du tout.

— Tu t'adoucis ?

— Quoi ?

— Franchement ? Un vrai numéro ?

Il m'adressa son majeur, ne m'expliqua pas comment il avait réussi à éviter la police à la porte, puis partit sans même un mot. C'était toujours comme ça. Je pouvais emprunter un couloir et il se trouvait là ; en emprunter un autre et être à nouveau seul. C'était drôle que nous soyons devenus amis, aussi différents que nous soyons.

Au lycée, il avait été une star du football américain, ainsi qu'une étoile sur la piste d'athlétisme. Je jouais au football aussi – joueur de ligne défensive –, mais juste assez bien pour rester dans l'équipe, pas assez pour être recruté. Il avait eu ses propres tragédies à la maison : son père était accro aux jeux d'argent, n'arrivait pas à garder de boulot, et sa mère buvait. Nous étions rentrés chez lui un jour et avions trouvé son père sur les marches du perron, une note à la main. T. n'avait jamais revu sa mère. Ce qui était bien, toutefois, c'est qu'après le départ de sa mère, le père de Terrence s'était repris en main et avait changé. Il avait fini par devenir chauffeur de bus, jusqu'à ce qu'il soit tué en essayant d'empêcher un vol à la bodéga près de chez eux. Voilà pourquoi Terrence avait rejoint l'armée avec moi au lieu d'aller à l'université. Il ne voulait plus être lui.

Je n'étais pas du genre à poser de questions et je ne lui demandai pas de rester quand il disparut de la même façon dont il était venu. Je le reverrais quand il serait prêt ; ce n'était pas à moi de l'en empêcher. C'était mon ami. C'était vraiment la seule chose qui comptait.

— Inspecteur ?

L'agent à la porte, qui n'avait pas vérifié avec moi si Terrence Moss pouvait entrer, était apparemment de retour de sa pause – ou des toilettes ou de l'endroit où il s'était trouvé – et prêt à me demander si je voulais voir un certain monsieur Sutter.

— S'il vous plaît.

Je déglutis difficilement, me demandant ce que j'allais dire et ce qu'on avait raconté à Aaron. Avait-il envoyé des hommes pour se renseigner sur moi, me chercher, découvrir ce qu'il se passait, ou pas ? Nous étions censés rester en contact, mais j'avais été retenu pendant cinq jours. Pour autant qu'il le sache, je n'avais simplement pas répondu à ces appels. Ou l'avait-on informé de tout ce qu'il m'était arrivé ? Impossible de savoir quel genre d'informations une fortune comme la sienne pouvait acheter.

Cette question obtint une réponse quand une version d'Aaron, mais pas Aaron, entra dans la chambre.

— Vous êtes le frère ?

— Oui. Je suis Maxwell Sutter.

Il était beau, aussi, doré comme l'original. Mais si Aaron avait des pattes-d'oie au coin des yeux, une démarche arrogante et un sourire lent et sexy, Max ressemblait à un mannequin. Tout était parfait, pas un cheveu décoiffé. Sa veste et sa cravate étaient parfaitement repassées, sa manucure brillante et ses dents aussi quand il sourit. Honnêtement, il avait sa place aux Hamptons ou sur un yacht, accueillant ses invités à bord. Même si vous ne saviez pas qui il était, vous saviez qu'il était riche. Et sa présence à elle seule sentait bon l'argent et la bonne éducation.

— Inspecteur Stiel ?

Mes yeux se plissèrent quand je me demandai ce que diable il faisait là.

Il atteignit le bout de mon lit et me dévisagea, m'absorbant un moment avant d'inspirer et de se remettre à parler.

— Je ne sais pas si vous le savez, mais mon frère se bat contre mon père pour le contrôle de Sutter Inc.

Je restai silencieux une minute, jaugeant Max avant de répondre.

— Oui, j'ai entendu ça.

Il s'éclaircit la gorge et contourna le lit.

— Ce qui a commencé comme une chose très ordinaire, notre père jouant les gros bras, a pris bien plus d'ampleur.

— Je vois.

Il se rapprocha et entre l'inquiétude de son regard, ses sourcils froncés et la façon dont il croisait les bras, je compris que ce dont il parlait était vraiment une grosse affaire.

— Qu'a fait votre père ?

— Il a poussé de nombreuses personnes à voter leurs actions par procuration.

— Je ne comprends pas ce que cela signifie.

— Cela signifie que les votes qu'Aaron pensait avoir, puisqu'ils voteraient comme ils l'ont toujours fait par le passé, sont soudain actifs et doivent être courtisés.

— Et pourquoi êtes-vous ici ?

— Parce qu'il ne peut y avoir aucune raison pour que quelqu'un ne soit pas influencé par Aaron, répondit-il. Il est vital qu'il ne soit pas impliqué dans la moindre inconvenance ou le moindre scandale.

J'étais fatigué et blessé, mais mon cerveau fonctionnait toujours.

— Votre frère pourrait perdre l'entreprise au profit de votre père si quelqu'un découvrait, pour lui et moi.

— Oui, dit-il doucement.

— Sait-il que vous êtes ici ?

Lentement, il acquiesça.

— Oui, en effet. Il voulait vraiment venir, mais ne le peut tout simplement pas. Il assiste à une levée de fonds caritative ce soir avec le maire, puis s'envolera dès demain matin vers Bruxelles. J'irai avec lui.

Je toussai, ce qui me fit un peu mal à mes côtes cassées.

— Alors, quand est-ce que vous serez de retour tous les deux à Chicago ?

— Je n'en suis pas sûr, répondit-il, en semblant presque triste.

Je comprenais, honnêtement. Moi, plus que la plupart des gens. Aaron Sutter ne pouvait pas être gay, pas plus que moi. Cela n'allait pas avec son image, avec son boulot, et maintenant, je n'avais plus aucune raison de faire des vagues. Il s'éloignait de moi parce qu'il le devait.

— C'est vraiment bien que vous fassiez front ensemble, le complimentai-je. C'est sympa que vous soyez du côté de votre frère.

— Il va faire de moi le visage public de l'entreprise, répondit-il en me souriant. D'ailleurs, il a dit que c'était une chose dont il vous avait parlé.

— On papotait juste, acquiesçai-je en me forçant à sourire. Je n'ai aucune emprise sur votre frère.

— C'est ce que vous dites.

— Qu'en est-il de Jaden Machin, là, l'ex de votre frère ?

Max grimaça comme s'il était trop bien pour mentionner le nom de ce type.

— Jaden Cobb s'est révélé être un maître chanteur. On a découvert chez lui des photos de mon frère avec la femme d'un homme marié. Bien sûr, Aaron a dû payer pour éviter un scandale.

— Vous voulez dire que les photos appropriées ont été placées chez lui pour s'assurer que tout le monde continue à penser qu'Aaron est hétéro.

Il acquiesça.

— Je vois.

C'était sympa de la part d'Aaron de sauver son ex, de lui donner les photos qui lui permettraient de l'aider et l'arracheraient des griffes de son père en même temps. J'espérais que Jaden appréciait cela et en tirerait une leçon.

— Le conseil n'est pas content des indiscrétions de mon frère, mais il n'a pas été prouvé qu'il est gay. Il n'y a aucune preuve.

— Bien sûr.

— Mais vous seriez cette preuve si Aaron vous fréquentait, inspecteur. Il semble sérieux à votre sujet.

— Ce qui n'a aucun sens, étant donné que vous êtes là, répondis-je d'un ton neutre.

— Vous ne voyez pas l'essentiel, m'assura-t-il.

— Je ne crois pas.

L'essentiel, c'était qu'Aaron Sutter ne voulait pas que quelqu'un prenne des photos de lui et moi ensemble. Il ne le pouvait pas. J'étais flic. Ma présence dans sa vie ne pourrait pas être expliquée. Quand je lui avais demandé ce jour-là qui je serais – un ami, son garde du corps – je n'avais été qu'à moitié sérieux. Mais je comprenais, maintenant, que pour Aaron son entreprise devait être primordiale. Cela devait prendre le pas sur notre liaison et, honnêtement, ce qui avait tout juste commencé était maintenant terminé.

Peu importait notre conversation la dernière fois que nous nous étions vus ; la vérité, c'était qu'Aaron Sutter n'était pas en mesure de sortir du placard. Son père s'en était assuré avec ses dernières manœuvres pour lui faire peur. Et même si cela se retournait contre lui – monsieur Sutter n'arracherait pas l'entreprise à son fils – le fait était que ce sur quoi j'avais compté n'arriverait pas. Ce que nous voulions l'un ou l'autre n'arriverait pas.

— Ne vous inquiétez pas, dis-je à Max. Dès que je sortirai de l'hôpital, je prendrai l'avion pour Chicago. Une fois chez moi, je vous promets de ne plus contacter votre frère. Vous pouvez compter sur moi.

Il sembla soulagé.

— Je savais que je pourrais le faire, inspecteur. Mon frère m'a dit que vous étiez un homme d'honneur.

— C'est ça, fut tout ce que je pus répondre.

— S'il y a quoi que ce soit d'autre que je puisse faire…

— Non, soupirai-je soudain en fermant les yeux. Si vous voulez bien m'excuser, j'ai besoin de me reposer.

— Oui, bien sûr. Encore merci, inspecteur.

— S'il vous plaît, assurez-vous de dire à Aaron qu'il pourra compter sur moi pour garder son secret.

— Certainement.

Je l'entendis quitter la chambre.

VII

Il était tôt – même pas huit heures du matin –, mais mon partenaire, Jimmy O'Meara, et moi étions à River North, dans une boîte de nuit ultra-exclusive du nom de « Posh ». L'établissement luxueux, qui ne fermait pas avant quatre heures du matin, n'avait rien signalé d'inhabituel la nuit précédente. Mais, quand l'équipe de nettoyage était arrivée à six heures du matin, elle avait trouvé un homme mort dans les chiottes.

— C'est nouveau, ça, me dit Jimmy comme nous avancions tous les deux vers la cabine où était accroupie Ellie Chun près de l'homme.

— Comment tu fais pour ne pas vomir là-dedans ?

Je savais que c'était une professionnelle qualifiée, mais quand même, l'odeur était accablante et je savais que le masque en papier qu'elle portait ne bloquait en rien la puanteur.

— Oh.

Ses yeux s'illuminèrent lorsqu'elle pivota, clairement amusée.

— La petite odeur va déranger le grand méchant inspecteur ?

Je lui présentai mon majeur, mais elle s'y attendait, donc elle haussa simplement les sourcils et ricana en retour.

J'avais été autorisé médicalement à reprendre le service trois mois après avoir quitté l'hôpital. Deux mois pour récupérer complètement et un autre pour m'entraîner, renforcer mon corps et retrouver l'usage de mon épaule gauche et de mon bras droit guéris. Une fois prêt, j'avais été débriefé, mon transfert avait été effectué et j'étais de retour dans le 18e district, pour bosser sur les homicides.

C'était bon d'être de retour, de faire le boulot que j'adorais en temps normal, et encore mieux, de retrouver mon partenaire, James Vincent O'Meara. Je l'avais laissé après que la seule relation sérieuse que j'avais eue de toute ma vie fut partie en fumée. C'était trop difficile de s'occuper d'homicides sans quelqu'un pour vous attendre le soir, pour vous serrer dans ses bras quand vous vous souveniez des moments difficiles de votre journée. Les délits aggravés n'étaient pas mieux, toutefois. Il était douloureux de voir le temps et les efforts que mettaient en œuvre certaines personnes pour s'entuber. Cela ne m'avait jamais vraiment plu et je m'étais donc fait transférer de nouveau pour revenir aux homicides.

Être de retour à temps plein – plus d'opérations sous couverture ou de drame – était nécessaire, parce que me sortir Aaron Sutter de la tête avait été diablement plus difficile que je ne l'aurais cru. J'avais compté passer du temps avec lui, apprendre à le connaître, et prendre conscience que cela n'arriverait pas était plus douloureux que prévu. C'était, en fait, une douleur aiguë. Je me sentais brisé, vide et d'habitude le boulot réparait mes problèmes, me donnait un but. Même après un mois de travail, seize semaines au total de séparation, je ne semblais pas me remettre de lui. Le boulot sur lequel j'avais toujours pu compter par le passé n'avait pas réussi à reprendre sa place pour me faire oublier. Pire que tout, j'avais du mal à digérer que cela ne fonctionne pas. La nuit, seul dans mon lit, mon esprit évoquait toujours Aaron Sutter.

Ce matin, cependant, aucun souvenir ou nostalgie n'aurait pu résister à l'odeur qui flottait dans ces toilettes. J'étais concentré à 100 % parce que, bon sang, cet endroit empestait.

— J'ai besoin d'un masque à gaz, me plaignis-je à Ellie.

— Ou quelque chose d'autre à sentir, proposa-t-elle. Tu n'es pas content de retrouver tout ça ?

Je l'étais. La partie où j'aidais les gens à tourner la page m'avait manquée. Et même si j'étais de retour, je continuais à suivre l'affaire pour laquelle j'étais parti.

Riley Evanston, le tueur à gages de la mafia, risquait la perpétuité sans libération conditionnelle et avait été extradé vers le Texas pour deux meurtres commis là-bas en 2010. Toute chance de compromis avec lui s'était évaporée lorsque Joaquin Hierra avait retourné sa veste et balancé le cartel Delgado pour éviter de se retrouver en prison à perpétuité lui aussi. Je pourrai témoigner que Hierra avait tué Benny Aruellio et l'agent de la DEA, André Franks, qui bossait sous couverture depuis un peu plus de deux ans.

Monsieur et madame Gibson vinrent me voir à l'hôpital et monsieur Gibson me tint ma main tandis que sa femme et leur fille, Raquel, pleuraient sur mon épaule. J'avais fait ce que j'avais promis, j'avais retrouvé l'homme qui avait tué leur fils et frère, et Evanston ferait face à la peine maximale pour son crime. L'idée qu'il puisse être transféré au Texas pour mourir par injection létale était une chose au sujet de laquelle la famille était fortement divisée. Madame Gibson aurait été prête à payer pour voir l'aiguille s'enfoncer dans le bras de l'homme qui avait tué son bébé. Monsieur Gibson ne croyait pas à la peine capitale et, pour lui, la perpétuité sans libération conditionnelle lui semblait être la véritable justice. J'espérais que quoi qu'il arrive à Riley Evanston, cela ne déchirerait pas leur famille, mais j'avais fait tout ce qui était en mon pouvoir. J'avais retrouvé un tueur, survécu, et empêché Joaquin Hierra de s'en tirer avec un meurtre. En conséquence, Esau Modella était désormais un homme recherché. Tout le monde ferait face à un jugement ; ce n'était qu'une question de temps.

Pour ma part, tout avait fini par se résoudre. J'avais reçu une décoration – en gros pour ne pas être mort – et je m'étais assuré qu'André Franks en reçoive une posthume également. J'avais fait une déclaration pour que sa famille sache qu'il avait fait son travail.

— Inspecteur ?

Le médecin légiste Eleanor Chun attendait toujours que je décide si j'avais besoin de Vicks VapoRub. Je lui souris de toutes mes dents.

— Ça va, merci.

Elle se moqua de moi.

— Alors du cran, Stiel. Tu ne te souviens pas de la fois où la dame aux chats est morte dans ce loft du centre-ville près d'Halstead ?

— Oh, Bon Dieu.

J'essayai de retenir un haut-le-cœur.

— Oui, d'accord… c'était pire.

— Merde, ricana Jimmy en nous rejoignant après être allé voir les agents sur place. Ça, c'est drôle.

— Tu n'es qu'un porc, lui lança Ellie.

— Vous deux, chacun dans un coin.

— J'adore les homicides, répondit-elle gaiement.

— Tais-toi, lui ordonnai-je.

Elle rit de nouveau derrière son masque.

— Allez, demande-moi.

— Attends une seconde. Qu'est-ce qu'il se passe, là ?

— De quoi est-ce que tu parles.

— Je veux dire, les gens se chient dessus en mourant, mais ça n'arrive pas toujours, n'est-ce pas ?

— Non, tu as raison, acquiesça-t-elle. Je pense que notre victime était en train de faire quand elle a été tuée.

— Oh, ça, c'est vache.

Jimmy semblait dégoûté.

— Et comment a-t-il été tué ? lui demandai-je.

— Plaie par balle ici, à la tête, répondit-elle en indiquant sa tempe. C'est un petit calibre ; un .22, je dirais. J'en saurai plus quand il sera sur ma table.

— Rien d'autre ?

— Il y a ce qui ressemble à une brûlure de canon, blessure à bout portant, ici sur sa peau.

— Donc, celui qui a fait cela était tout contre lui.

— Oui, acquiesça-t-elle.

— D'accord.

Je me rapprochai.

— Donc, il est assis là, en train de couler un bronze, et quelqu'un ouvre la porte, lui fourre une arme en pleine face et tire ?

Ses yeux brun foncé croisèrent les miens par-dessus son masque.

— Oui, ça y ressemble.

Je levai les mains.

— Qui laisse la porte ouverte en chiant dans un bar ?

— Oh, tu demandes ça à la mauvaise fille, dit-elle à voix basse. Je ne fais ce genre d'affaires qu'à la maison.

— Seulement ?

C'était intéressant.

— Comment tu fais ça ? Et si tu manges un mauvais italien et que tu as la courante ?

Elle plissa le nez.

— Rentre chez toi, Stiel. C'est dégoûtant.

Je me tournai vers Jimmy.

— C'est dégoûtant ?

— Non, dit-il en désignant l'homme mort assis sur les toilettes. Ça, c'est dégoûtant.

— O'Meara !

— Quoi ? gronda-t-il. Ça l'est. Bon sang, il faut vraiment que je passe capitaine.

Ellie et moi éclatâmes de rire.

— Quoi ?

— Tu n'as aucune patience, lui lança-t-elle.

— Tu n'es qu'un connard, renchéris-je.

Il nous offrit à chacun un majeur.

— Inspecteur Stiel ! appela-t-on depuis l'extérieur.

— Je suis au fond des chiottes ! criai-je.

— Ce n'est pas une chose qu'on entend tous les jours, ricana Jimmy.

— Sympa.

— Bah, c'est de toi qu'on parle.

Il haussa un sourcil. Puis, il esquissa le geste international pour une pipe, son poing entourant une queue invisible, sa langue repoussant l'intérieur de sa joue.

— Charmant.

— Tu vois, dit Ellie qui savait également que j'étais gay, voilà pourquoi tu ne seras jamais capitaine. C'est dégoûtant ce que tu viens de faire.

— Oh, relax et tire un coup.

— Stiel ! se plaignit-elle à mon intention.

— Tu savais que ce boulot était dangereux quand tu l'as accepté.

Son grognement exaspéré fut très drôle.

J'étais toujours amusé quand nous fûmes rejoints par Robyn Cohen et Seth Benoit, qui eurent tous deux un haut-le-cœur et toussèrent en nous rejoignant.

— Qui est ce type ? leur demandai-je.

— C'est Evan Polley, répondit Cohen en premier, comme toujours.

Je l'aimais bien ; elle était sérieuse et méticuleuse. Elle me passa le portefeuille de la victime, se pinçant le nez de son autre main gantée de latex.

— Il a trente-quatre ans et possède – ou plutôt devrais-je dire *possédait* – « Rabbit Run Productions ».

— C'est une maison de disques, boss, précisa Benoit en tripotant ses propres gants.

— Merci, lui souris-je.

— Pas de problème.

— Lèche-cul, marmonna Cohen tout bas et puisque son nez était plissé, on aurait dit un lapin de dessin animé.

— Quand est-ce qu'on l'a vu pour la dernière fois ?

— La petite amie l'a vu juste avant minuit trente, hier soir.

— Heure de la mort ? demandai-je à Ellie.

— Entre minuit et deux heures du matin.

— Est-ce qu'on penche vers la petite amie ? vérifiai-je auprès des deux personnes qui bossaient techniquement pour moi, au moins cette fois.

J'étais de grade supérieur.

— Probablement pas, répondit Cohen en haussant les épaules. Elle était fâchée contre Polley parce qu'il ne voulait pas payer son ardoise au bar, donc elle l'a planté là pour un autre type, Artie Thompson, qui voulait bien le faire. Beaucoup de gens ont vu les choses chauffer entre elle et Artie dans la salle VIP.

— Pourquoi ne voulait-il pas lui payer ses verres ? demanda Jimmy, l'air ennuyé. C'est tellement naze.

— Apparemment, monsieur Polley essayait de, et je cite, « virer ce boulet de sa vie », lut-elle sur son calepin. Fin de citation.

— Et c'est de ?

— Son pote Nick.

— Hum hum.

— Apparemment, monsieur Polley essayait désespérément de remettre de l'ordre dans sa vie avant de faire faillite, continua Cohen.

— D'accord, donc si j'ai bien compris, il est pauvre.

— Oui, confirma Cohen.

— Mais il était ici, dans un club haut de gamme, hier soir ? Ça n'a aucun sens.

— Non, acquiesça Jimmy en regardant les deux jeunes enquêteurs. Donc, qu'est-ce qu'il faisait là, bordel ?

— Nous n'en sommes pas encore sûrs.

— OK, donc la copine…

Je m'interrompis, ayant besoin du nom.

— Liz Guerra, compléta Benoit.

— Bien sûr, il a parlé à la copine, lança Cohen en levant les yeux au ciel.

— Moi aussi, renchérit Jimmy en donnant un coup de coude à Benoit, je draguais toujours les nanas sexy pendant que l'inspecteur Stiel fouillait les bennes à ordures.

Cohen me sourit malicieusement.

— Ne leur parle pas comme si c'était de vraies personnes, avertis-je mon partenaire.

— Oh oui, c'est vrai, dit-il en s'écartant de Benoit comme s'il avait la lèpre.

Je m'éclaircis la gorge.

— OK, donc Liz est en colère, et ils se disputaient ?

— Oui, acquiesça Benoit. Ils étaient bruyants et soudain Evan lui a hurlé qu'il ne pouvait pas suivre ses dépenses.

— Nous avons des témoins de ça ?

— En effet. Et cela corrobore la déclaration de monsieur McCall, qui disait que Liz était un boulet.

— Est-ce qu'on penche vers ce McCall pour le meurtre ?

— Non, m'expliqua Cohen. Il est parti avec un type qu'il a dragué avant minuit.

— D'accord.

J'emboîtai les pièces du puzzle.

— Donc, le pote Nick part et Liz est…

— Occupée avec Artie, me rappela Benoit.

— Compris, dis-je en le notant dans mon calepin. Maintenant, parlez-moi de Rabbit Run.

— Société défunte, me répondit Benoit ; apparemment, c'était la partie qu'il connaissait. Selon le même ami, Nick McCall, Evan a vendu le bâtiment où se trouvait Rabbit Run et tous les équipements de studio et d'ingénierie le mois dernier, et il était en train de rembourser ses prêts.

— Attends.

Cela n'avait aucun sens.

— S'il déclare faillite, pourquoi est-ce qu'il rembourse des prêts ?

Benoit remua la tête.

— Pas ce genre de prêts.

— Oh.

Je compris.

— Le genre de prêts qui n'est pas donné par une banque.

— C'est ce qu'a dit monsieur McCall, oui.

— Est-ce qu'on a les noms des gens à qui il devait de l'argent ?

— Non. McCall ne le savait pas, ni la petite amie.

Je digérai tout cela.

Polley avait besoin d'argent.

Qu'est-ce qui rapportait le plus vite ?

Il était dans les toilettes d'une boîte de nuit.

Il achetait ?

Il vendait ?

Mais si le club avait une politique stricte antidrogue… ce qui était le cas…

— Donc, il avait besoin d'une grosse somme d'argent pour rembourser Dieu sait qui, lança Jimmy, son regard bleu pâle croisant le mien. Pourquoi est-ce qu'il se trouvait là, alors, dans un des clubs les plus chers de la ville ?

— Tu sais pourquoi.

J'inclinai la tête vers lui.

— Peut-être qu'il rencontrait des connaissances ? ajouta Benoit. Peut-être qu'il cherchait quelqu'un pour l'aider à trouver un autre prêt.

— Son pote a dit que son crédit était tellement pourri qu'aucune banque légitime ne voudrait l'approcher, ajouta Cohen. Si une banque n'est pas prête à prendre ce risque, alors nous parlons de quelqu'un de moins réglo qu'il essayait de forcer à l'aider hier soir.

— Non, rétorquai-je en secouant la tête parce que je connaissais déjà la réponse. Réfléchissez. Il aurait essayé de rembourser son prêt comme il savait déjà le faire, pas de trouver quelqu'un de nouveau. Et s'il devait une grosse somme d'argent à un sale type, alors il aurait probablement fait les poches de ses amis et de tous ceux qui se trouvaient dans son cercle social. Je parie qu'il ne pouvait plus vivre aux crochets de personne.

En sortant de la cabine, je me retrouvai face au robinet. Il n'y avait toutefois pas de lavabo, juste une plaque de marbre inclinée. Elle penchait vers l'arrière et un long creux se trouvait juste derrière. C'était étrange de ne pas avoir de lavabo, mais qu'est-ce que ça pouvait me faire ?

Parfois, mon cerveau fonctionnait à l'envers. Il essayait de me dire quelque chose, de me faire penser à quelque chose…

— Ellie, dis-je en pivotant et croisant les bras en l'observant. Tu ne connaîtras pas la cause de la mort avant de l'avoir ramené sur ta table en ville, exact ?

— Oui, pourquoi ?

— J'ai le sentiment que la blessure par balle n'est qu'une couverture.

Elle sortit de la cabine et soutint mon regard.

— Une couverture pour quoi ?

— Facile.

Jimmy suivait le fil de mes pensées, comme d'habitude.

— Une mule.

— Oui, ça serait logique, non ?

— En effet.

— Je ne suis pas, se plaignit Benoit.

— Réfléchis, dis-je en lui lançant un coup d'œil. Quel scénario placerait Polley dans ces toilettes ?

Tout le monde me dévisagea en silence.

— Il se tapait des gens, proposa Cohen. Ça expliquerait pourquoi la porte était ouverte.

— Mais il n'est pas gay, indiquai-je. S'il était hétéro, il coucherait dans les toilettes des femmes.

— Hé, c'est sex…

— Ce n'est pas sexiste, l'interrompis-je. Il y a plus de cabines dans les toilettes des femmes.

Ellie ricana.

— Il t'a bien eue, la.

— Donc, pas de sexe, mais la porte est ouverte, continua Jimmy. Parce que quelqu'un est là pour récupérer quelque chose.

— Et même si ça paraît dégueulasse, dis-je en réfléchissant à voix haute, cette personne veut le voir retirer les capsules de son cul pour s'assurer qu'il n'a rien trafiqué. Elle veut savoir que tout ce qu'elle est censée récupérer se trouve bien là.

— Donc, nous avons aussi besoin du contenu des toilettes, soupira Ellie en baissant les yeux vers la cuvette.

— Oui, M'dame.

Jimmy me sourit malicieusement.

— Je pensais que les homicides étaient censés être glamours, grommela Benoit.

— Non, ça, c'est la brigade des mœurs, lui assurai-je. Ils ont une bande originale et des voitures tape-à-l'œil.

Cohen secoua la tête.

— Nous allons avoir besoin d'un aspirateur à eau, là-dedans ! cria Ellie.

Oh oui, les homicides, c'était charmant.

NOUS PASSÂMES deux jours à interroger des gens, regarder des vidéos de surveillance, vérifier des numéros de téléphone et des plaques d'immatriculation, et parler au gérant du club, aux barmen, à la sécurité et aux serveurs. Nous affichâmes le tout sur un tableau, listâmes des noms, suivîmes des pistes, scannâmes des photos, et passâmes des tonnes d'heures à croiser nos informations sur des événements et des gens sur Facebook, à suivre des tweets, et à vérifier des listings téléphoniques. C'était fastidieux et, au milieu de tout cela, je me rendis compte que j'avais vraiment besoin de tirer un coup.

J'arrivai à cette conclusion en interrogeant Nick McCall. Assis à sa table, après lui avoir tout juste rapporté une tasse de café à la crème, je remarquai plus que tout le creux sous son nez. La fine pellicule de sueur au-dessus de sa lèvre, les taches de rousseur sur sa gorge dévoilée, et ses clavicules étaient également un régal. Sa peau était une sorte de nuance brun noisette chaleureuse, ma propre version plus pâle y aurait offert un joli contraste si, disons, nous avions été nus. Il était plus jeune que moi, beau et sexy, et vu la façon dont il me regardait par en dessous, je compris que j'étais peut-être aussi un peu intéressant. J'étais au moins assez attirant pour un coup d'un soir. Je n'en demandais pas plus.

Mon corps, qui avait enfin complètement guéri, mais serait pour toujours altéré, était prêt à être utilisé ou à se servir de celui d'un autre. Malheureusement, puisque Nicholas McCall n'avait pas été rayé de la liste des suspects, je ne pouvais pas accepter ce qu'il me proposait.

— Bon, parlez-moi de la drogue, lui dis-je.

Ses yeux étaient sombres, d'un brun chaud, et ils étaient rivés sur les miens.

— Vous êtes au courant de ça ?

J'avais reçu la confirmation d'Ellie, mais je l'avais su même avant ça. Evan Polley était la mule de quelqu'un et j'avais besoin de découvrir qui.

— En effet. Auriez-vous peut-être un nom pour moi ? Vous pourriez l'avoir vu avec quelqu'un ?

— Non, confirma-t-il, mais il hésita.

Je restai assis là à l'écouter respirer, le regardant mordiller sa lèvre inférieure.

— Mais ? continuai-je.

— Mais, dit-il en s'affaissant contre son dossier sans quitter mon regard. C'est parce que nous n'étions plus très proches ces deux dernières années. Il était devenu ce genre de type qui, si vous ne pouviez plus l'aider, s'il ne pouvait rien obtenir de vous, n'avait plus de temps pour vous.

— Désolé.

— Non, ce n'est rien ; je m'en suis remis depuis longtemps. Mais, si vous voulez vraiment parler à quelqu'un qui le connaissait, vous devriez parler à Max Sutter. Evan et lui étaient amis depuis l'école primaire, enfin comme nous tous, mais Ev' a sifflé beaucoup d'argent à Max quand son entreprise a commencé à battre de l'aile.

— D'accord.

Je souris en refermant le dossier et en le repoussant sur la table.

Il s'éclaircit la gorge.

— Alors, est-ce que je suis toujours suspect, inspecteur ?

— Jusqu'à ce que nous ayons exclu tout le monde, je le crains.

— D'accord.

Il eut l'air déçu.

— Pourquoi ?

Son sourire immédiat fut agréable.

— Vous savez pourquoi.

Et c'était le cas. Sortant une carte de mon portefeuille, je la lui passai.

— Si vous repensez à quoi que ce soit, n'hésitez pas à m'appeler.

Il sembla si soulagé qu'il passa la carte sur ses lèvres.

— Je n'hésiterai pas.

Je sortis quelques secondes plus tard.

De retour à mon bureau, j'appelai Cohen et lui relayai le message pour que Benoit aille parler à Max Sutter.

— Il va juste appeler son avocat.

— Peut-être pas. Allez juste voir ce qu'il sait.

— Ça ne devrait pas être O'Meara et toi ?

— Non, répondis-je en m'assurant de lui faire comprendre au ton de ma voix qu'elle n'avait pas le droit de m'interroger.

— Déjà en route.

Je grognai et raccrochai.

— Tu les as envoyés embêter les riches, c'est ça ? demanda Jimmy depuis son bureau en face du mien.

J'agitai les sourcils.

— C'était un coup de pute.

— Je m'en fous.

— Ils vont juste s'écraser contre un mur d'avocats.

— Probablement. Allons manger.

— C'est toi qui paies, me dit-il.

— Si c'est moi qui paie, je choisis.

— Tant que nous ne sommes pas obligés de retourner au même stand de hot dogs... non.

Il avait l'air sérieux.

— Je n'ai plus vingt-deux ans. Je ne peux plus manger n'importe quoi... D. ! Est-ce que tu m'écoutes, au moins ?

Ce n'était pas le cas. Ne comprenait-il donc pas ? La malbouffe faisait partie du boulot de flic.

— Quel genre de flic mange des salades ? Tu en connais ?

— Tu as une idée de mon taux de cholestérol... D. !

Mais j'avais déjà passé la porte avant qu'il ne puisse dire autre chose.

CE N'ÉTAIT jamais facile. Rien ne l'était.

Mon téléphone sonna alors que j'enfournais un hot dog au chili recouvert de choucroute dans ma bouche. Jimmy était révulsé, et secoua la tête quand je répondis.

Comme j'avais la bouche pleine, j'émis un bruit en guise de salutations.

— Duncan.

À cette voix, une vague de chaleur me submergea, ce qui était surprenant. Comment pouvais-je encore réagir à la voix rocailleuse d'Aaron Sutter ? Pourquoi en avais-je le souffle coupé, le cœur serré, et pourquoi diable mon corps devenait-il tout à coup gelé après n'avoir eu aucun problème à chauffer ? C'était quoi, ce bordel ?

— Aaron, réussis-je à dire sans m'étouffer.

— Je dois te parler.

— À quel sujet ?

Il toussa.

— Max m'a appelé pour me dire que tes inspecteurs étaient à sa porte pour l'interroger.

— Et l'ont-ils fait ?

— Oui.

— Et a-t-il été utile ?

— Je le crois.

— D'accord. Alors je suis confus. Pourquoi cet appel ?

Il s'éclaircit la gorge.

— J'ai été agacé que tu ne te donnes même pas la peine de venir lui parler en personne quand j'ai appris que tu étais l'inspecteur principal sur cette affaire.

— Oui, mais…

— Puis, Max m'a dit : « Oh non, Duncan ne viendrait jamais chez moi ou chez toi ».

J'émis un petit bruit affirmatif.

— *Duncan*, dit-il en prononçant mon prénom froidement. Pas inspecteur Stiel. Juste Duncan, comme si vous étiez de vieux amis.

— Oui, répondis-je sèchement. Nous ne sommes pas amis.

— Mais Max semblait tellement certain que tu ne viendrais jamais chez lui, encore moins chez moi.

— Non, bien sûr que non, acquiesçai-je, soudain agacé.

Comme si je n'étais pas un homme de parole. À qui pensait-il parler ?

— Bien sûr que non, répéta-t-il.

Un long silence s'ensuivit et je ne sus qu'en faire.

— Aaron ? dis-je enfin pour vérifier s'il était toujours en ligne.

Il inspira profondément.

— Qu'est-ce que tout cela signifie ?

— Eh bien, il semblerait que Max et toi ayez tous deux vu cela comme une conclusion prévisible.

— Tu m'as perdu.

— Le fait que tu ne viendrais jamais chez moi ; apparemment, mon frère et toi étiez certains que c'était impossible.

— En effet. Je ne le ferai jamais. Je le lui ai dit. Je lui ai promis et je te l'ai promis.

— Je vois.

— Je ne te mettrai jamais dans cette situation. Ce serait insouciant et égoïste et…

— Mais je ne le savais pas, ça.

— Pardon ?

Il s'éclaircit la gorge.

— J'ai dit : je ne le savais pas.

— Tu ne savais pas quoi ?

— Que Max et toi aviez parlé, dit-il en détachant chaque mot. Parce que tu vois, moi, contrairement à Max et toi, je n'étais pas au courant de cette conversation. Je ne faisais pas partie de cette décision.

Je m'éloignai du camion-restaurant près duquel je me tenais avec Jimmy.

— Écoute, à l'hôpital, je…

— Tu étais à l'hôpital ?

— Tu le sais très bien. Tu as juste…

— Voilà pourquoi tu n'as pas appelé.

— Non, m'emballai-je. Je n'ai pas appelé parce que j'ai été retenu en otage cinq jours, que je me suis pris une balle, qu'on m'a cassé le bras et que je me suis retrouvé à l'hôpital et…

— Tu as été *retenu* ?

Sa voix se brisa.

— Aaron, dis-je doucement. Nous ne sommes pas obligés de…

— Et quelqu'un t'a cassé le bras ?

— Aaron…

— On t'a tiré dessus ?

— Pourquoi est-ce que tu…

— Donc, si je comprends bien : tu as été détenu, on t'a cassé des os…

— C'était juste mon…

— On t'a cassé un os, corrigea-t-il, puis on t'a tiré dessus, et ensuite l'hôpital. Est-ce que l'enchaînement est correct ?

— Eh bien, oui, mais tu as des gars qui auraient pu te rapporter tout ça si tu l'avais voulu. Je veux dire, je comprends que tu sois occupé à combattre ton père et essayer de l'empêcher de reprendre ton entreprise et tout le reste. Tu n'as pas eu le temps de t'assurer…

— Arrête, m'ordonna-t-il. J'attendais un appel, puis j'étais fâché, et maintenant je suis tout autre chose.

— Oui, mais tu n'es pas obligé d'être quoi que ce soit. Tout va bien. Notre timing était juste merdique, et…

— Duncan.

— Non, allons, Aaron. On ne pourrait toujours pas traîner ensemble. Ton petit frère n'avait que ton bonheur à cœur, voilà pourquoi il…

— Duncan !

— Ce n'est rien. Je comprends.

— Tu ne comprends rien du tout, et lui non plus !

— Mais ça fait un moment, alors…

Je soupirai soudain.

— De l'eau est passée sous les ponts, n'est-ce pas ?

Silence.

— Aaron ?

Je passai d'un pied à l'autre, anxieux sans savoir pourquoi.

— Donc, le jour où mon frère est venu à l'hôpital… ils l'ont simplement laissé entrer ?

C'était un étrange changement de sujet.

— Quoi ?

— Tu étais en train de récupérer, n'est-ce pas ?

— Ben oui.

— Et la police a simplement laissé mon frère entrer te voir, ils lui ont ouvert la porte ?

— Non, bien sûr que non.

— D'accord.

Un rapide soupir.

— Alors voilà ma question. Il a été annoncé. Ils t'ont demandé s'il pouvait entrer.

— Oui.

— Et tu as pensé quoi ?

— Je ne comprends pas ce que tu essaies de…

— Tu pensais que Max était là pour te voir ou que c'est moi qui étais là pour te voir ?

— Quoi ?

— Tu n'es pas idiot, alors arrête de faire semblant de l'être.

Sa colère était là, dans sa voix.

— Je n'aime pas ça et je n'apprécie pas. Réponds à la putain de question !

— Aaron…

— Réponds !

— Ils m'ont dit que monsieur Sutter était là pour me voir, répondis-je d'un ton neutre.

Je l'entendis inspirer.

— Et tu as cru que c'était moi.

— Oui.

— D'accord. Maintenant, cette partie est importante. Quand tu as cru que c'était moi, qu'as-tu pensé ?

Hors de question que je réponde à ça.

— Duncan ?

— Quoi ?

— Arrête, m'avertit-il. Arrête d'esquiver, dis-le.

— C'était il y a…

— Pas du tout. Parle.

— Je ne suis pas ton chien…

— Non. Tu n'as pas le droit de lancer une dispute pour m'éviter non plus. Réponds.

— Ce n'est pas important.

— Je t'assure que c'est capital.

— Juste…

— Dis-le-moi, *maintenant*, m'ordonna-t-il.

— Aaron…

— Duncan, répondit-il en semblant soudain essoufflé. Qu'as. Tu. Pensé ?

Je secouai la tête, même si je savais qu'il ne pouvait pas me voir.

71

— S'il te plaît, insista-t-il.

— OK, peu importe. Quand j'ai cru que c'était toi qui entrais, j'étais heureux. C'est stupide de me le demander ! rétorquai-je, fâché contre lui de m'avoir poussé à y repenser. Oui, je voulais te voir ; j'en mourrais d'envie, putain. Est-ce que cette idée t'excite, ça te fait bander ?

— Tu n'es qu'un idiot !

— Va te faire foutre ! hurlai-je.

L'appel prit fin brusquement et je restai planté là à regarder fixement mon téléphone.

Quand je retournai vers Jimmy, il semblait confus.

— Tout va bien ?

— C'est bon, grognai-je.

— Oui, tout a l'air génial.

Je lui adressai un majeur et au moins, ça, ça avait du sens.

Après le déjeuner, j'allais parler à plusieurs témoins de la fête avec lui, qui se plaçaient tous deux à l'autre bout de la ville au moment du meurtre. De retour au poste, je passai quelques coups de fil, vérifiai leurs alibis, puis les ajoutai au dossier de plus en plus bourré d'impasses.

Je regardais à nouveau la vidéo de surveillance du club quand j'entendis Jimmy se racler la gorge et que cela me poussa à lever les yeux. Il inclina la tête et je vis Cohen et Benoit escorter Maxwell Sutter vers les salles d'interrogatoire. Un homme se trouvait avec lui, en costume sur mesure, son manteau passé sur un bras, une mallette dans l'autre main.

— Oh, il a vite pris un avocat, grognai-je à l'attention de mon partenaire.

— Oui, acquiesça Jimmy. Ils doivent avoir… oh.

Mon attention retourna vers Jimmy, qui ne se concentrait plus sur moi, mais sur Cohen, tandis qu'elle traversait la pièce vers moi.

— Hé, me lança-t-elle. Max Sutter dit qu'il ne parlera qu'à toi.

— D'accord.

Je lui offris l'ombre d'un sourire et me levai pour la suivre.

— Il y a une foule de reporters dehors, relaya Benoit quand il se joignit à nous. Télévision, journaux, magazines… ils y sont tous.

— Demanda à son chauffeur de passer par l'arrière, par là où passe d'ordinaire le fourgon de la prison.

— Je m'en occupe.

— Faisons sortir Max par là pour éviter les photos.

— Nous ferons de notre mieux.

— Non, insistai-je. Pas de notre mieux. Faisons en sorte que ça arrive.

— Oui, répondirent-ils tous deux en même temps.

C'était étrange, la façon dont les sons rebondissaient sur les murs du couloir ou dont je notais les fissures dans le sol en béton, la rouille sur les bouches d'aération et la peinture écaillée sur les portes. Sur les murs, je vis les photos encadrées des diplômés de l'académie de police, des gagnants de la médaille d'honneur, et du commissaire de police actuel ainsi que divers autres officiers. Toutes ces choses devant lesquelles je passais normalement sans y faire attention devenaient soudain très nettes, comme je me rappelais à quel point Aaron Sutter me manquait encore.

Dans la salle, je m'installai en face de Max Sutter et de son avocat. Je ne jetai même pas un coup d'œil vers le petit frère ; mon attention se porta d'abord sur l'avocat.

— Vaughn Holtz, de « Holtz & Maitland », dit-il en me dévisageant.

— D'accord.

— Contre mon avis, mon client souhaite partager avec vous ce qu'il sait de l'incident du club, inspecteur, mais j'ai besoin…

— Non, le coupa Max et je le vis inspirer soudainement.

— Max…

— Non ! informa-t-il monsieur Holtz en regardant fixement l'un des meilleurs avocats de la ville, et probablement aussi le plus cher. Je suis innocent, mais j'ai un nom pour lui et j'ai besoin de faire ça avant d'être complètement désavoué par mon frère.

Je n'arrivais pas à me concentrer sur ses paroles ; seul Max importait. Et je pensais du bien de lui. C'était quelqu'un sur qui on pouvait compter et il était également élégant en costume. Quelle que soit la marque de grand créateur qu'il portait, sa veste accentuait la largeur de ses épaules, ses manches étaient relevées pour révéler ses boutons de manchette en argent monogrammés, et cette nuance bleu pâle contre sa peau dorée… tout cela était magnifique. Mais il n'était pas son frère, donc même aussi bien habillé, il n'était qu'un pauvre substitut une fois que vous aviez vu l'original.

Je comprenais pourquoi Max ne pouvait pas vraiment représenter la marque Sutter. Il lui manquait quelque chose.

Max était très mignon, mais le sourire entendu n'était pas là, cette façon élégante d'incliner la tête, la lueur malicieuse dans le regard rendue plus perceptible encore par les pattes-d'oie profondes et les fossettes. Les cheveux de Max lui retombaient sur le visage ; ceux d'Aaron ne le faisaient qu'après qu'il se fut vautré dans un lit un moment. Même assis, parfaitement immobile, il irradiait d'Aaron une sorte de vitalité crépitante que Max ne possédait tout simplement pas. Oui, ils étaient frères, mais les gens voulaient faire des affaires avec celui qui bougeait les choses, qui les secouait, avec l'homme qui abattait des portes et savait comment négocier. Max n'était pas celui qui bouclait des contrats ; c'était son grand frère qui le faisait.

— Nick McCall, Lance Madison et moi-même faisions tous affaire avec Evan Polley.

— Vous êtes tous allés à l'école ensemble ?

— Oui. En effet. D'abord à Exeter, puis Yale.

— Et vous avez tous investi dans Rabbit Run.

— Oui.

— Combien ?

— Deux cent cinquante mille, chacun.

Bon sang.

— Et ?

— Et rien. Evan n'a rien fait pour faire marcher son entreprise. Il était beau parleur et semblait vraiment capable de négocier, mais rien n'en est ressorti. Il n'a signé avec personne, n'a produit aucun disque et quand il a fini par trouver une chanteuse vraiment prometteuse, il a découvert qu'entre ce qu'il s'enfilait par le nez et ce qu'il dépensait pour faire la fête, il ne lui restait rien pour lancer une carrière.

— Qui était-ce ?

— Jenna Tate.

Je connaissais la chanson. Sa chanson. Celle sur un homme qui l'avait battue et abandonnée, enceinte et seule. C'était une bonne chanson conseillant de trouver sa propre force, de rencontrer l'amour et de faire des choix difficiles s'ils étaient justes. C'était devenu un hymne contre les violences domestiques et sur les joies de la maternité. Mais la chanson parlait également de respect et de trouver la bonne personne, et grâce à tout ça, la chanson et le clip étaient passés platine et avaient fait le tour d'Internet.

— Avec qui est-elle maintenant ?

— Capitol Records.

— Tant mieux pour elle.

— Oui.

— Alors, qu'est-ce qu'il a fait ?

— Comme je l'ai dit, absolument rien. Il a fait la fête, fait des promesses, et quand Lance a découvert sa propre vocation et s'est lancé dans le porno gay, Evan n'a pas voulu être mêlé à ça.

— Alors que fait Lance ?

— Lance a récupéré son argent auprès d'Evan et s'en est servi pour lancer sa propre entreprise, Fielding James.

J'avais déjà été sur son site et vu l'idée que se faisait Lance Madison du porno. C'était l'un des sites les plus classes que j'avais jamais vus. Son webmaster était doué, et les types qui bossaient pour lui étaient des idéaux de beauté masculine, tous musclés et magnifiques. Les fantasmes de viol, le bondage ou les tenues fétiches, ce n'était pas mon truc, et son site n'avait aucune de ces pubs ou fenêtres pop-up. Simplement des catégories simples de types en âge d'aller à l'université, qui baisaient : pas de jeux de rôle, pas de mauvais jeu d'acteur, pas de faux paysages, de tenues effrayantes ou de musique d'ambiance mal conçue. Chaque vidéo montrait deux hommes, parfois trois, un lit propre, des rires, des caresses, des baisers, et beaucoup de sexe excitant et de sueur. Cet homme savait clairement ce qu'il faisait.

— Et donc ?

— Donc, Lance a commencé à se faire sérieusement de l'argent, mais quand Evan en a eu besoin, il a refusé de l'aider.

C'était compréhensible.

— Et là, Evan est venu vous trouver.

— Non. Il est allé voir Nick.

— Nick McCall.

— Oui.

— Et ?

Il haussa les épaules.

— Nick n'a pas réussi à lancer sa chaîne de bars sportifs et quand toute sa rente s'est évaporée, il est allé bosser pour son père. Ils achètent des entreprises pour les revendre, soit intactes soit en morceaux.

— Qu'en est-il de l'argent que Nick a donné à Evan ?

— Il l'a perdu, tout comme moi.

— Et aucun d'entre vous n'a besoin de le récupérer ?

— Ce sont les affaires, répondit-il franchement.

— D'accord, soupirai-je. Donc, après qu'Evan n'a rien obtenu de Nick, il est venu frapper à votre porte.

— Oui.

— Et qu'avez-vous dit ?

75

Il s'affala contre sa chaise.

— Je n'ai pas d'argent à moi, inspecteur. Enfin je veux dire, j'ai des placements en mon nom, mais tous ces fonds sont bloqués jusqu'à ce que j'aie trente ans.

— Alors, comment avez-vous trouvé l'argent à donner à Evan ?

— J'ai emprunté ce qui m'appartient.

— Auprès d'une banque ?

Il secoua la tête.

— Non, auprès de mon frère.

— Aaron vous a donné les deux cent cinquante mille dollars.

— Bien sûr.

— Et il se fichait de savoir ce que vous en feriez ?

— Oui. Pourquoi s'en soucierait-il ?

Ah, les riches. Ça me dépassait. Je me penchai vers lui.

— D'accord. Alors, expliquez-moi. Evan a dépensé son propre argent, le vôtre et celui de Nick.

— Oui.

— Lance a été assez intelligent pour récupérer le sien avant que le navire ne coule.

— Oui.

— Et ensuite ?

— Eh bien ensuite, il a disparu et je me suis inquiété, j'imaginais le pire, vous voyez, mais il a soudain réapparu.

— Juste comme ça.

— Oui.

— Et ?

— Et la dernière fois que je l'ai vu, il m'a dit qu'il avait de sérieux problèmes, mais qu'il avait rencontré quelqu'un qui allait lui servir de bouée de sauvetage. Il a dit que ce type lui sauvait la vie.

— Est-ce que ce bon samaritain a un nom ?

— Oui. Clay Wells.

J'avais pris des notes et j'inscrivis ce nouveau nom sur une ligne.

— Et vous le connaissez ? Est-ce qu'il travaille dans votre cercle social ?

— Pas le mien. Son argent est trop récent. Mais il a une place dans les Hamptons, et Evan m'a emmené là-bas avec lui pour y passer un week-end.

— Drogue ?

— La drogue n'était que la partie visible de l'iceberg. Ce week-end était complètement fou. Honnêtement, quelle que soit la débauche que vous pouvez imaginer, inspecteur, c'était ça. Vous pouviez tout avoir.

— D'accord.

— Puis, le dimanche soir, il nous a emmenés à Las Vegas dans son jet privé et nous sommes restés là-bas une semaine en tant que ses invités.

— D'accord. Donc, pendant que vous étiez avec Evan et ce type, Clay, avez-vous vu de la drogue changer de main ?

— Non. Mais Evan s'est bien assuré de dire qu'il avait un avion encore plus petit que celui de Clay, qui appartenait à l'entreprise de son père, mais qu'il pouvait utiliser quand il le voulait.

— Et donc, comme vous n'êtes pas stupide, vous avez compris qu'il offrait de transporter de la drogue.

— Oui.

Je pris d'autres notes.

— Donc, Evan a commencé à faire ça ce week-end-là ?

— C'est presque sûr.

— Et c'était quand ?

— Il y a environ un an.

— Avez-vous traîné avec lui après ça ?

— Non, pas vraiment. Comme vous le savez, mon père et mon frère se faisaient la guerre pour l'entreprise. La première partie est réglée, mais mon père veut que Prentiss – un autre fils de mon père – reprenne Sutter maintenant que le conseil l'a informé sans équivoque qu'il ne le réintégrerait pas.

— Mais, c'est Aaron qui ramène de l'argent au conseil et aux investisseurs, ne puis-je m'empêcher de remarquer. Impossible qu'ils donnent les rênes à quelqu'un de nouveau.

— C'est vrai, mais une bataille juridique prolongée pourrait fatiguer tout le monde.

— Bien sûr, acquiesçai-je parce que c'était facile. Donc, vous avez passé du temps avec votre frère, ce qui signifie que vous êtes un peu passé à côté des drames d'Evan Polley.

— Oui.

— Mais vous en pensez quoi ?

— Je pense que Clay Wells a assassiné Evan parce qu'il ne voulait plus bouger la drogue, ou qu'il pensait en avoir assez fait pour Clay pour être payé. Je n'en suis pas sûr. Je ne sais pas dans quelle mesure Clay s'est occupé de la dette d'Evan, mais je sais que c'est la drogue qui l'a tué.

Il riva son regard au mien.

— N'est-ce pas ?

— Oui, en effet, répondis-je puisqu'Ellie me l'avait confirmé dès le premier jour. Evan Polley a été abattu post-mortem. Il a été tué par overdose de cocaïne pure.

— Je me doutais que c'était quelque chose du genre.

— D'accord.

— D'accord ?

Je refermai le dossier.

— Je pense que c'est bon pour nous, à moins que vous ayez autre chose à me dire.

— Non.

— Vous êtes sûr ?

Il acquiesça.

— D'accord. Merci beaucoup d'être venu.

— Je n'ai pas l'impression d'avoir fait quoi que ce soit.

— Vous m'avez donné un nom sur lequel enquêter et vous m'avez donné la raison avec l'avion. Vous m'avez été d'une grande aide.

Son regard fouilla le mien.

— Il est tellement en colère contre moi.

Je n'allais pas me lancer dans quoi que ce soit avec lui.

— Monsieur Sutter…

— Je pensais qu'il apprécierait ce que j'avais essayé de faire, mais ça n'a pas été le cas, et maintenant il est si furieux.

— C'est tout le temps que nous…

— S'il vous plaît, pourriez-vous aller chez lui et lui parler…

— Je ne peux pas, rétorquai-je. Je n'en ai pas du tout le temps.

C'était drôle, il eut presque l'air blessé, mais je me mis en mode hyperefficace et me levai, me dirigeai vers la porte et aboyai pour attirer l'attention de Cohen et Benoit.

Max sortit de la salle et remonta le couloir après moi, mais un essaim d'hommes en uniformes jaillit soudain derrière lui et on lui jeta une lourde veste sur la tête avant même qu'il ne puisse réagir.

— Bon sang, qu'est-ce que…

— Nous nous occupons de vous, monsieur Sutter !

Il fut attrapé par deux agents et entraîné rapidement le long du couloir au milieu d'une foule de policiers, noyé dans la masse, ce qui était le but. Il fut emporté par cette marée humaine vers l'escalier arrière qui menait à la zone de transport. Monsieur Holtz me serra la main, me remerciant d'avoir évité qu'il ne soit vu.

Une heure plus tard, après que j'eus terminé d'ajouter ces informations au dossier ainsi qu'au tableau sur lequel Jimmy, Cohen, Benoit et moi travaillions, j'ordonnai à mes deux laquais de retrouver l'avion, puis lançai une recherche sur Clay Wells. Mon téléphone sonna alors que j'attendais que les informations s'affichent à l'écran.

— Stiel, répondis-je à la deuxième sonnerie.

— Dites-moi pourquoi vous effectuez une recherche sur monsieur Wells, inspecteur.

— Pardon, mais qui est-ce ?

— Ici l'agent spécial Carlene Summers, du FBI, inspecteur Stiel, et j'ai besoin de savoir pourquoi vous enquêtez sur Clay Wells.

— Nous…

— Maintenant.

Je m'éclaircis la gorge.

— Nous pensons qu'il a tué ou fait tuer une de ses mules, samedi soir.

— Oh ?

— Oui. Pourquoi ?

— Je crois que vous feriez mieux de venir me voir, inspecteur. Savez-vous où nous trouver ?

— Malheureusement, oui, grognai-je.

— Oh, voyez-vous ça. Il y a quatre mois, vous étiez avec nous au sein du groupe d'intervention Delgado à New York.

Je grognai encore.

— Eh bien, inspecteur, avez-vous déjà envisagé de faire carrière au Bureau ?

J'émis un petit bruit de gorge.

— Quand voulez-vous que je sois là-bas ?

— Tout de suite, inspecteur. Tout de suite.

Merde.

VIII

MA CAPITAINE nous accompagna, Jimmy et moi, au bâtiment du FBI pour parler longuement à l'agent spécial Carlene Summers. Elle connaissait tout de Clay Wells. Elle nous laissa même écouter la conversation où il avait ordonné à l'un de ses hommes de se rendre au Posh pour s'occuper d'Evan Polley, qui paniquait parce qu'il se sentait bizarre. Le coup de fil suivant provenait du type qui rappelait monsieur Wells.

— *En raison de circonstances imprévues, un paquet non planifié a éclaté. J'attends vos instructions.*

— *Répétez.*

— *Un paquet qui ne figure pas sur le manifeste a éclaté, Monsieur, j'attends vos instructions.*

— *Un extra ?*

Wells semblait surpris.

— *Affirmatif.*

— *Notre cargaison n'a pas été affectée ?*

— *Non, Monsieur, nos colis sont en transit.*

— *Mais l'autre a éclaté.*

— *En effet. Nous attendons vos instructions.*

Il s'éclaircit la gorge.

— *Modifiez la confirmation de livraison pour suspendre le suivi.*

— *Affirmatif.*

Je regardai l'agent Summers.

— C'est là que l'homme de Wells a abattu Evan Polley d'une balle dans la tête.

— Malheureusement, oui.

— Alors ce que nous pensions était faux. Polley n'était pas une mule.

— Non, répondit-elle en secouant la tête. Enfin, c'était bien une mule, mais pas de celles qui se fourrent normalement de la cocaïne dans le cul. Il se servait d'un avion pour transporter de la drogue pour Clay Wells.

— Mais il est devenu gourmand et a essayé de se faire un peu plus.

— Oui.

— Alors que pensez-vous ? Qu'Evan Polley est mort d'une overdose de cocaïne ?

Elle soupira longuement.

— Pas besoin de le deviner, inspecteur. Nous le savons, d'après cet enregistrement génial que vous venez d'entendre, et je suis sûre que votre médecin légiste a déjà confirmé la cause de la mort, n'est-ce pas ?

— En effet.

— Et ?

— Et comme vous l'avez dit, il a fait une overdose, puis a été abattu d'une balle dans la tête pour couvrir ce fait.

Son regard ne quittait pas le mien.

— Arrêtons de jouer aux devinettes, inspecteur. Vous pouvez supposer que je sais tout ce que vous savez déjà.

— Mais ce n'est pas tout fait vrai, n'est-ce pas ?

— Comment ça ?

— Eh bien, vous n'avez pas trouvé Polley.

— Nous n'avions aucune idée de ce lien entre Polley et Wells jusqu'à il y a deux jours. De toute évidence, nous savions que quelqu'un était mort, nous ne savions simplement pas qui.

Ce qui était logique.

— Et bien sûr, même si Wells a donné ces ordres vagues lors de votre écoute téléphonique, cela ne vous suffit pas pour l'arrêter.

— Non, en effet.

Je digérai ce qu'elle avait dit, puis continuai de façon logique.

— Donc, vous allez envoyer quelqu'un sous couverture pour prendre la place de Polley ?

— Nous ne pouvons pas.

— Pourquoi pas ?

— Le calendrier est trop serré.

— Pardon ?

— Monsieur Wells a perdu un messager cette semaine et il a besoin d'en trouver un nouveau.

— D'accord.

— Il ne peut pas attendre, et nous n'avons pas le temps de construire tout un passé et de créer une identité fictive dans le temps qui nous est imparti.

— Vous savez ce qu'il va se passer ?

81

— Oui. Monsieur Wells va se rendre à Las Vegas demain soir, et lors d'une des fêtes à laquelle il assistera, il choisira parmi les gros joueurs des candidats avec qui faire des affaires.

— Et ensuite ?

— Ensuite, il les invitera à l'hôtel qu'il possède à Sedona.

— Pourquoi ne pouvez-vous simplement pas mettre cet hôtel sous surveillance ? Le surprendre en train de passer un marché pour déplacer son produit ?

— Parce que l'entrée, dans cet hôtel, ne se fait que sur invitation, réitéra-t-elle.

— Non, je ne parle pas d'un homme riche avec qui il voudrait faire des affaires. Je parle d'un artisan ou de…

— Wells possède une compagnie privée qui s'occupe de tout l'entretien et de la sécurité à l'hôtel, et tous ceux qui y travaillent vivent sur place.

— Quoi ?

— Il s'est assuré de tout couvrir, inspecteur, impossible de placer des personnes sur cette propriété.

— D'accord, donc vous êtes en train de me dire que la seule façon d'entrer et d'aller faire la fête avec Wells à Vegas est de recevoir une invitation.

— Oui, c'est exactement ce que je suis en train de dire.

— Donc, vous pouvez mettre quelqu'un sur le chemin de Wells. Qu'est-ce qui est si difficile ?

— Comme je l'ai dit auparavant, insista-t-elle, nous n'avons pas le temps. Il retourne à Vegas ce week-end.

— Mais vous pourriez mettre…

— Il choisit les hommes les plus riches et les plus puissants sur le volet, inspecteur, et tout le monde sait qui sont ces personnes et à quoi elles ressemblent.

Je dus réfléchir.

— Alors, parlez-m'en.

— De quoi ?

— De l'hôtel.

— Nous ne savons pas grand-chose. C'est censé être Xanadu. Sodome et Gomorrhe. C'est le rêve érotique le plus exotique et dépravé auquel vous pourriez penser. Apparemment, la sécurité et tout le reste sont

82

haut de gamme. Ils ont des brouilleurs militaires et n'autorisent aucune sorte de technologie sur place. Tout reste à la porte.

Wells semblait avoir pensé à tout.

— Du peu que nous avons pu découvrir, ils ont des logiciels de reconnaissance faciale sur place, et retracent chaque appel téléphonique, entrant et sortant.

— Bon sang, marmonna Jimmy tout bas.

— Pas d'appareil photo, pas de téléphone… rien.

— Vous ne pourriez pas joindre vos hommes une fois à l'intérieur.

— Exactement.

— Et d'après ce que vous me dites, vous n'avez pas la main.

— Exactement. Nous aurions besoin de faire inviter quelqu'un. Puis, il ou elle pourrait s'introduire dans le groupe de Wells, et nous pourrions voir s'il demande à cette personne de reprendre le trafic de drogue ou d'aider à le financer.

— On dirait que vous avez une occasion en or d'infiltrer quelqu'un là-bas.

— En théorie, oui. Mais le problème, c'est qu'on ne peut pas simplement créer des gens riches à partir de rien. Fabriquer un passé, planter des histoires dans les médias et insérer de fausses informations, tout cela prend du temps et franchement, avec ses ressources, impossible de savoir à quel point il sera facile pour lui de découvrir la ruse.

J'eus une idée terrible.

— Et si nous pouvions envoyer l'un des amis d'Evan sous couverture ? Cela serait logique, non ? La personne aurait pu voir Evan se faire payer et monsieur Wells l'aurait déjà vue.

— Oui. Ce serait génial, mais vous ne pouvez pas demander à un civil de se mettre en situation dangereuse. Nous ne faisons pas ce genre de choses.

— Au contraire, la contredis-je. Je sais que ce n'est pas une procédure standard, mais vous faites des concessions exceptionnelles au cours d'actions ponctuelles s'il n'y a pas d'autre choix.

— Oui. Nous ferions une entorse s'il y avait un inspecteur sous couverture pour aider cette personne.

La pièce explosa.

Jimmy n'était pas d'accord ; j'avais la mauvaise habitude de me faire tirer dessus.

Le capitaine Gaines m'appréciait apparemment plus que je ne le pensais. Elle n'était pas d'accord non plus. Elle avait besoin d'inspecteurs en homicide dans son département des homicides.

Mais aucun d'entre eux n'avait le poids et le poste de l'agent spécial. Vingt minutes plus tard, il ne restait plus qu'elle et un autre agent dans la pièce avec moi. Mon partenaire et ma patronne avaient été envoyés dans le couloir pour m'attendre.

— Alors, à quoi pensez-vous ? me demanda-t-elle. Garde du corps ?

— Possible. Ou… connaissez-vous le point de vue de monsieur Wells sur les homosexuels ?

— Mieux qu'un garde du corps, dit-elle franchement. Si un autre homme et vous vous rendiez là-bas en tant que couple, cela le mettrait davantage à l'aise. Il serait plus difficile de vendre l'histoire du garde du corps.

— D'accord. Alors, laissez-moi parler aux amis d'Evan. Voyons si Nick McCall ou Max Sutter voudront intervenir.

Ses yeux étaient rivés aux miens.

— Vous êtes sûr de vous, inspecteur ?

— Qui d'autre pourrait le faire ?

Elle resta silencieuse.

— Est-ce que vous avez un agent disponible pour qu'il soit envoyé sous couverture ?

— Honnêtement, non. Pas si je veux le mettre au courant dans les délais qui me sont impartis.

— Alors voilà.

— Vous avez déjà été approuvé, inspecteur. Si vous pouvez trouver un citoyen solide disposé à signer une décharge de responsabilité, nous sommes prêts.

J'avais mes ordres.

MAX NE décrocha pas. Je laissai donc un message sur son répondeur en lui expliquant que j'allais essayer de joindre Nick ensuite et lui soulignant de me rappeler de toute urgence. Je réussis à joindre mon premier choix de partenaire d'infiltration à la deuxième sonnerie et en fut profondément soulagé.

— Monsieur McCall.

— Juste Nick, inspecteur, dit-il d'une voix pâteuse, comme s'il avait bu.

Il n'était que dix-huit heures, mais je suppose qu'il avait eu la journée.

— J'ai besoin de vous parler ; puis-je passer chez vous ?

— Je suis sorti. Voulez-vous passer me chercher chez Duck & Cover pour que nous puissions discuter ?

— Ce serait génial.

— En effet, murmura-t-il. Je vous attendrai.

Mon plan initial était de rentrer chez moi d'abord, me doucher et me changer avant d'aller présenter mon idée à Nick McCall, mais j'avais besoin de lui parler avant qu'il ne boive davantage.

Je pris un taxi jusqu'à Rush, la rue où se trouvait Duck & Cover, et le chauffeur me déposa au feu, à une rue du restaurant-lounge. L'endroit était nouveau, branché et chatoyant, la nourriture pas vraiment bonne de ce que j'en savais et donc, comme j'avais faim, je fus déçu. J'avais besoin de manger, mais je voulais quelque chose de bon. Un bon gros steak Chateaubriand, ç'aurait été le paradis, ou de l'italien, mais je ne pouvais avoir ni l'un ni l'autre, donc quand j'entrai, j'étais grincheux.

Remarquant Nick à l'autre bout de la salle, où il était assis à une table avec trois autres hommes et deux femmes, je me rendis compte qu'il serait peut-être plus difficile de l'extirper de là que je l'avais cru.

Quand j'approchai de la table, il leva la tête et me vit. Le sourire qu'il me lança fut agréable.

— Inspecteur.

Il soupira longuement, profondément, quand je le surplombai.

— C'est vraiment sympa de vous voir.

Je lui rendis son sourire, mais constatai soudain que ce que j'avais trouvé séduisant plus tôt ne l'était plus. Ou du moins, pas pour moi. C'était un problème que j'avais beaucoup rencontré dernièrement : mon désintérêt total pour tout homme qui ne soit pas Aaron Sutter. Putain, j'avais vraiment besoin de tourner la page.

— Laissez-moi vous présenter.

Je restai donc planté là, à rencontrer des gens dont je me foutais, sans mémoriser les noms, ne prenant même pas la peine de les cataloguer. Formé à me rappeler des détails, voir des visages et les mémoriser, me rappeler des plus petites bribes de conversation, je devais m'assurer de rester concentré uniquement sur Nick.

— Donc, puis-je…

— Asseyez-vous et prenez un verre. Nous faisons la fête.

— Que fêtez-vous ? demandai-je sans bouger.

Il ne répondit pas. Il se contenta de se lever et de se tourner vers moi.

— Nous pouvons partir, inspecteur. Il semblerait que vous ne vouliez pas parler.

— Oh ? Et que semblerait-il que je veuille faire ?

— Tirer un coup.

Il sourit, et son sourire était maladroit, comme s'il ne le contrôlait pas vraiment. Il avait bu plus que je ne le pensais.

— Et je peux vous y aider.

Ça n'avait pas d'importance. Nous retournerions chez lui et baiserions, puis je lui expliquerais ce dont j'avais besoin.

— D'accord, allons-y. Dites au revoir à vos potes.

Il fit volte-face et les salua vaguement de la main, avant de se tourner vers moi.

— Ouvrez la marche.

Sur le trottoir, je me rendis compte que mon téléphone était aux portes de la mort.

— Hé, je dois passer chez moi récupérer mon chargeur, vite fait.

— Je vous suivrai chez vous, inspecteur.

Il me reluqua, ses yeux m'examinant de haut en bas.

— D'accord, répondis-je en prenant sa main et en me dirigeant vers la rue.

Il la serra en retour.

— C'est, hum, agréable.

Je lui jetai un coup d'œil par-dessus mon épaule.

— De se tenir la main ?

— Oui, frissonna-t-il. La plupart des gars… ne le font pas.

Et j'étais l'un d'eux. Normalement, je ne le faisais pas non plus. Pas en public. C'était marrant qu'il pense que j'étais l'un de ces mecs gentils, alors que ce n'était pas le cas du tout. Dans le taxi, il ne relâcha pas ma main et, une fois chez moi, je demandai au chauffeur d'attendre quand je sortis de la voiture.

— Est-ce que je peux monter avec vous ? me demanda Nick en gardant la portière ouverte.

Son regard était orageux, donc je cédai. Devant le perron qui menait à la porte de sécurité de mon immeuble, Nick reprit ma main, entrelaçant ses doigts aux miens.

— J'ai besoin de vous parler de quelque chose d'important.

— Tout ce que vous voudrez.

Tant de gens se baladent en ayant l'air forts, compétents et normaux de l'extérieur. Mais quand vous vous en approchez, quand vous leur parlez, que vous les écoutez, vous vous rendez compte qu'ils sont brisés. Je n'avais pas idée jusqu'à cet instant que Nick McCall était le genre de type prêt à plonger avec la première personne qui semblerait vouloir le garder. Cela me terrifiait qu'il soit si fragile. Si je l'emmenais avec moi dans cette aventure effrayante sous couverture, il m'appartiendrait ensuite, et je n'étais pas prêt à prendre possession de lui. Je ne voulais pas qu'il m'appartienne.

— Hé.

Je pris une voix douce, tendant la main pour rattraper la portière juste avant qu'elle se referme. Le taxi n'aurait pas besoin d'attendre, finalement. J'allais remettre Nick dedans.

— Je pense que vous feriez mieux de rentrer chez vous et de dormir pour vous débarrasser de ce que vous avez pris

Ses yeux s'écarquillèrent.

— Comment saviez-vous que je…

— Je suis inspecteur de police, vous savez.

Il eut l'air terrifié en me retirant sa main.

— Je ne vais pas vous coffrer pour quoi que ce soit, l'informai-je. Mais promettez-moi de rentrer chez vous et de ne pas ressortir.

Il toussa.

— Vous ne voulez pas que je monte ?

— Pas ce soir, répondis-je en lui tenant la portière.

Quand il grimpa de nouveau dans la voiture, je me penchai et donnai deux billets de vingt dollars au chauffeur.

— Ne retournez pas là où vous l'avez pris.

Il hocha la tête à mon attention, mais Nick ne réagit pas ; il m'ignorait complètement. En les regardant repartir, je ne savais pas trop ce que je ressentais. Ce qui craignait vraiment, c'était que la seule option qui s'ouvrait désormais à moi, c'était Max. J'espérais pouvoir le convaincre.

— Inspecteur Stiel.

Je me retournai et découvris une Lincoln Town vintage garée de l'autre côté de la rue, au bord du trottoir. Un homme était appuyé contre celle-ci. La voiture était magnifique ; clairement le bébé de quelqu'un. Elle était en parfait état.

87

— Oui ? lui lançai-je, méfiant parce que le conducteur n'était pas petit.

Il avait mon âge, peut-être un peu plus, mais me semblait énorme en comparaison. Un autre point inquiétant, c'était qu'il se servait de mon nom et que je n'avais pas la moindre idée de qui il était.

— Mon patron aimerait vous toucher deux mots.

— Et qui est-ce ?

Je ne paniquai pas, ni ne m'emparai de mon téléphone ou de mon pistolet. J'attendis simplement de voir s'il représentait vraiment une menace.

— Monsieur Sutter.

Son regard se réchauffa légèrement, des rides s'étirant autour de ses yeux.

— Il est à l'étage, dans votre loft.

C'était la meilleure nouvelle de ma soirée. Max Sutter était venu me voir. Maintenant que Nick était rayé de la liste, je devais convaincre le plus jeune frère Sutter de m'aider. Et, oui, il devrait prétendre coucher avec moi, mais j'espérais qu'il serait prêt à essayer de faire semblant pour le bien de tous et pour venger son ancien ami.

— Merci, lançai-je au chauffeur avant de grimper les marches et d'entrer.

Je fus surpris de voir l'homme grimper dans la Lincoln et partir.

À l'étage, dans mon loft, je m'assurai de m'annoncer en entrant, appelant Max en refermant la porte derrière moi et la verrouillant.

— Ça doit être sympa d'être riche, ricanai-je en accrochant mon manteau, puis ma veste de costume, avant de desserrer ma cravate. Les gens vous laissent juste… Max !

Il apparut derrière moi et me planta tête la première contre le mur du salon.

— Bordel, qu'est-ce que vous…

— Ce n'est pas Max, espèce de connard.

Aaron.

Et apparemment, Aaron avait très envie de moi, comme en témoignait son entrejambe dur enfoncé contre mes fesses, ses mains m'arrachant mes vêtements, et le genou coincé entre mes cuisses.

— Lâche-moi, lui ordonnai-je faiblement.

— Putain, non.

Il avait l'air frustré, furieux, et bon Dieu, c'était sexy.

Je plaquai mes mains sur la brique apparente et laissai retomber ma tête vers l'avant, essayant de mon mieux de rester immobile et de ne pas me retourner pour lui sauter dessus. Il sortit ma chemise de mon pantalon et la souleva, puis le tee-shirt sous celle-ci, jusqu'à mes omoplates.

— Qu'est-ce que tu... Aaron, croassai-je parce que sa bouche se trouvait déjà sur ma peau, ouverte et humide, suçant, goûtant et embrassant, et je devais lutter de toutes mes forces pour ne pas le supplier d'arrêter et de continuer à la fois.

— J'ai envie de toi, dit-il d'une voix plate, son corps pressé contre mon dos, ses bras soudains serrés autour de mon abdomen, ses lèvres contre ma nuque. Et je sais que tu me veux aussi.

— Oh oui, acquiesçai-je, mon sexe déjà douloureux avant même que ses mains ne glissent jusqu'à mon ventre, descendant plus bas pour déboucler ma ceinture.

Ses gestes étaient délibérés et tout fut ouvert, retiré, pour pouvoir être repoussé sur mes chevilles.

Quand une main forte aux longs doigts s'enroula autour de mon membre, je tressaillis contre lui, frissonnant à cette simple sensation, à sa possessivité et sa dominance.

— Dépêche-toi.

— Avec qui es-tu couché depuis moi ?

Cela allait donner l'impression que je l'avais attendu, mais je ne pouvais pas m'en empêcher.

— Personne.

— Personne ? répéta-t-il, caressant mon sexe humide de sa main droite, l'autre se glissant sous ma chemise jusqu'à mon téton.

Quand il tira dessus, d'abord doucement, puis plus fort, faisant rouler ma peau sensible entre ses doigts, je laissai ma tête retomber contre son épaule.

— En quatre mois ?

— Non. Tu ne le vois pas ? grognai-je, parce que cette simple réaction, ma convoitise et mon envie auraient dû lui faire comprendre à elles seules que je disais la vérité.

— Si, m'assura-t-il, ses dents traçant le tendon de mon cou, faisant trembler mes genoux. Et pour que tu le saches... personne pour moi non plus.

Je tournai la tête pour le regarder dans les yeux.

— Ça en dit long, n'est-ce pas ?

— Ça dit tout, promit-il en s'écartant et me relâchant.

Je fis volte-face et me retrouvai dos contre le mur où je m'étais accroché, éraflant ma chemise sans me soucier de la déchirer.

Nous restâmes plantés là à nous dévisager.

— Qu'est-ce que foutait Nick McCall en bas de chez toi ?

— C'est pour le travail.

Il était furieux contre moi et je découvris sa colère et sa jalousie sur son visage.

— Je n'allais pas le baiser.

— Non ? me défia-t-il en s'avançant vers moi, les sourcils froncés et la mâchoire serrée.

— Je l'ai remis dans ce taxi. Tu ne regardais pas ?

— Je regardais, dit-il en me fixant d'un regard cru et blessé.

Cela me faisait mal de le voir ainsi, vulnérable et souffrant, frémissant de rage, tout à la fois. Je ne pouvais pas le laisser planté là, seul, et je tendis donc les mains vers lui. Il se jeta sur moi et je me rendis compte qu'il n'allait pas laisser tomber sa rage, il n'allait pas fondre entre mes bras, donc je détournai la tête. Ce n'était pas l'Aaron dont je me souvenais… mais un amant froid et colérique.

Le grondement qui jaillit de sa bouche était empli de frustration quand il attrapa ma mâchoire, ses dents éraflant ma peau.

— Duncan !

Je ne le regardai pas et quand il se déplaça de l'autre côté, voulant ma bouche, je détournai encore la tête.

— Embrasse-moi !

Sa demande était agacée, désespérée, et pour moi, elle ressemblait à de la peur.

— Je n'irai nulle part, l'apaisai-je bien que refusant toujours de croiser son regard.

— Duncan !

Sa voix tremblait et je vis que j'avais raison. Il était terrifié.

— Regarde-moi !

Quand je le fis, il se pencha et ses dents se refermèrent sur ma lèvre inférieure. Il me mordit, et son grognement guttural n'appartenait pas à l'homme doux que j'avais connu. Le temps que nous avions passé séparés m'avait laissé désorienté, perdu, mais il avait fait quelque chose de plus sombre à Aaron et maintenant, il se montrait effréné pour le rattraper.

Tout chez lui semblait vouloir me combattre, et c'était à moi d'apaiser son incertitude, celle que je pouvais voir et entendre. L'enveloppant fermement de mes bras, je me servis de cette force que je ne lui avais jamais montrée auparavant et l'écrasai contre mon torse.

— Duncan !

— Arrête, murmurai-je en me penchant pour l'embrasser.

— Lâche-moi.

— C'est ce que tu veux vraiment ?

Les bras plaqués contre ses flancs, tout ce qu'il put faire fut de relever la tête et croiser mon regard.

— Aaron ?

Ses yeux cerclés de rouge étaient rivés aux miens.

— Ce n'est rien, lui dis-je doucement, souriant malicieusement en penchant la tête pour déposer mes lèvres contre les siennes.

Il se pressa contre moi, sa langue se glissant dans ma bouche, et je la rencontrais avec empressement, approfondissant le baiser pour pouvoir le goûter.

Le premier mena à un autre, puis un autre encore, et quand il frissonna, je me redressai juste assez pour laisser mes lèvres effleurer tout juste les siennes.

— Lâche prise.

Il soupira doucement et je relâchai ses bras, souriant quand il les enroula autour de mon cou.

— Tu crois si bien me connaître.

— Oui, grognai-je en frottant ses flancs, glissant mes mains jusqu'au bas de son dos et agrippant enfin ses belles fesses rondes.

Quand je les serrai, il se cambra à mon contact.

— C'est le cas.

Il enfouit son visage au creux de mon cou et quand sa langue passa derrière mon oreille, ce fut mon tour de frissonner pour lui.

— Je te connais aussi.

Ce n'était pas censé se passer ainsi, aussi vite, aussi fort. Personne ne craquait comme ça. Je ne croyais pas au coup de foudre, ou ce genre de choses. Alors pourquoi avais-je le sentiment qu'Aaron Sutter s'était baladé toute sa vie en m'attendant ?

— Aaron, laisse-moi juste…

— Chut, m'apaisa-t-il en s'écartant de moi avant de tomber à genoux.

— Tu ne… putain.

Mon sexe n'était pas petit ; beaucoup de types avaient eu des haut-le-cœur en me suçant, mais pas Aaron. Il ouvrit sa gorge et me prit en

91

entier, avalant toute ma longueur, suçant, lapant, son visage enfoui contre mon aine.

Mes doigts se glissèrent dans ses épais cheveux châtains... plus sombres que les miens, plus dorés. J'étais pâle comparé au bronze de sa peau, je n'étais pas de cette couleur riche qui était la sienne. Les contrastes entre nous étaient magnifiques, je le remarquais, le savourais, tout comme la sensation de sa bouche, de sa peau, et la façon dont je le contrôlais tandis qu'il suçait ma queue.

Il traça les muscles de mes cuisses, remontant jusqu'à ce que ses mains se posent sur mes fesses pour les serrer.

— Aaron, soufflai-je en le forçant à écarter la tête, interrompant sa fellation pour pouvoir le regarder dans les yeux. Je veux faire ça dans mon lit. J'espérais pouvoir le faire.

Et c'était le cas, tout comme je l'avais attendu. Voilà pourquoi il n'y avait eu personne d'autre. Je n'étais pas prêt à abandonner l'idée de lui et moi, peu importe ce que j'avais dit.

— J'ai trop pensé à toi, m'avoua-t-il.

Le poids de sa passion était magnifique. Ses pupilles dilatées, ses joues rougies, ses lèvres enflées et son souffle rauque me firent à nouveau frissonner jusqu'à l'âme.

— Je ne veux pas faire ça près du réfrigérateur.

— J'ai envie de toi, l'endroit m'importe peu.

— Ça m'importe, à moi, lui dis-je en le tirant sur ses pieds, les mains sous ses aisselles, relevant mon pantalon et le bousculant légèrement en passant près de lui.

— Suis-moi.

Il s'exécuta et quand nous atteignîmes ma chambre, je me retournai vers lui et le plaquai contre le mur.

— Qu'est-ce que tu veux ?

— Que puis-je avoir ?

— Tout, me promit-il, les yeux rivés aux miens.

— Prends le lubrifiant, lui indiquai-je.

Le cœur battant, la peau brûlante, je le voulais partout sur moi, parce que j'avais l'impression que j'allais exploser en mille morceaux si cela n'arrivait pas.

Il alla silencieusement là où je lui indiquais, jusqu'à la table de nuit, pour récupérer le flacon tout en retirant ses vêtements de l'autre main.

À la seconde où il fut à portée de main, je l'attrapai et l'attirai vers l'avant, m'attaquant à sa chemise, me débarrassant rapidement des boutons.

Il pencha comme s'il était ivre, frotta son nez contre le mien, puis le long de ma mâchoire. Ses mains se posèrent sur mes hanches, ses doigts suivant la ligne de mon bassin, et il lécha ma clavicule alors même que j'entendais le bruit du bouchon du flacon.

— Pas de capote.

— Non, acquiesçai-je.

Je n'avais pas prévu qu'il y ait quelqu'un d'autre un jour. Et ce n'étaient que des conneries romantiques et stupides, mais je le sentais dans mon cœur et je pouvais à peine le supporter.

Des doigts glissants s'immiscèrent entre mes fesses, deux d'un coup, pas d'un geste doux, mais plutôt une pression immédiate. La brûlure était familière et le bruit qui m'échappa – suppliant, quémandant – venait de moi, mais ne me ressemblait pas. C'était étrange parce qu'avant que cet homme qui laissait des traces de morsures partout sur ma peau entre dans ma vie, je n'avais jamais fait ce bruit. Je n'avais jamais su que je serais prêt à me soumettre si souvent. Avec ces minets sans nom dans les bars, je n'étais qu'actif. Et avec Nate, j'avais dû me battre pour baiser et ne pas être baisé. Mais Aaron en moi, bougeant, m'étirant, c'était une chose pour laquelle j'aurais supplié.

— Qu'est-ce que tu veux ?

Je m'éloignai de lui et haletai quand ses doigts disparurent. Je posai mes mains à plat contre le mur et me penchai vers l'avant en une claire invitation.

— Je croyais que tu voulais baiser au lit ?

— Ça n'a pas d'importance.

— Ça m'importe, à moi, répondit-il, une main à l'arrière de ma nuque, me guidant vers le lit. Il faut que tu voies que…

Il s'essuya l'autre main sur la jambe, le lubrifiant y laissant une trace luisante.

— Tu n'es pas simplement une passe et je ne partirai pas après.

Mon cœur me faisait mal en le regardant.

— Viens là, dit-il doucement en m'attirant vers lui, tirant ma chemise et mon tee-shirt par-dessus ma tête pour me les retirer.

— Mes pieds…

Je rigolai parce qu'ils étaient toujours pris dans mon pantalon.

Son sourire fut chaleureux, aimant.

— Grimpe sur le lit, Stiel.

J'y tombai tête la première et retirai mes chaussures et mes chaussettes avant qu'il ne démêle mon pantalon autour de mes chevilles.

— Baise-moi, juste.

— Non, grogna-t-il et je vibrai sous lui quand il embrassa ma colonne vertébrale, aspirant la peau dans sa bouche, ses mains rassurantes et tendres quand il caressa mes flancs.

Il m'apaisa jusqu'à ce que je n'aie plus envie de me battre, que je ne sois plus empli de cette tension, de cette inquiétude.

Je me redressai à quatre pattes, cambrant le dos pour lui.

— Il faut que tu arrêtes, m'avertit-il, les mains sur mes hanches pour les tenir serrées. Tu es bien trop tentant et je veux y aller doucement et te montrer combien je suis sérieux, et que je me fiche que quelqu'un…

— Tu me diras tout ça plus tard, pour l'instant, baise-moi.

Instantanément, il s'empara du lubrifiant qu'il avait reposé sur le lit et ses mains apparurent sur mes fesses, les agrippant brutalement, les écartant avant que son sexe ne se presse contre moi.

— Duncan, dit-il d'une voix basse et rauque. J'aurais des choses à dire, après.

— Oui. Après.

Son souffle s'emballa et c'était agréable de savoir l'effet que je lui faisais, puis de sentir la poussée, la brèche, qui me coupèrent le souffle à mon tour. Je me figeai, immobile, gelé sur ce lit, tout en le sentant, épais et brûlant, en moi.

Le sexe n'était pas censé réparer quoi que ce soit. C'était un acte, un acte primaire. Aucune émotion n'y était liée, et j'avais toujours été capable de l'en séparer.

— Putain, gémit Aaron en se retirant pour s'enfoncer plus fort, plus vite, le lubrifiant lui permettant de glisser plus facilement sans diminuer la pression, la crispation de mes muscles autour de lui.

Ses hanches contre mes fesses, ses cuisses pressées contre les miennes, ses mains enfoncées dans mes épaules où il s'était accroché, j'avais tellement envie, tellement besoin de tout cela que je savais que quoi qu'il veuille, quoi qu'il demande, je le ferai.

— Tu devrais voir ton cul s'étirer autour de ma queue, bébé, grogna-t-il. C'est si beau.

Les mots, ses mots. Ceux des autres n'avaient jamais eu d'importance au lit, mais les siens me submergèrent d'une vague de chaleur et mes bourses se resserrent, les premières vibrations de l'orgasme me parcourant.

— Duncan, murmura-t-il.

Sa main glissa entre mes omoplates, me pressant vers l'avant, son sexe effleurant ma prostate grâce à ce nouvel angle, et j'agrippai les couvertures à pleine main. Ce martèlement était sans fin ; il allait et venait sans relâche et je pouvais l'entendre haleter, rauque et enroué.

— Je ne veux pas que quelqu'un d'autre puisse te voir comme ça, grogna-t-il presque. Rien que d'y penser... jure-le !

Je devais réfléchir. Il voulait que je formule des paroles et fasse des promesses ?

— Ça me tuerait, lâcha-t-il en agrippant ma queue au même instant.

C'était trop tôt, trop vite, mais j'avais rêvé de lui, il m'avait manqué, j'avais eu envie de lui et essayé d'être rationnel pour passer à autre chose, en pensant logiquement à toutes les raisons de le faire. Mais j'avais toujours espéré, dans mon cœur, parce que je ne pouvais pas laisser partir Aaron Sutter. Et maintenant il était là, dans mon lit, avec moi, disant toutes les bonnes choses, faisant des promesses parce qu'il ressentait la même chose que moi. Il était ma récompense pour avoir survécu et n'avoir pas baissé les bras, pour avoir attendu ce qui était vrai.

Cœur, tête et corps alignés, enfin, tous en même temps. Il m'annihilait.

J'éjaculai entre ses doigts quelques secondes plus tard, mon corps ne m'offrant aucun avertissement, simplement cette montée d'euphorie, cette libération, le monde devenant blanc un instant, le plaisir trop puissant pour ne pas hurler son nom.

Je m'effondrai.

— Duncan ! cria-t-il avant de se vider en moi.

Les muscles palpitaient autour de lui quand il continua à me marteler, sans s'arrêter, voulant que cela dure encore.

— Viens, lui dis-je d'un ton apaisant en m'effondrant sur le lit, l'emportant avec moi, son poids le poussant à s'enfoncer plus profondément encore.

Il ne bougea pas, il resta simplement là, fiché en moi jusqu'aux bourses, me recouvrant, et je restai sous lui, repu, allongé dans ma propre semence.

— Tu es épuisé, dit-il avant d'embrasser mon épaule.

— Oui, ça fait du bien.

— Je t'écrase.

Je ricanai.

— Je suis plus grand que toi ; tu ne m'écrases pas du tout.

Lentement, prudemment, il se dégagea de mon corps, puis se laissa retomber de côté, sa cuisse toujours drapée sur mes fesses, la main dans mes cheveux, tandis que je tournais la tête pour le regarder. La douceur de son regard fut comme un coup de poing dans le ventre. Je ne pouvais pas tourner autour du pot. Je voulais le garder.

— Oh, bon sang.

Il sourit malicieusement, attrapant un coin du drap et essuyant la semence sur mon abdomen.

— Ça ne devrait pas être si ridiculement sexy.

J'agitai les sourcils et il éclata de rire en tirant sur le drap, le défaisant juste assez pour pouvoir en relever une partie et recouvrir l'endroit humide.

— Merci, le taquinai-je en me penchant vers lui pour l'embrasser.

Sa main se glissa à l'arrière de ma nuque quand il me guida vers lui, nos lèvres se scellant, se fondant ensemble, chacun inspirant l'autre dans une danse frénétique de retrouvailles. C'était vorace, doux, prometteur, et soudain il s'écarta en me laissant essoufflé.

— Quoi ?

Sa main était sur mon poignet droit et il le fit rouler afin que la longue cicatrice soit visible sur mon avant-bras.

— C'est nouveau, ça.

— Oui, acquiesçai-je avant d'essayer de l'embrasser à nouveau.

Il écarta la tête.

— Pourquoi y a-t-il une cicatrice ?

— Je veux t'embrasser.

— Je veux une réponse.

Je poussai un soupir bruyant.

— Ils ont dû mettre des broches parce qu'après qu'il a été cassé, j'ai été menotté dans une position où il était tordu, au lieu d'une position normale, donc l'angle a bousillé la façon dont les os s'alignent et…

— D'accord, me coupa-t-il en me relâchant avant de tracer la cicatrice le long de mon épaule gauche.

Je souris malicieusement.

— Pourquoi est-ce que tu m'as demandé si tu ne veux pas…

— C'est un peu près de ton cœur, ça.

Il était clairement préoccupé par mes blessures.

— Mais pas assez et je ne suis pas mort, donc est-ce qu'on peut lâcher l'affaire ?

— Tu aurais pu mourir.

— Mais ça n'a pas été le cas, donc est-ce qu'on pourrait... Aaron !

Mon cri avait été provoqué par la façon dont il avait bondi sur moi, me plaquant contre le lit, mes poignets au-dessus de la tête, serrés dans ses mains.

— J'aurais pu te perdre, murmura-t-il contre ma bouche avant de s'en emparer, m'embrassant brutalement et profondément.

Tout son désir, son inquiétude et sa douleur étaient traduits en chaleur et en envie tandis qu'il me dévorait, me mordait, tirait sur ma lèvre inférieure, suçait et frottait sa langue contre la mienne.

Ses mains passèrent à mon visage et il m'immobilisa tout en se régalant. Je relevai l'une des miennes jusqu'au creux de son dos, l'autre se refermant autour de son sexe en train de durcir.

— Duncan, haleta-t-il. S'il te plaît.

L'agrippant, je nous fis rouler tous les deux afin d'échanger nos places et il se retrouva sur le dos.

— Aaron.

Il frissonna et je m'emparai du lubrifiant pour en recouvrir mon sexe avant d'immiscer un doigt glissant en lui, profondément. La façon dont il se cambra, tendant les bras vers moi en même temps, humidifia ma queue.

— Je te veux en moi, gémit-il quand j'ajoutai un doigt à celui qui se trouvait déjà à l'intérieur, les écartant, frottant, massant, puis les recourbant pour glisser le long de sa prostate.

— Et je veux que tu sois prêt pour moi.

— Toujours prêt pour toi, toujours envie de toi, me rappela-t-il, presque en colère. J'ai failli te perdre et je ne peux pas... c'est tout ce que je peux ressentir.

— Plus maintenant, lui promis-je et ses yeux papillonnèrent quand j'ajoutai un troisième doigt, une fine pellicule de sueur se répandant sur son cou et son torse.

— Prends-moi.

Je dégageai mes doigts de son corps, fourrai un oreiller sous ses fesses et le soulevai, agrippant ses hanches et l'ouvrant largement, l'écartant devant moi.

— Duncan, s'écria-t-il quand je pressai contre son orifice.

97

Sa soumission était magnifique, il perdait la tête d'envie. Il ne se crispa pas quand je pressai en lui ; ses muscles m'aspirèrent.

— Tu es juste énorme, gémit-il, mais il n'y avait aucune douleur dans sa voix, aucune plainte, simplement une déclaration lourde d'envie.

Je me figeai même si cela me tuait, ses muscles massant ma longueur, se contractant.

— Débarrasse-moi de cette peur, dit-il d'une voix qui se brisa.

Je donnai un coup de reins, m'enfonçant brusquement en lui, et ses mains glissèrent sur la surface lisse du lit, cherchant quelque chose, n'importe quoi, pour s'y raccrocher.

— Je n'irai nulle part, lui promis-je en me penchant sur lui et glissant mes mains dans les siennes, m'enfonçant à nouveau en un long geste fluide. Et tu peux t'agripper à moi.

Il s'y raccrocha fermement, ses jambes enroulées autour de mes hanches alors que je le baisais, le pilonnant, le martelant, ayant besoin qu'il me sente, qu'il sache que c'était moi qui me servais de lui, maintenant. La façon dont il se cambra sous moi était magnifique, complètement perdu dans les sensations de ce que je lui faisais.

— Tu es si bon, marmonna-t-il difficilement et ses larmes, perlant à ses paupières, prêtes à déborder, faillirent me détruire.

Je claquai en lui, encore et encore, mes coups de reins brutaux, et il accepta chacun d'entre eux comme un cadeau et me supplia de ne pas m'arrêter, de ne jamais m'arrêter.

Quand j'empoignai son sexe, il se raidit sous moi, se figeant une seconde avant d'éjaculer sur ma main, mon poignet et son abdomen.

Mon orgasme m'emporta une seconde plus tard et mes bourses me firent mal sous sa puissance. Quand j'essayai de me libérer, ses jambes se resserrèrent pour que je ne puisse plus bouger.

— Aaron ? demandai-je doucement, délassant mes doigts des siens et écartant mes mains.

— Laisse-moi juste... t'embrasser, dit-il en tendant les mains vers mon visage.

Je baissai la tête et il sourit quand j'embrassai une paume, puis l'autre, frottant le chaume de mes joues et de mon menton contre ses mains.

— Bon Dieu, tu es si beau, soupira-t-il en saisissant mes épais cheveux et en les tiraillant. J'ai envie de t'embrasser partout.

Il commença par mes yeux et je ris doucement en me positionnant au-dessus de lui.

— Allonge-toi sur moi, je ne vais pas me casser.

— Tu dois vouloir que je sorte de…

— Non, me coupa-t-il.

Il me rapprocha de lui doucement, mon visage contre son cou.

— Je te veux, murmura-t-il contre mes cheveux trempés de sueur.

Je me serais libéré, mais il voulait que je reste sur lui, que je l'écrase, que nous glissions ensemble. Il voulait s'enrouler autour de moi comme une deuxième peau, se glisser en moi et y vivre pour toujours. Je n'étais pas assez fort pour refuser une chose que je voulais tout autant.

Quand je me libérai enfin de son corps et m'allongeai sur le flanc, face à lui, il se déplaça rapidement pour se pelotonner contre mon épaule.

— Que s'est-il passé avec ton père ? demandai-je, car je voulais le savoir.

— Il a perdu, répondit-il en passant les doigts dans mes cheveux, les écartant de mon visage. Mais il a un fils de l'une de ses femmes ; je n'arrive pas à suivre.

— Prentiss.

— Ah oui, dit-il en souriant, laissant courir son pouce sur mon sourcil. Maxie t'en a parlé, hein ?

— En effet.

— Donc, il pense pouvoir tout recommencer, mais le président du conseil m'a déjà dit de ne pas m'en inquiéter. Je suis là, je gagne de l'argent, et ils me connaissent. Fais-moi confiance, c'est fini.

— Et qu'en est-il du fait d'être gay ?

Il s'éclaircit la gorge.

— Je dois me marier.

Il me fallut une seconde.

— Pardon ?

— C'est bizarre, dit-il en se blottissant davantage contre moi. J'ai découvert récemment que mon conseil d'administration est extrêmement progressif et farouchement traditionnel à la fois.

— Comment arrivent-ils à une telle chose ?

— En me recommandant fermement – et quand je dis ça, c'est du genre en me forçant la main – de me marier immédiatement.

— À une femme ?

— Non, clarifia-t-il avec un sourire décadent. À un homme.

J'en restai bouche bée.

— Je sais. Il s'avère que je peux être gay. Cela leur va – ils peuvent composer avec ça. L'indécision est une marque de faiblesse, et ils ne le toléreraient pas. Le rôle du playboy instable ne convient pas au conseil ou aux investisseurs.

Ma bouche se referma et je le dévisageai.

— Si je couche à tout-va et que je suis vu comme un playboy, c'est mauvais pour les affaires. J'ai besoin de me caser. Ils veulent que je me case. Ils ont besoin que je grandisse, fonde un foyer et le partage avec quelqu'un. Ils veulent voir la même personne venir aux événements publics avec moi, se tenir à mes côtés et être responsable de moi. Ils veulent savoir que je ne m'envolerai pas pour Paris sur un coup de tête, pas parce que je ne le peux pas, mais parce qu'on m'attend pour dîner.

— Ils veulent l'image d'une belle vie de famille.

— En gros, oui.

J'inspirai lentement.

— Tu peux leur dire d'aller se faire foutre, c'est ta vie.

Il acquiesça lentement.

— Je pourrais. Luke Levin, le président de mon conseil d'administration...

— Luke Levin ?

— Oui ?

— C'est le nom d'un président de conseil ?

— Oui. Pourquoi ?

— Je ne sais pas. J'imaginais juste que les présidents de conseils portaient des noms du style Reginald ou Buckley.

Il éclata de rire.

— Quoi ? Levin... j'avais un pote qui s'appelait Levin au lycée. Qu'est-ce que c'est, juif ?

Il rit plus fort encore.

— Il ne peut pas être juif ?

— Tu sais ce que je veux dire !

Il s'effondra et rit jusqu'à ce que les larmes coulent sur ses joues.

Après l'avoir poussé hors du lit, j'entendis un bruit sourd et les rires reprirent. Cet homme était fou. Je me levai pour me rendre à la salle de bains, fronçant les sourcils en passant près de lui, et je me retrouvai sous l'eau quelques minutes plus tard. C'était agréable, cette chaleur sur ma peau, et encore meilleur quand j'entendis claquer la porte quand elle s'ouvrit et se referma.

— Donc, Levin, lui dis-je en reprenant la conversation. Il veut que tu te maries.

— Oui, en effet, répondit Aaron en décrochant mon pommeau de douche amovible et me poussant contre le mur.

— Qu'est-ce que tu fais ?

— Tais-toi et encaisse.

Je posai le front contre le carrelage frais, écartant les jambes quand il m'indiqua de le faire, et profitai de sa main glissant contre mon flan.

— Aaron, haletai-je.

— Il faut qu'on parle.

— Nous parlons.

— Non, je veux dire vraiment parler, de tout.

Bon sang. Je ne pouvais penser à rien de pire que ça.

— Vraiment ? Nous sommes obligés ?

— Je ne suis pas comme ça, dit-il en embrassant ma nuque tandis que le jet d'eau chaude ruisselait au creux de mes fesses.

— Pas comme quoi ?

Il écarta mes fesses et l'eau baigna mon orifice sensible. Je frissonnai à cette sensation.

— C'est agréable ?

Je grognai.

— Ne bouge pas.

Je restai là où je me trouvais et l'entendis bouger dans la cabine, ouvrir le gel douche, puis la fleur de douche glissa le long de mon dos, jusqu'à mes fesses et entre mes jambes. Il prit son temps pour me laver, s'assurant de ne rien manquer, puis s'occupa de mes cheveux, massant mon cuir chevelu jusqu'à ce que je pose la tête contre son épaule.

— Laisse-moi te rincer et nous pourrons aller dîner.

Je relevai la tête pour plonger dans son regard.

— J'ai vraiment besoin de parler à ton frère.

Il secoua la tête.

— Non.

— Je...

— Laisse-moi juste te débarrasser du savon.

Je fermai les yeux et reposai ma tête contre lui quand il peigna mes cheveux du bout des doigts.

— D'accord, c'est bon, gronda-t-il en embrassant ma gorge. Maintenant sors que je puisse me doucher. Tu sens le propre et je sens la sueur et le sperme.

— Je ne m'en plains pas, lui dis-je en entrouvrant les yeux. Et je devrais te rendre la pareille et te laver.

— Ce n'est pas moi qui n'ai jamais droit à de la tendresse, inspecteur. Ça devrait toujours être moi qui prends soin de toi.

— Cela ne me semble pas juste.

— Ça l'est. Crois-moi, ça l'est.

Je restai figé, incapable de le quitter.

— C'est quoi, ce regard ?

— Je ne t'ai pas fait mal, si ?

Je voulais m'en assurer.

— Non, Duncan, tu ne me fais jamais mal.

— Tu es sûr ?

— J'en suis sûr, soupira-t-il. Maintenant, va-t'en.

Je sortis, me séchai, passai du produit dans mes cheveux, appliquai de la lotion parce que sinon ma peau était vraiment sèche, puis dus traquer mon déodorant pendant une minute parce qu'il n'était pas là où il était censé être, et je quittai la salle de bains pour me diriger vers ma chambre.

— Tu vas devoir me prêter des sous-vêtements ! cria-t-il.

Et cela n'aurait pas dû être sexy qu'il doive enfiler l'un de mes boxers, mais rien que cette idée me fit durcir.

— Ou je peux ne rien porter du tout.

Dans un costume à deux mille dollars, c'était pratique. Du coin de l'œil, je remarquai mon téléphone que j'avais oublié de mettre à charger – comme si j'allais y penser quand Aaron m'attaquait – était désormais branché. Il devait s'en être occupé quand j'étais entré dans la douche. Quand je vérifiai, je remarquai que j'avais reçu un appel, ce qui signifiait qu'il y avait répondu, vu que la batterie était presque morte, et avait cherché à le brancher pour m'aider. Cette partie était attentionnée ; mais niveau intimité, c'était bizarre.

Après avoir enfilé un jean et un tee-shirt à manches longues gris pâle, j'enfilai ma ceinture quand Aaron arriva derrière moi et passa ses bras autour de mon torse.

— Tes sous-vêtements sont sur le lit, l'informai-je en tournant la tête pour qu'il puisse atteindre ma bouche. Mais ce n'est qu'un prêt. Je veux les récupérer.

Le bruit qu'il fit était un mélange de ronronnement et de gémissement avant que ses lèvres ne glissent sur les miennes. Je m'ouvris à lui, me retournant entre ses bras pour lui faire face, et pris son visage entre mes mains.

Embrasser cet homme était presque une expérience religieuse. Il avait si bon goût et j'en voulais davantage, je voulais le dévorer, mais mon cerveau entra en action et je l'écartai de moi brusquement.

— Quoi ? haleta-t-il.

— Mon téléphone.

Je déglutis.

— Qui a appelé ?

— Nick, toussa-t-il en s'emparant du boxer. Ton téléphone a sonné quand tu étais dans la douche et c'était lui.

— Et ?

— Et je lui ai bien fait comprendre qu'il ne pouvait pas revenir ici, qu'il n'était pas le bienvenu.

— Tu ne sais même pas de quoi j'avais besoin de lui parler.

— Ça n'a pas d'importance. Quoi que tu aies voulu de lui, je m'en occuperai.

— Ce n'est pas ce que tu crois.

— Encore une fois, quoi que ce soit, si tu es impliqué, ce sont mes affaires, pas celles d'un autre.

— Donc, tu t'es permis de répondre à mon téléphone ?

Je le mis sur la sellette pour aller au cœur du problème.

— Oui.

— Tu ne pensais pas que c'était une invasion de ma vie privée ?

— Si, peut-être, acquiesça-t-il. Mais c'était un numéro inconnu, donc je devais voir qui c'était.

— Pourquoi ?

— Tu sais pourquoi.

— Je ne le sais pas, insistai-je même si c'était un peu le cas, ou que je l'espérais.

— Parce que je ne veux pas que tu sortes avec quelqu'un, rétorqua-t-il d'une voix cinglante, visiblement agacé.

— Je ne sors avec personne, lançai-je en retour, ne souhaitant pas qu'il se fasse de fausses idées. Et je voulais parler à Nick pour le travail.

— Oui, j'avais compris.

— J'ai besoin que Max ou lui me serve de couverture.

103

— Je n'ai aucune idée de ce que cela signifie, soupira-t-il brusquement. Mais je vais le faire à la place.

— Encore une fois, tu ne sais même pas ce que c'est.

— Alors, dis-moi.

Je souris parce que sa possessivité était vraiment très excitante.

— Je dois me rendre sous couverture dans un hôtel et essayer d'arrêter l'homme qui a tué l'ami de ton frère.

— Et tu allais demander à Nick ou Max d'y aller avec toi ?

— Oui. Nous avons besoin d'un « vrai » riche, parce que nous n'avons pas le temps de créer une histoire de toutes pièces.

— Pourquoi Nick ?

— Il est riche.

— Il ne l'est vraiment pas, dit-il d'un air narquois en enfilant mes sous-vêtements, ce qui envoya une vague d'excitation stupide jusqu'à ma queue.

— Non ?

J'essayai de cacher ma réaction.

— Il ne l'est pas ?

— Bon Dieu, tu es si facile.

— Quoi ?

Il chercha son pantalon et le retrouva de l'autre côté du lit.

— Aaron ?

Penché, tout ce que je vis était son dos musclé et ses fesses rondes et moulées pendant une seconde avant qu'il enfile son pantalon.

— Le simple fait que j'enfile ton petit slip et tu es tout excité.

— Quoi ?

Ma voix se fit un peu trop aiguë.

— *Quoi* ?

Il se moqua de mon ton, contournant le lit pour me planter un baiser sur les lèvres. Durement.

Sa main contre ma nuque, l'autre sur ma hanche, et sa langue caressant la mienne m'empêchèrent de rester debout. Je me laissai tomber sur le lit et l'attirai sur mes genoux, mes mains sur ses fesses, les serrant fermement.

Ses jambes se replièrent autour de mes hanches, son aine pressant contre mes abdominaux quand il passa ses bras autour de mon cou.

— Tu trouves que c'est incroyablement sexy que je porte tes vêtements, dit-il contre mes lèvres.

— Oui, acquiesçai-je avant de l'embrasser.

Nous restâmes assis là, sur mon lit, à échanger des baisers. Sa bouche était brûlante et humide et je ne m'en lassais pas. J'étais obligé de me demander comment cet homme sortait encore avec des gens à trente-six ans. Pourquoi n'était-il pas casé ? Comment pouvait-il se balader sans bague au doigt ? Mais la réponse se trouvait juste là, si je réfléchissais.

— Hé, dis-je d'une voix rauque en rompant le baiser, mes mains se relevant pour encadrer son visage et repousser ses cheveux. C'est à cause de ta famille, n'est-ce pas ? Ton père ?

— Tu m'as perdu, soupira-t-il en léchant ses lèvres meurtries.

— La raison pour laquelle tu n'es pas casé. C'est parce que tu n'as jamais pu. Tu pensais perdre la compagnie si tu faisais ton coming out.

— Oui, acquiesça-t-il. Les opinions de mon père sur l'homosexualité sont bien connues et sans le soutien du conseil, il aurait pu se débarrasser de moi.

— Mais, maintenant, tu as le soutien du conseil.

— Oui, en effet.

Son regard s'adoucit en parlant.

— Et donc, qu'est-ce que tu vas dire à ton conseil ?

— À quel sujet ?

— Tu as dit qu'ils faisaient plus que te soutenir : ils veulent que tu te cases.

— Oui.

— Comme je l'ai dit un peu plus tôt, tu peux leur dire d'aller se faire voir.

— Je pourrais.

Il acquiesça, puis eut le souffle coupé quand je l'attirai vers l'avant, frottant mon entrejambe contre ses fesses.

— Mais ?

— Mais, dit-il en continuant la conversation quand ses yeux papillonnèrent. Ils doivent vraiment savoir que le PDG et l'homme qui possède désormais 46 % de la compagnie – puisque j'ai racheté les parts de mon père – est un adulte.

— Comment as-tu obtenu les parts de ton père ?

Cela m'intéressait de le savoir.

— Max possédait des actions de substitution appartenant à sa mère, qu'il ne pouvait pas se permettre de…

— Max et toi n'avez pas la même mère ?

— Non. Nous avons dix ans de différence, après tout, m'expliqua-t-il en laissant courir un doigt le long du tendon de mon cou. Même s'il y a eu d'autres épouses entre ma mère et la sienne.

— *Épouses* ? Au pluriel ?

Il ricana.

— Mon père s'est marié sept fois.

— Putain de merde.

— Bon sang, j'adore te parler. Tu trouves intéressantes des choses que je tiens pour acquises.

— Sept fois ! continuai-je. Imagine la pension alimentaire !

— Oh bébé, seule ma mère y a eu droit. C'est la seule qu'il ait épousée sans contrat de mariage. Il a retenu la leçon.

Je digérai cette information.

— Désolé, je t'ai interrompu ; explique-moi comment tu as eu les 46 %.

— Eh bien, comme je l'ai dit, j'ai racheté les parts de la mère de Max puisqu'elle souhaitait que je fasse certains investissements, et certains des membres du conseil possédaient des parts dont mon père n'avait pas connaissance parce qu'elles étaient détenues par des sociétés-écrans et d'autres sites tiers. Comme il avait besoin de capital l'année dernière pour financer des achats immobiliers, il a vendu certaines de ses parts personnelles à des gens qu'il pensait loyaux.

— Mais ils t'ont revendu ses parts sans qu'il le sache.

— Oui.

— Par bonté de cœur ?

— Non, mon amour, dit-il en se penchant pour embrasser ma mâchoire, son nez effleurant ma joue recouverte de chaume. Ce sont les affaires et ça n'est jamais mignon.

— Tu es en train de me dire que tu es démoniaque.

Il haussa les épaules, sa main glissant sur mon menton tandis qu'il mordillait la peau sous mon oreille.

— Je suis déterminé à obtenir ce que je veux.

— Et donc maintenant tes investisseurs possèdent 51 pour cent de la compagnie, c'est ce que ton conseil d'administration supervise, et tu en possèdes 46... attends, qui possède les trois autres pour cent ?

— Max.

— Oh.

J'étais confus.

— Pourquoi la mère de Max ne lui a-t-elle pas simplement vendu ses actions ?

— Il n'avait pas l'argent pour les lui racheter.

— Je vois.

— Non, tu ne vois pas, répondit-il avec un sourire chaleureux en plongeant dans mon regard. Tu te dis : c'est son fils. Elle aurait simplement dû lui donner ses actions.

— Oui, acquiesçai-je. Je suppose que ça me rend plutôt naïf.

— Non, ça te rend gentil. Mais Johanna Sutter avait besoin d'argent pour ses propres rêves et quand je lui ai offert de la débarrasser de ses actions, elle n'a pas pu refuser.

— D'accord, donc les investisseurs possèdent 51 %, toi 46 % et Max en a trois.

— Oui.

— Et tu as donc le droit d'être le PDG.

— En effet.

— Parce que le conseil t'a élu.

J'essayais de bien tout comprendre.

— Et a voté à l'unanimité pour que je reste en poste, oui.

— Donc, tu es sacrément important.

Au lieu de répondre, il me repoussa sur le lit et je me retrouvai sur le dos, sous lui, et il fourra sa langue dans ma bouche.

Cet homme savait vraiment comment embrasser. C'était doux et pervers à la fois, et même si nous avions tout juste fini de coucher ensemble, deux fois, ma queue remarqua la chaleur qui émanait de lui, la façon dont son corps bougeait, et sa langue qui s'enfonçait dans ma bouche. Mon sexe durcit et pressa contre ma fermeture éclair.

Il s'attaquait déjà au bouton et, une fois, ouvert il glissa la main à l'avant de mon jean. Mon sexe était déjà humide et quand il l'empoigna, je me cambrai.

— Nous n'allons jamais manger.

Il rompit le baiser, poussant un soupir brûlant et lourd contre mon visage.

— Et je devrais te nourrir.

J'ondulai des hanches sous lui, allant et venant dans sa poigne.

— Ouvre les yeux.

N'ayant pas réalisé que je les avais fermés, trop perdu dans le besoin urgent qui traversait mon corps, il me fallut beaucoup d'efforts pour me conformer à sa demande.

— Je ne veux pas te faire de mal, dit-il en se levant et se dirigeant vers ma table de nuit où il avait apparemment rangé mon lubrifiant. J'ai été brusque, avant.

— Pas du tout, répondis-je honnêtement.

Je me sentais bien, rassasié, indolent, et désormais brûlant d'un désir renouvelé.

Il revint vers le lit et fit glisser mon jean le long de mes jambes, bientôt suivi de mon boxer. Il me laissa mon tee-shirt à manches longues, le relevant avant d'ouvrir le flacon de lubrifiant. Ses yeux restèrent rivés aux miens tout ce temps.

Je frissonnai quand il écarta mes cuisses avant de se pencher, pressant nos queues ensemble et les recouvrant de lubrifiant.

— Aaron, gémis-je.

— Bon Dieu, Duncan, je ne te comprends pas.

Il semblait peiné.

— Comment n'appartiens-tu à personne ?

— C'est quoi ton plan, là ?

Il souriait largement.

— De nous branler ensemble.

Je secouai la tête.

— Ce n'est pas ce dont j'ai besoin.

Son sourire s'évanouit et il devint sérieux.

— Tu ne peux pas vouloir…

— Je le veux.

— Mais…

— Tu m'as manqué, soufflai-je. Et c'est comme si j'avais été affamé tout ce temps.

— Moi aussi, murmura-t-il.

— Alors le dîner peut attendre.

— Oui, acquiesça-t-il. J'ai besoin de te voir, alors… sur ton dos, d'accord ?

J'aurais pu répondre, mais sa chaleur faisait bouillir mon cerveau.

— Tiens bon, bébé, dit-il d'un ton bourru.

J'étais grand et fort ; j'étais recouvert de cicatrices de couteau et de balles, mon nez avait été cassé plus de fois que je ne pouvais compter, et les gens disaient tout le temps que j'avais l'air effrayant et que je me déplaçais d'une façon prédatrice. Mais d'une façon ou d'une autre, Aaron Sutter, le milliardaire suave de Wall Street, plongeait dans mon regard et pensait « bébé ». C'était déconcertant et me rendait plus désespéré encore de cimenter cet homme à ma vie. Il devait rester, parce qu'il me voyait vraiment.

Ses mains se glissèrent derrière mes cuisses ; poussant vers l'avant, m'ouvrant, puis pressant vers le bas, son gland glissa le long de ma raie avant de se glisser en moi d'une fraction de centimètre.

— Dépêche-toi, arrivai-je à peine à demander, un frisson me déchirant.

J'étais encore détendu d'un peu plus tôt et mes muscles ne se contractèrent pas et ne le combattirent pas ; pas besoin de pousser, simplement un long mouvement fluide jusqu'au fond.

— Ça, c'est juste ; c'est censé être comme ça.

— Oui.

Il se pencha sur moi, mes jambes sur ses avant-bras, s'assurant qu'il me soutenait avant de ressortir.

— Aaron !

Ses hanches se rapprochèrent vivement et il s'enfonça en moi brutalement. Mes mains tentèrent d'agripper les draps, parce que je devais m'y raccrocher pour ne pas bouger. Je ne *voulais* pas bouger.

Encore une fois, il recula lentement et je pus sentir à quel point j'étais glissant de lubrifiant et de liquide préséminal avant qu'il ne s'enfonce de nouveau, sans prudence, son geste empli seulement de faim, de pouvoir et d'urgence. Il m'aimait ainsi : ouvert pour lui, sous lui. Les yeux plissés, la mâchoire tendue, les muscles crispés de ses bras, ses mains agrippant mes jambes – il me voulait, terriblement, et le savoir projeta des frissons de plaisir le long de ma colonne vertébrale.

Il se retirait pour me pénétrer de nouveau instantanément, encore et encore ; cet assaut combattant, furieux et rapide, me propulsa rapidement par-dessus bord.

Mon orgasme vint trop rapidement pour l'en avertir et ce qu'il y avait jailli sur son ventre lisse et plat. Le son qu'il émit quand je jouis, ce gémissement arraché à son torse, me fit frissonner quand il se figea au-dessus de moi, son propre orgasme tout aussi inattendu.

Je le vis trembler et relevai les mains vers lui.

— Viens là.

Il en avait envie, mais c'était presque comme s'il avait peur.

— Aaron, le cajolai-je en tendant la main.

Fermant les yeux, il se pencha entre mes bras, embrassant la paume de ma main gauche avant de m'offrir son poids.

— Laisse-moi te serrer contre moi.

Quand il se retira de mon corps, le liquide qui s'en répandit fut pour lui une source d'inquiétude.

— Je ferais mieux d'aller chercher une serviette ou…

— On s'en fiche, lui dis-je d'une voix apaisante.

— Mais tu viens de te laver et…

— Je veux te serrer dans mes bras.

Allongeant mes jambes sur le lit, il se déplaça, s'installant à califourchon sur mes cuisses, toujours sans retomber sur moi.

Cela prenait trop de temps et quoi qu'il puisse ressentir, je ne voulais pas que cela se consolide. Un mur s'était effondré ; je ne voulais pas qu'il se reconstruise. L'agrippant, je le fis rouler sur le dos et le plaquai sur le lit, sous moi.

Les larmes étaient là, s'échappant de ses yeux.

— Tout va bien, lui promis-je.

— Je t'ai presque perdu… tellement stupide…

— Tout va bien entre nous. Je me sens bien.

Son regard était orageux, alors je fis la seule chose à laquelle je pouvais penser. J'écrasai ma bouche sur la sienne et l'embrassai de toute mon âme, lui faisant comprendre que mon cœur était encore à prendre. Après plusieurs minutes, je le sentis se rendre et alors seulement j'écartai mes lèvres des siennes.

— Non, murmura-t-il, ses bras s'enroulant autour de mon cou et ses mains s'enfouissant dans mes cheveux quand il m'attira vers lui.

Le contact brûlant et douloureux de nos lèvres, de nos dents et de nos langues continua jusqu'à ce que l'un d'entre nous doive rompre le baiser pour respirer. La pièce n'était remplie que de bruits de succion, de grognements, de gémissements et de plaintes. Je rompis enfin ce rythme brutal et emportant, et agrippai sa tête pour l'immobiliser.

— Que veux-tu ?

— Je veux te voir quand je veux et je ne veux pas que tu voies quelqu'un d'autre.

— Marché conclu.

Un sourcil doré se releva pour moi.

— Juste comme ça ?

— Oui.

Un frisson me parcourut, avant que je n'enlace Aaron et le serre fermement. Il fallut de longues minutes pour que ses tremblements cessent et je caressai son oreille de mon nez, murmurant toutes les choses perverses que je voulais lui faire.

— Oh oui, pitié, murmura-t-il d'une voix rauque après plusieurs minutes, gloussant et se tortillant entre mes bras.

Je le relâchai et posai le menton sur ma main tout en le dévisageant.

— Vous voulez savoir une chose, inspecteur ?

Il soupira, son regard aux paupières lourdes incroyablement sexy.

— Oui, lançai-je doucement. Qu'as-tu dit d'autre à Nick ?

— Rien.

J'essayai de ne pas sourire.

— Rien ?

Il toussota.

— Je lui ai dit de ne pas rappeler.

— Oh.

— Tu sembles triste, dit-il en m'étudiant.

— Non, je me sens juste mal pour ce type. Je crois qu'il a besoin qu'on s'occupe de lui.

— Oui, eh bien, ce n'est pas ton boulot, répondit-il franchement. Et le faire courir, c'est vraiment merdique.

— Je ne l'ai pas fait courir.

J'étais sur la défensive.

— Tu l'as laissé te tenir la main.

— Tu as vu ça ?

— Oui, inspecteur, tu as une belle vue sur la rue depuis ton salon.

Je l'avais fait et c'était une erreur.

— Tu es un homme bon et c'est cliché, mais ils sont difficiles à trouver.

— Tu es bon aussi, lui fis-je savoir.

— Non, vraiment pas.

— Si, tu l'es, maintins-je. Et je suis simplement chanceux de t'avoir attrapé entre deux hommes.

— Il n'y a eu personne de sérieux depuis un moment. J'ai arrêté de faire emménager les gens chez moi.

— Pourquoi ?

— Je suppose que je suis comme mon père. Je m'ennuie trop vite.

Je plissai les yeux.

— Je n'ai pas ressenti ça chez toi. J'ai plutôt senti des ondes du style « je veux rentrer à la maison et dîner avec mon copain ».

— C'est parce que tout ce que je veux faire, c'est passer tout mon temps avec toi.

— Tu veux juste qu'on couche ensemble, plaisantai-je.

— Ça aussi, même si d'habitude c'est un peu plus calme que ça.

— Comment ça ?

Il inclina la tête et me dévisagea.

— Normalement, je suis plus gentil.

— De quelle façon ?

— Au lit.

— Pourquoi diable voudrais-tu être plus gentil au lit ?

— Pour m'assurer de ne jamais forcer quelqu'un à faire une chose qu'il ne voudrait pas.

— Tu parles de deux choses différentes. En général, toutes les histoires de confiance sont réglées avant de retirer ses vêtements.

— Eh bien, je ne fais normalement rien sans le demander et je vérifie au lit aussi, pas seulement en dehors. Pas seulement avant.

— Je ne me souviens pas qu'on m'ait demandé ce que je voulais.

— Non, en effet, parce que tu es le premier homme avec qui j'ai couché qui puisse me forcer à arrêter s'il le voulait.

— Alors, quoi ? Ma force fait ressortir ton côté mauvais ?

— Non.

Il baissa la voix en bougeant sous moi et en glissant une main à l'arrière de mon cou.

— Allonge-toi.

Je me laissai retomber sur lui, la tête au creux de sa gorge, tout en l'entourant de mes bras.

Il frotta son menton contre mes cheveux et caressa mon biceps.

— Tu es si beau, tu le sais ?

Seulement pour lui.

— Je rêve de te dominer et de te faire faire tout ce dont j'ai envie.

— Ça a l'air coquin.

— Normalement, oui, admit-il. Et normalement, je n'aime pas être celui qui le fait.

— C'est-à-dire ?

— C'est-à-dire que cela m'excite vraiment de voir d'autres types baiser les mecs avec qui je couche.

— Tu aimes regarder, précisai-je en embrassant sa clavicule.

— En effet.

— D'accord.

— Il ne m'est arrivé qu'une fois de ne pas en avoir envie.

Je pouvais deviner avec qui.

— Jory.

— Oui.

— Je ne suis pas lui.

— Non, tu ne l'es pas, acquiesça-t-il. Et tant mieux, parce que ça n'a pas marché.

— Je peux te demander pourquoi ?

Il emmêla ses doigts dans mes cheveux et tira doucement, donc j'inclinai la tête vers l'arrière pour le regarder dans les yeux.

— Je voulais le changer. Je voulais le posséder.

— Et tu n'es plus comme ça ?

— Je le suis en partie, répondit-il d'une voix grave. Je mentirais si je disais que je ne veux pas te posséder.

J'étais clairement partant pour monter à bord de ce train possessif.

— Et le changement ?

Il me regarda droit dans les yeux.

— J'aime plutôt qui tu es.

— Ah oui ?

— J'ai le sentiment que tu me laisserais te montrer certaines des choses que mon argent peut accomplir.

— Du genre ?

— Du genre, t'emmener dans certains de mes endroits préférés du monde.

— Tu veux voyager avec moi.

— Entre autres choses, oui.

— Oui, d'accord. Pourquoi pas ?

Il se mordit la lèvre et je compris que la réponse l'avait excité.

— Et tant que je n'essaie pas de tout t'acheter, tu pourrais rester ?

— Je n'ai besoin de rien d'autre que toi dans mon lit, répondis-je carrément.

— Qu'en est-il en dehors du lit ?

— Je ne suis pas sûr de savoir ce que je pourrais demander de plus.

113

— Et qu'en est-il pour toi ? Combien de temps ta capitaine pourra-t-elle me voir sans que cela devienne un problème pour toi ?

— Je pensais justement à ça.

— Quand ?

— Quand j'ai cru que nous allions être quelque chose.

Il se raidit entre mes bras et j'effleurai son cou de mon nez, suçotant la peau, avant de souffler en collant ma bouche contre lui et faisant un bruit de pet, ce qui le fit rire.

— Oh mon Dieu, ce n'était tellement pas sexy !

Parfois, drôle valait mieux que sexy. Je recommençai, puis embrassai sa peau fermement.

— Bon sang, tu viens de me transformer en chair de poule géante !

Il était vraiment mignon et donc je me redressai pour l'attirer contre moi, le câlinant, le blottissant contre mon torse.

— Duncan.

Je grognai.

— Est-ce que tu peux sortir avec moi ?

— Genre, être vu avec toi ?

— Oui.

— Pour ton conseil ou pour toi ?

— Pour moi, espèce d'idiot !

Je ris doucement contre ses cheveux.

— Suis-je ravi de ne plus devoir cacher qui je suis ?

C'était une question rhétorique qu'il venait de poser.

— Bon sang, bien sûr que je le suis. Et ai-je l'impression qu'on m'a retiré un poids des épaules ?

— Je devine que oui.

— Oui !

Il était belliqueusement heureux.

— Souhaiterais-je avoir eu les couilles de vivre ma vie tout ce temps ? Oh putain, oui !

Je le relâchai parce qu'il se tortillait et il s'assit près de moi.

— Je suis tellement énervé que je suis passé d'avoir peur de mon père, peur de mon conseil, d'être terrifié de ce que penserait mon frère, et d'être inquiet de la désapprobation de ma mère, à ne plus m'en soucier du tout.

— Ce n'est pas vrai. Tu t'en soucies.

Il soupira longuement.

— Mon frère me vénère, peu importe ce que je fais, et j'aurais dû le savoir.

— Oui, tu aurais dû, acquiesçai-je. J'ai entendu la façon dont il parle de toi.

Il recula jusqu'à se cogner contre la tête de lit et déplaça l'oreiller pour se mettre à l'aise.

— J'étais en colère contre lui, aujourd'hui.

— Et je suis sûr qu'il pense que tu l'es toujours.

— Parce que je le *suis* toujours.

— Peut-être que tu devrais y remédier.

— Peut-être, dit-il tout bas.

— Ne sois pas con.

— Je ne lui ai jamais demandé d'intervenir…

— Il essayait de bien faire, l'interrompis-je.

Il inspira vivement.

— Tu avais presque complètement disparu. Encore une heure, encore un jour… si tu avais couché avec quelqu'un d'autre…

— Ou si tu l'avais fait, marmonnai-je.

— Pourquoi tu ne l'as pas fait ? voulut savoir Aaron.

— J'étais blessé.

Il n'y croyait pas, comme en témoignaient ses yeux plissés.

— Très bien, je ne suis qu'un connard romantique, répondis-je en haussant les épaules. Je voulais que ce soit toi.

Je ne m'attendais pas à ce qu'il se penche et m'embrasse le front.

— Lâche-moi, me plaignis-je.

Son sourire fut chaleureux.

— Donc, maintenant, tu as un conseil qui souhaite te voir avec une seule personne.

— Oui, dit-il en se glissant à côté de moi. Et ils vont beaucoup te voir.

— Vraiment ?

— Oh oui.

— Ton père va faire une crise cardiaque.

— Je m'en fous.

— Parle-moi de ta mère.

— Elle vit à Paris.

— C'est cool.

— Elle vit là-bas depuis que j'ai six ans. Elle est retournée vivre avec sa famille après le divorce de mes parents.

— Tu ne lui as jamais rendu visite ou quoi que ce soit ?

— Je l'ai fait, mais ce n'est pas comme tu le penses. Tu passes de nounou en nounou, pas de parent en parent.

— Désolé.

— Ce n'est rien.

— Donc, dis-je en abordant le sujet qui m'intéressait, tu t'inquiétais de ce que ta mère penserait si elle découvrait que tu étais gay aussi ?

— Elle est très conservatrice ; je sais ce qu'elle va penser.

— Mais ça ne te dérange plus ?

— Honnêtement, j'avais besoin de ses actions, de ses parts, mais rien d'autre. Nous n'avons jamais été proches. Nous échangeons des cadeaux à Noël, mais elle plante un arbre quelque part pour moi et je charge mon assistant de lui envoyer quelque chose de chez Cartier ou autre.

— Tu as un assistant ?

— J'en ai dix.

— Ah.

— Mais mon assistante personnelle s'appelle Margo Dayton. Elle sera la seule personne avec qui tu seras en liaison.

— Ça semble un peu pervers.

Il secoua la tête.

— Bouseux.

Je ricanai.

— Hé, regarde-moi.

Ses yeux d'un bleu brillant se rivèrent aux miens.

— Je suis désolé pour tes parents. Vraiment.

Il essayait de comprendre quelque chose.

— Quoi ?

— Vous avez des dossiers juvéniles scellés, inspecteur.

— En effet, acquiesçai-je. Tu t'es cogné contre ce mur quand tu vérifiais mes antécédents ?

— Effectivement.

— Et ?

— Tu crois pouvoir me faire assez confiance un jour pour m'en parler ?

Je n'eus même pas besoin de réfléchir.

— Oui.

Il fut très satisfait ; c'était étalé sur son visage.

— Pas de secrets entre nous.

— Non, répondit-il d'un ton catégorique. Rien.

— D'accord, dis-je joyeusement. Est-ce que je peux t'emmener manger ?

Il gémit et c'était adorable.

— Auriez-vous faim par hasard, monsieur Sutter ?

Il s'effondra.

— Oh, mon Dieu, je meurs de faim, bon sang.

— Aimeriez-vous que je vous nourrisse, puisqu'il est déjà vingt et une heures passées ?

— S'il vous plaît, mon bon monsieur. Je pourrais vous sucer contre quelque chose à manger.

— Je pense que je pourrais obtenir ça de toi sans paiement, le raillai-je.

— Connard !

Oui, c'était bien moi.

IX

Son chauffeur s'appelait Miguel Romero, et il travaillait apparemment pour Aaron depuis longtemps. La seule raison pour laquelle je ne l'avais pas encore rencontré, c'est parce qu'il était parti en vacances quand Jory avait arrangé un rendez-vous entre le patron de Miguel et moi. Il avait un mois de congés tous les ans, parce que sinon, même quand Aaron voyageait, c'était Miguel qui le conduisait. Il fut ravi de me rencontrer, mais également surpris, ce que j'appréciais plutôt. Apparemment, Aaron avait un genre habituel auquel je ne correspondais pas du tout et le fait que je sois différent était une source d'intérêt.

Je n'étais pas stupide. Je comprenais que les beaux hommes petits lui plaisaient d'ordinaire. J'avais rencontré Jory Harcourt, le partenaire de Sam Kage, à plusieurs occasions. Il faisait un mètre soixante-quinze, était mince, fragile, et possédait le genre de beauté qui vous poussait à vous arrêter dans la rue pour le regarder passer. Je n'avais pas la moindre idée de la façon dont Sam avait réussi à finir avec lui. Ses muscles et sa grande taille jouaient en sa faveur, mais pas grand-chose d'autre. Impossible que Jory ait pu gagner au change quand il avait choisi Sam plutôt qu'Aaron Sutter. Cela m'étonnait qu'après avoir eu Jory, ou certains des autres, Aaron ait pu s'intéresser à un mec comme moi ne serait-ce qu'une seconde.

— À quoi penses-tu ?

Je fis rouler ma tête sur le siège et parcourus Aaron du regard.

— J'essaie simplement de comprendre ce que tu vois en moi.

— Quoi ?

— Non, pas du genre « pauvre moi, je suis si repoussant, qu'est-ce que tu pensais, bordel ? », ricanai-je. Mais plutôt que je ne suis pas du tout ton type. Tu aimes les minets mignons.

Il s'empara de ma main et je le laissai la prendre.

— Tu n'es pas obligé de me le dire.

Il souleva ma main et la posa sur sa cuisse.

— C'est juste toi. Je t'ai vu, et je ne vois plus personne d'autre.

— C'est plutôt romantique.

— Oui.

118

— Peut-être que c'est à cause de Jory, proposai-je. Il nous a présentés, après tout.

— Il n'est pas magique, je t'assure.

— Il a l'air sympa.

— Oui, il l'est. Mais c'est marrant : maintenant que je ne le regarde plus à travers des lunettes roses, je dois dire qu'il mettrait à l'épreuve la patience d'un saint. C'est un miracle que ni Sam ni son frère ne l'aient balancé du haut de quelque chose.

— Il ne m'a pas semblé particulièrement agaçant.

Le regard noir d'Aaron m'amusa.

— D'accord, je retire ce que je viens de dire.

Il retourna ma main et l'examina.

— Qu'est-ce que tu fais ?

— Tu as une cicatrice sur la paume.

— Un junkie l'a transpercée avec un couteau.

Ses yeux se posèrent sur mon visage.

— Quoi ?

— Tu es couvert de cicatrices.

— Je sais, répondis-je en haussant les épaules et détournant le regard. Pas sexy.

— Duncan.

Les lampadaires à l'extérieur avaient toute mon attention.

— Regarde-moi.

J'obéis quelques secondes plus tard.

— J'ai l'impression que tu t'es retrouvé au lit avec des hommes qui n'ont pas trouvé tes cicatrices sexy.

— Pas au lit. Seuls deux hommes ont déjà été dans mon lit, mais oui, les mecs me baisent parce que j'ai l'air effrayant, tout cassé et marqué.

— Ce sont des idiots, dit-il franchement. Je veux connaître l'histoire de chacune d'entre elles et oui, je te le promets, elles me font durcir rien qu'en les regardant.

Je fus surpris.

— Suis-je clair ?

— Oui. Très.

— J'ai envie de m'allonger sur toi et de sentir ta peau nue sous la mienne. Je pourrais le faire pendant des heures si tu me laissais faire.

Il eut droit à un baiser pour ça, et vu la façon dont il s'ouvrit pour moi, fondant contre moi, je fus très tenté de l'attirer sur mes genoux et d'oublier la bouffe. Mon estomac avait d'autres idées, cependant, parce que son grognement fut long et bruyant, comme si j'étais possédé. Ce n'était pas sexy de faire éclater d'un rire rauque l'homme que vous étiez en train d'embrasser. Apparemment, j'étais très amusant et il me garderait sans doute à ses côtés à des fins de pur divertissement.

Au restaurant qu'il choisit dans River North, on nous fit entrer par l'arrière pour nous mener à l'étage qui surplombait la rue. Les lumières de la ville étaient magnifiques et la pluie de printemps avait tout nettoyé.

— C'est joli, remarquai-je.

— Magnifique.

Il ne m'échappait pas que la seule chose qu'il pouvait voir, c'était moi.

— C'était un peu ringard, non ?

— Oui. Je m'en fiche, dit-il en glissant un petit porte-clefs avec deux clés électroniques sur la table.

— Qu'est-ce que c'est ?

— La grise ouvre le portail de ma maison à Winnetka. La noire te permettra d'utiliser l'ascenseur de Sutter Plaza, sur Streeterville. Au-dessus des bureaux, tout en haut, se trouve le penthouse. Cette clé électronique te permettra d'entrer.

Mon regard se riva aux siens.

— C'est rapide.

— Non. Tu ne vas pas emménager. Ça, ce serait rapide. Je te donne accès à mes demeures parce que mon travail et le tien ne vont pas simplement s'aligner par magie, expliqua-t-il en prenant ma main dans la sienne. Donc si tu peux, ou si je le peux, même s'il est tard, nous pourrons nous voir.

— J'aime cette idée, dis-je en serrant sa main avant qu'il la retire. Alors je vais te faire un double des clés de la porte de l'immeuble et de mon loft.

— J'aimerais ça.

— D'accord.

Le chef en personne vint parler à Aaron à notre table privée. Une cloison avait été aménagée pour que personne ne puisse nous voir et, grâce à la présence de Miguel, personne ne pourrait s'approcher pour jeter un coup d'œil. Je n'avais aucune idée de ce qu'était quoi que ce soit, puisqu'ils parlaient italien, donc ce fut sympa qu'Aaron traduise pour moi.

— Je m'en fiche. Ne me fais simplement pas manger de cervelle ou genre du veau ou de l'agneau, répondis-je en haussant les épaules. Je suis un mec facile.

Son sourire fit ressortir ses fossettes.

— Tu as vraiment les idées mal placées.

— Je ne peux pas m'en empêcher.

Le vin rouge était lourd et épais et je l'appréciais beaucoup. Les entrées qu'il commanda étaient bonnes. J'adorais la bruschetta, et l'autre – des dattes remplies de fromage de chèvre et enveloppées de prosciutto – était incroyable.

— Je n'ai jamais mangé de dattes auparavant, lui dis-je. Je pensais que les gens n'en mangeaient que dans les films. Tu sais, comme Indiana Jones ?

— Je vois que je vais élargir vos horizons de toutes sortes de façons intéressantes, inspecteur.

— Pourquoi est-ce que tout ce qui sort de ta bouche a l'air pervers ?

Il se moqua de moi en se réadossant à sa chaise.

Après une minute, je me rendis compte qu'il me dévisageait toujours.

— Quoi ?

— Rien.

— Si, quelque chose.

— Non. Je ne pensais simplement pas me retrouver ici avec toi quand je me suis réveillé ce matin.

— Mais c'est une bonne chose, non ?

— Oui. Très bonne.

— D'accord, dis-je en souriant et désignant la dernière datte. Tu la veux ?

— Elle est tout à toi.

Une fois que j'eus fini de savourer la dernière bouchée, je la fis passer avec du vin. Il me dévisageait encore.

— Bon sang, quoi ? Je ne l'ai pas mangée de la bonne façon ?

— Non, j'aime simplement vraiment te regarder faire.

Son sourire, la façon dont il illuminait tout son visage, était agréable.

— Tu aimes voir les gens profiter de ton argent, dis-je honnêtement. Tu aimes payer pour eux.

— Oui, en effet, et en général ça se passe de deux façons.

— Évidemment. Tu as des gens qui veulent profiter de toi, ou des gens qui vont à l'autre extrême et ne te laissent rien faire pour eux.

— Oui.

— Eh bien, devine quoi, lui dis-je en admirant la façon dont son costume, qui s'était auparavant trouvé sur le sol de ma chambre, lui allait. Ce soir, c'est toi qui régales. Demain, où que nous soyons, je paierai. J'espère que tu aimes les hamburgers.

— En effet, répondit-il en me lançant un sourire. Et ton sens du compromis est renversant.

— Vraiment ?

— Tu n'as pas idée.

Je pris une autre gorgée de vin.

— Et à partir de maintenant, je ne paierai que pour toi.

— Tant mieux, confirmai-je. Parce que je suis un connard jaloux.

— Oh ? Eh bien, ce sera nouveau.

La façon dont il le disait me parut bizarre.

— Qu'est-ce que ça veut dire ?

— Normalement, c'est moi qui le suis. Je m'inquiète que les gens me soient enlevés, pas l'inverse. Normalement, c'est moi qui suis jaloux.

— Plus maintenant. Jamais avec moi. Je ne te donnerai jamais une raison de l'être.

— Merci, répondit-il et il le pensait.

Après avoir terminé les entrées et qu'il m'a versé un autre verre de vin, je remarquai son regard fixe.

— Quoi ?

— Rien. Tu es juste là, avec moi, et des gens pourraient te voir.

— Oui ? Et ?

— Quand nous irons dans des endroits plus fréquentés, il sera impossible de dissimuler que nous sortons ensemble.

— Je le sais.

— Disons que je le mentionne parce que tu es resté dans le placard toute ta carrière et maintenant tu penses simplement abattre la porte et sortir vers la lumière ?

Je lui rendis son regard fixe.

— Je ne vais pas publier une annonce en première page de *The Tribune* ou organiser une conférence de presse, non. Mais je me sens différent et je ne vais pas mentir à ce sujet.

— Je suis obligé de te demander.

— Vas-y.

— Ta dernière relation sérieuse…

— Ma seule relation sérieuse, corrigeai-je.

Il s'éclaircit la gorge.

— Ta seule relation sérieuse ; est-ce que la raison pour laquelle vous avez rompu, c'est parce que tu étais dans le placard ?

— Je suis sûr qu'il y avait aussi d'autres raisons, mais c'était la principale, oui.

— Alors, pourquoi maintenant ? Pourquoi cette fois et pas à cette époque ?

C'était difficile à expliquer parce que cela n'avait aucun sens.

— Je ne sais pas. Peut-être que passer à deux doigts de mourir te fait voir les choses différemment ? Peut-être qu'au fond je savais que je me voilais la face avec Nate pendant deux ans, parce que je n'ai jamais vraiment été ce dont il avait besoin ? Et peut-être que c'est simplement que j'en ai envie.

Ses lèvres se retroussèrent d'un côté.

— Je veux dire, ça ne me dérangerait pas si les gens pensaient, après tout cela, après que nous ayons décidé de sortir ensemble…

— De façon exclusive, me rappela-t-il.

— Oui, de façon exclusive, répétai-je en souriant.

— Pardon.

— Non. C'est agréable de se le faire rappeler.

— Je te l'ai dit, je suis territorial.

— Moi aussi, et voilà où je veux en venir. Ça me ferait vraiment chier si, après m'avoir donné ces clés électroniques, les gens pensaient toujours que tu es disponible simplement parce qu'ils ne te voient avec personne.

Il acquiesça.

— Tu veux que les gens sachent que nous sommes ensemble.

— Oui.

— C'est très courageux de ta part.

— Je pense que c'est juste humain de ma part. C'est un désir assez basique, un peu primaire, non ?

— De revendiquer un compagnon ? m'appâta-t-il.

— Ne sois pas con.

Il rit doucement.

— Je m'inquiète juste pour toi ; nous avons parlé de cela avant, de ton boulot.

— Oui, en effet.

— Et rien n'a vraiment changé.

— Moi, si. J'ai changé.

— D'accord.

Je me penchai vers l'avant.

— Est-ce que je vais m'en prendre plein la gueule… ? Probablement. Est-ce que quelqu'un va repeindre mon casier en rose et y écrire « pédé » ?

Je dus y réfléchir une seconde.

— J'en doute. Mais y aura-t-il une chose, genre un mur invisible, que je ne pourrai pas franchir ? Oui, je le pense.

— Donc, c'est un suicide de carrière pour toi.

— Le suicide, c'est un peu dramatique.

— Mais ce que tu es maintenant, c'est peut-être l'échelon le plus haut que tu pourras atteindre.

— Oui.

Il fronça les sourcils.

— Alors, quoi ?

— Alors, rien, dis-je en prenant sa main. Je pensais que tu étais parti et je me réhabituais peu à peu à ma vie.

Son regard fouilla le mien.

— Mais ça ne me semblait pas juste. Je veux que nous tentions tout ça. Si ça ne fonctionne pas, ce ne sera pas faute d'avoir essayé. Je vais faire de mon mieux.

— J'aime que tu penses avoir le choix.

Je relâchai sa main.

— Ne commence pas. Maintenant, je dois te parler du boulot.

— Parle-moi du boulot, je t'en prie, mais le reste est une affaire conclue.

Il était si arrogant, mais ce qui était drôle c'est que je savais, au fond de moi, ce qu'il voulait dire.

— Tu viens juste de décider que quoi qu'il arrive, je vais t'appartenir.

— Oui. Exactement. C'est fait, inspecteur. Vous ne vous débarrasserez jamais de moi.

Je ne lui avouai pas combien j'aimais sa certitude.

Après le dîner, j'emmenais Aaron à la succursale du FBI et me rendis compte de la seule chose que je pouvais offrir à cet homme, que personne d'autre ne lui avait jamais offert.

De l'intrigue.

En le regardant écouter l'agent spécial Summers, la façon dont il buvait chaque mot qui sortait de sa bouche et bondissait d'excitation sur son siège, je me rendis compte que même si j'échouais avec lui, il serait difficile de passer après moi.

— Est-ce que j'aurais droit à un nom de code cool ? mourrait-il d'envie de savoir.

Qui aurait cru que les millionnaires pouvaient être eux aussi d'énormes geeks.

X

Tout était flou. Je comprenais comment on pouvait perdre la tête à force de passer du temps avec Aaron Sutter. L'avion de la compagnie était incroyable et la limousine qui vint nous chercher à l'aérodrome privé et nous conduisit au centre-ville jusqu'au Strip de Las Vegas était luxueuse et approvisionnée de plus d'alcool et de nourriture que je ne le pensais possible.

— Hé, j'ai oublié mes lunettes de soleil, dis-je en tendant la main. Prête-moi les tiennes.

— Pourquoi ? répondit-il, confus. Je pensais que nous voulions nous afficher complètement ?

— Une fois l'opération terminée, expliquai-je en sortant ma casquette de base-ball des Chicago Cubs. Je montrerai mon visage à tout le monde et, quelles que soient les photos prises maintenant, ils sauront que c'est moi. Mais en cet instant, personne d'autre que Clay Wells et ceux qui se trouvent dans ton entourage ne peut savoir qui je suis.

— Logique, acquiesça-t-il en me passant ses gigantesques lunettes de soleil, puis souriant soudain quand je me tournai vers lui.

— Quoi ?

— Je t'aime bien avec une casquette. C'est sexy.

Je secouai la tête.

— Tu es vraiment accro si ça te plaît à ce point.

— Embrasse-moi.

Cet homme était un peu épris, et j'en étais un peu fou.

Quand nous atteignîmes l'hôtel, je me demandai comment cela se passait si les gens voulaient s'approcher d'Aaron, mais la présence de Miguel répondit à ma question. Il n'était en fait pas seulement le chauffeur d'Aaron, comme je l'avais auparavant déduit, mais également son garde du corps personnel. Il empêchait les gens qui regardaient de toucher également. Normalement, à Chicago, il n'y avait que lui. À Vegas, il avait une équipe de quatre autres personnes pour l'accompagner.

Aaron discutait sur Skype avec son assistante de direction, Margo, et quand il tourna son téléphone vers moi, j'eus l'occasion de la rencontrer. Elle me rappelait Trinity dans *Matrix*, sauf qu'elle souriait beaucoup et parlait très vite. Je ne savais pas qu'une seule personne pouvait faire tout ce qu'elle faisait sans jamais quitter son bureau. Je fus complètement impressionné.

— Je suis ravie de vous rencontrer, inspecteur, s'exclama-t-elle. Quoi que je puisse faire pour vous, n'hésitez pas.

— Arrête, murmura Aaron.

— Oh, patron, il est ma…

Il l'interrompit en raccrochant et je lui décochai un petit coup de coude dans les côtes.

— Arrête ça, me gronda-t-il.

Un membre du personnel du Wynn vint à notre rencontre quand nous nous garâmes et cela m'aurait convenu de suivre simplement le reste de l'entourage, mais quand Aaron s'arrêta pour me montrer quelque chose, tout le monde fit de même. Je n'avais pas l'habitude de ça, le voir en mode « leader », mais cela semblait naturel pour lui. J'étais mal à l'aise de toute cette attention et de ces regards insistants, mais il ne les remarquait même pas. La seule chose qui me permettait de rester dans l'instant présent, c'était sa main dans la mienne.

Il s'en était emparé en sortant de la voiture et pas une seule fois il ne m'avait relâché. Je remarquai les photographes et les paparazzi en train de le traquer et je fus surpris qu'il ne fasse aucun effort pour s'en débarrasser ou se cacher d'eux.

— Tu as dit que tu étais prêt, me rappela-t-il.

Au détour de l'entrée, nous rencontrâmes un mur de flashes et de bruit : une tonne d'appareils photo venait de se déclencher en même temps. Cela ne dura pas, cependant. Miguel nous conduisit jusqu'à l'ascenseur et nous montâmes pendant plusieurs minutes avant d'atteindre notre duplex de trois chambres, l'Encore Tower Suite. Je ne savais même pas qu'on pouvait avoir droit à une suite sur deux étages, mais Aaron avait insisté. Nous logerions en haut, tout comme Miguel, et les quatre agents de sécurité dormiraient en bas. Dans la chambre, entouré d'une vue panoramique, il me fallut une seconde pour reprendre mon souffle.

— Est-ce que ça va ? vérifia Aaron.

J'acquiesçai avant de retirer la casquette et les lunettes de soleil.

— Vous aviez l'air un peu paniqué dehors, inspecteur.

— Tu as vu tous ces photographes ?

— En effet, répondit-il en souriant chaleureusement.

126

— Enfin, je veux dire, c'est bon pour notre affaire, mais ces photos, elles nous attendront aussi à la maison.

Il haussa les épaules.

— Si quelqu'un du travail te reconnaît, tu peux leur dire que tu étais sous couverture. Ça réglera le problème.

— Non, dis-je en me dirigeant vers la fenêtre. Et, hum, nous ne sommes pas obligés de séjourner dans ce genre d'endroit chaque fois que nous voyageons, si ?

— Nous pouvons séjourner où tu veux, répondit-il rapidement.

— D'accord.

Je croisai les bras.

— Ça ira.

Aaron apparut soudain derrière moi, ses mains sur mes hanches, son menton sur mon épaule.

— Nous allons faire ça, et ensuite nous allons nous faire inviter en Arizona, puis nous rentrerons ensemble à la maison et nous ferons un double des clés de ton loft.

Cela me paraissait agréable et normal.

— Oui.

— Tout ça..., continua-t-il en m'embrassant dans le cou, ce n'est rien. Je ne le fais presque plus, et maintenant... avec nous... pourquoi le ferais-je ?

J'étais mal à l'aise et je comprenais comment l'argent pouvait si facilement devenir un problème.

— Tu changes beaucoup tes habitudes pour moi, très vite.

— Je ne crois pas, me contredit il en glissant ses bras autour de moi, son torse pressé contre mon dos, ses lèvres faisant des choses immorales au lobe de mon oreille. Nous avons besoin de temps, juste tous les deux, et ensuite, si tu veux, je t'emmènerai jouer à Monaco, promis. J'ai une villa en Italie, sur la côte amalfitaine, et j'aimerais vraiment te la montrer, te faire découvrir la rive gauche à Paris, et t'emmener à Hong Kong et...

— Et que penserais-tu d'être simplement là quand je rentre à la maison le lundi soir, quand il pleut ? lui demandai-je, inquiet, en me raccrochant à ses bras.

— Tu veux dire de traîner sur ton canapé après avoir dîné ?

— Oui ?

— Cela me semble être la meilleure partie, inspecteur.

J'inspirai profondément.

— Ne doute pas de moi, d'accord ? Le frisson que je ressentirai dans tous ces endroits, ce sera de les voir avec toi. J'ai déjà fait tout ça et même si j'ai tout aimé, ce que tu ne comprends pas – ce que personne n'a jamais compris – c'est que j'aimerais simplement les partager, sans que l'autre personne ne pense à autre chose qu'à quel point c'est fun.

— Tu ne veux pas que quelqu'un se dise non plus « je me demande combien tout cela coûte » et s'en inquiète, ou pense « je me demande ce que je pourrais lui soutirer de plus ».

Il essaya de s'écarter.

— Arrête.

— Je ne penserais jamais que tu…

— C'était un exemple, idiot.

Il se calma immédiatement et s'enroula de nouveau autour de moi.

— Il te serait impossible de fréquenter un autre mec riche, parce qu'il aurait probablement déjà fait les trucs que tu as faits, et vice versa. Pour vous impressionner l'un l'autre, vous devriez augmenter la mise à chaque fois, et ça deviendrait complètement fou.

— Oui, en effet.

— Mais un type que tu entretiens, comme ce Jaden, ça ne peut pas durer sur le long terme.

— Non.

Je me retournai entre ses bras et pris son visage entre mes mains.

— Alors tu es vraiment coincé avec moi, Sutter. Désolé, mec.

Il agrippa l'avant de ma chemise.

— Oui, bah… qu'est-ce que je vais faire ?

Je souris en me penchant pour l'embrasser et il me rencontra à mi-chemin, son étreinte serrée et sexy, et un autre morceau de mon cœur quitta mon torse pour aller vivre dans le sien. Je ne pouvais plus arrêter cette chute inexorable. Aaron Sutter était le bon pour moi, et personne d'autre ne ferait l'affaire.

Après nous être changés, lui pour enfiler ce qui semblait être juste un autre costume et moi pour quelque chose un peu en dehors de ma zone de confort – le pantalon de costume bien trop serré, la chemise en soie collant à mon torse et mon abdomen – nous quittâmes la chambre pour nous rendre dans un autre hôtel du Strip à pied, afin de nous rendre dans la boîte de nuit du toit qui possédait plus de pièces qu'elle n'en avait besoin, selon moi. Nous nous installâmes au fond de l'une d'entre elles ; Aaron avait réservé cet espace, avec un service VIP. Je n'étais pas surpris qu'il ait des amis ici, ou des connaissances. Il connaissait des gens partout.

— J'ai appelé pour m'assurer de rassembler une grande foule, pour que ça ait l'air plus naturel, m'expliqua-t-il à l'oreille quand dix personnes nous rejoignirent.

— Bonne idée, répondis-je en sirotant ma bouteille d'eau.

Techniquement, j'étais en service et peu importe à quel point j'avais envie de me détendre et de boire, cela n'aurait pas été malin.

— Tu dois boire au moins un verre, m'avertit Aaron avant de se lever pour serrer la main d'un type se dirigeant vers la table.

Je souris et serrai également des mains, et j'allais simplement oublier tous ces visages, comme je le faisais toujours, quand Aaron inspira soudain et que tout le monde se tut, même au milieu de ce club bruyant.

— Voici mon petit ami, Duncan. Tout le monde, dites-lui bonjour.

La surprise et l'intérêt apparurent sur tous les visages, en même temps que les regards se faisaient soudain plus insistants. Quand il se rassit, sa main se posa sur mon genou et il fit signe aux deux hôtesses avant de dire à tout le monde de commander ce qu'ils voulaient.

Il ne retira jamais sa main.

Quand je m'adossais au siège, sa main était sur ma cuisse ; quand je m'avançais, en bas de mon dos. Il dut se lever et parcourir la pièce, et quand il le faisait, il se penchait pour m'embrasser sur la tempe. En revenant, ses doigts s'enfonçaient dans mes cheveux jusqu'à ce que je relève la tête. Le baiser sur mon front était ma récompense pour avoir été sage.

D'autres personnes arrivèrent et deux types, suivis d'autres hommes, s'assirent au bord de la table, en face d'Aaron.

— J'ai bataillé pour nous obtenir des invitations à un club privé, dit l'un d'eux en jetant un coup d'œil vers moi, son regard ne manquant rien, se déplaçant lentement. Tu peux amener ta passade.

Aaron s'éclaircit la gorge et les deux hommes se tournèrent vers lui.

— Allez-y. Amusez-vous bien.

— Vous ne venez pas ?

Il secoua la tête.

L'homme qui m'avait reluqué sembla surpris.

— C'est exclusif ?

— Ça l'est.

— Aaron, je ne voulais pas me montrer irr…

— C'est bon, le coupa-t-il, ce qui illustrait le fait qu'il était contrarié.

Même moi, je pouvais le voir.

— Passez une bonne soirée.

Ils se faisaient congédier. Aaron n'avait pas aimé le mot dont le type s'était servi pour parler de moi.

— Je suppose qu'on va y aller, alors, marmonna l'un des types.

Aaron ne dit rien de plus, les ignorant complètement.

— Tiens, dit-il quand l'une des hôtesses déposa un Dirty Martini devant moi. Essaie ça. Je l'ai commandé pour toi.

Je n'appréciais pas le gin plus que ça, mais il y avait plus de saumure dans celui-ci, ce qui le rendait plus amer, donc je le préférais aux martinis que j'avais goûté par le passé.

— C'est bon, dis-je en me penchant pour l'embrasser. Est-ce que j'ai un goût salé ?

— Ouvre la bouche et laisse-moi te goûter vraiment.

Je souris malicieusement.

— Tu es insatiable.

— Il semblerait que je sois un peu accro à toi.

Nos regards se rivèrent l'un à l'autre, et tout le reste s'arrêta plus ou moins.

— Tu devrais y aller, suggéra soudain Aaron. Voir si ça mord.

— J'y pensais justement.

Je lui lançai un clin d'œil avant de me lever.

Sa main dans la mienne m'immobilisa une seconde et je m'assurai de la serrer avant qu'il ne me lâche.

Je me demandais sincèrement comment il était possible que personne n'ait voulu accaparer chaque seconde de son attention avant moi. Comment ne pouviez-vous pas vouloir d'Aaron Sutter partout sur vous ?

J'allais me poster au bord de la piste de danse et après quelques minutes passées là, à siroter un Coca, je sentis une main sur mon dos. En me retournant, je découvris un homme que je n'avais jamais rencontré de ma vie.

— Duncan ?

— Oui.

— Duncan comment ?

— Qui veut le savoir ? demandai-je au beau jeune homme.

Il était mignon : très délicat et parfaitement stylé. Ses cheveux, son bronzage, sa manucure, son maquillage : tout chez lui me criait « petit jouet ».

— Clay Wells.

Bingo.

Je lui offris ma main.

— Duncan Ross.

Son sourire était lumineux quand il la prit, mais sans la serrer. Au lieu de cela, il entrelaça ses doigts aux miens pour m'entraîner à sa suite.

— Je suis Kian.

— Ravi de vous rencontrer.

— Toi aussi, Duncan, dit-il en s'arrêtant pour passer ses deux bras autour d'un des miens. Alors, dis-moi, que fais-tu ici ?

Je m'éclaircis la gorge.

— En fait, j'espérais voir monsieur Wells. Je voulais lui parler de quelque chose.

Son sourire fut malicieux.

— Bien sûr que oui.

Clay Wells était assis dans une pièce différente, à une table où Kian avait visiblement sa place à sa droite. Quand nous nous avançâmes, l'homme que je n'avais vu qu'en photo jusqu'à maintenant pencha la tête et me sourit.

— Bienvenue, monsieur…

Il jeta un coup d'œil à Kian.

— Ross, compléta-t-il en détachant son bras gauche du mien et glissant sa main sous l'arrière de ma chemise.

Il vérifiait probablement si je portais un micro, mais sa fouille fut approfondie, ses doigts suivant toute ma colonne vertébrale.

— Monsieur Ross, reprit Clay Wells en s'adressant à moi, se levant et contournant la table. Voudriez-vous vous promener avec moi ?

— Certainement.

Il claqua des doigts à l'attention de Kian et celui-ci s'écarta instantanément de moi pour retourner à sa place.

— Waouh, dis-je en emboîtant le pas à Wells pour sortir sur une terrasse. Il est drôlement bien éduqué.

— Oui, en effet, et si vous aimeriez une démonstration de ses talents…, continua-t-il d'une voix salace, n'hésitez pas à me le demander.

— Pas pour l'instant, mais j'y penserai, répondis-je en grimaçant. C'est tout mon problème.

— Racontez-moi.

Nous n'étions que tous les deux près de la balustrade, dehors, le Strip de Las Vegas resplendissant en contrebas. C'était drôle, mais dans des circonstances différentes, j'aurais trouvé Clay Wells séduisant.

Il était un peu plus petit que mon mètre quatre-vingt-treize, bien bâti avec des épaules larges et une taille étroite. Contrairement à moi, il n'était pas recouvert de muscles, mais correspondait davantage à Aaron, avec la carrure d'un nageur. Ses cheveux étaient d'une couleur châtaigne chaude, coupés court, et ses yeux étaient d'une nuance noisette adorable sous des cils et des sourcils épais. Il était d'une beauté classique et aurait facilement pu être pilote, médecin ou présentateur du journal télévisé. Cela me surprenait toujours quand je rencontrais des criminels de carrière, parce que beaucoup d'entre eux ne ressemblaient en rien à ce que l'on pourrait imaginer. Monsieur Wells serait clairement passé sous mon radar.

Je me tournai vers lui.

— Laissez-moi aller droit au but.

— Je vous en prie.

— Vous ne me connaissez pas, mais je vous connais.

— Comment ?

— Evan Polley était l'ami du frère de mon petit ami.

— Ça fait beaucoup de monde.

Je secouai la tête.

— Pas vraiment. J'ai connu Evan par Max Sutter, et Max Sutter est…

— Oh.

Ses sourcils s'arquèrent.

— Vous appartenez à Aaron Sutter.

Je plissai les yeux en l'observant avant de m'écarter pour m'éloigner.

Il attrapa fermement mon biceps.

— Monsieur Ross ?

— Si vous allez juste vous foutre de moi, je perds mon temps.

Son visage se durcit et ses yeux se plissèrent à leur tour.

— Nous savons tous les deux qu'Evan Polley est mort. Quand vous avez entendu dire qu'Aaron Sutter allait être en ville, vous vous êtes dit, « Qu'est-ce que c'est que ce bordel ? Pourquoi est-ce qu'un ami du type dont je viens tout juste de me débarrasser débarque pour jouer dans mon bac à sable ? »

— Je ne vois pas de quoi…

— Je sais que vous avez besoin de quelqu'un pour prendre en charge ce dont Evan s'occupait pour vous, expliquai-je. Et puisque j'ai accès à un jet privé, ainsi qu'à bien plus d'argent dont il aurait pu rêver, je me suis dit que j'allais me jeter dans l'arène.

— Et pourquoi devrais-je ne serait-ce qu'envisager de parler avec l'homme entretenu par un milliardaire ?

— Parce que j'ai de plus grands projets que ça, répondis-je d'une voix glaciale. Tout ce dont j'ai besoin, c'est d'un capital de départ et je pourrai m'éloigner des petits garçons riches et gâtés.

Il resta silencieux une minute, me contournant, me détaillant sous tous les angles, avant de se tourner à nouveau vers moi.

— C'est une bonne histoire, mais je ne suis pas sûr d'y croire. À quel point étiez-vous proche d'Evan Polley ?

Je grimaçai.

— Pas comme ça. Evan n'était pas gay.

— Non, non, il ne l'était pas. Et vous l'êtes ?

— Je suis tout ce qui me permet de garder des vêtements sur le dos, d'avoir des voitures et de ne pas finir à la rue, répondis-je d'un ton désinvolte.

— Et qu'est-ce qui vous fait croire que je serais prêt à faire affaire avec vous et non votre maître ?

Mais je savais pourquoi et, techniquement, c'était la même raison pour laquelle Aaron lui-même ne pouvait pas sortir avec un autre homme riche.

— Parce que vous n'auriez aucun contrôle sur mon petit ami. Il pourrait vous acheter et vous revendre s'il le voulait. Mais moi… moi, vous savez que je veux m'en sortir. Moi, vous savez que je veux quelque chose et que je ferais n'importe quoi pour l'obtenir.

— Vraiment ? ricana-t-il en se rapprochant, deux doigts sous mon menton. N'importe quoi ?

Ils étaient tous pareils et cela ne cessait jamais de me décevoir. Vous disiez les mots « n'importe quoi » et toutes leurs pensées allaient droit à leur queue. Pourquoi ne pas se montrer un peu plus créatif ?

— Agenouille-toi.

Je le fis instantanément, sans réfléchir. Il devait voir que j'étais sérieux.

Il soupira brusquement, les narines dilatées.

— Eh bien, je vois très bien l'intérêt d'avoir un homme comme toi à ma disposition. Je suis sûr que monsieur Sutter aime te donner des ordres.

— Vous voulez que je vous suce ou pas ? grondai-je, irrité, mon cœur tambourinant dans ma poitrine.

Je me demandai comment diable j'allais pouvoir m'en sortir s'il disait oui.

— Non, pas ici, insista-t-il. Je voulais simplement voir si tu le ferais.

— Alors ? grognai-je en me relevant. Je vais juste être testé encore et encore ?

— Vous n'êtes pas le seul joueur sur le terrain, monsieur Ross.

— Je suis la meilleure option que vous ayez, monsieur Wells.

Il me dévisagea.

— Nous verrons.

— Qu'est-ce que ça veut dire ?

Il se rapprocha et commença à déboutonner l'avant de ma chemise.

— Encore des tests ? Vous pensez que je porte un micro ou quoi ? Que je suis sous couverture ?

— Non, répondit-il d'une voix rauque en ouvrant ma chemise. J'ai essayé toute ma vie d'avoir un corps comme le tien, mais je n'y arrive pas. Je ne suis pas bâti correctement.

Je restai immobile et silencieux.

— Tous ces muscles définis, les tablettes de chocolat… j'ai tout fait, murmura-t-il en laissant glisser le bout de ses doigts le long du creux de mon abdomen. Je parie que cela te vient sans effort.

— Non, fut tout ce que je répondis.

— Est-ce que tu es dur partout ?

— Touchez-moi et voyez vous-même.

Ses narines se dilatèrent à nouveau.

— J'aimerais, mais encore une fois, pas ici.

— Donc, si vous aimez les hommes grands, pourquoi ne pas en avoir un ?

— Jusqu'à présent, je n'en ai pas encore trouvé un disposé à se soumettre.

— Vraiment ?

— Oui. Soit ce sont des bodybuilders chez qui je ne trouve rien de particulièrement attrayant, soit des hommes bien trop dangereux pour les éduquer.

— Je vois. Vous aimez les petits toutous, dis-je en haussant les épaules.

— Oui, des hommes comme Kian.

134

— Eh bien, il est magnifique.

— En effet, mais c'est un garçon, pas un homme.

Mon corps se glaça, parce que même au milieu d'une opération, je devais savoir si ce joli chiot était majeur.

— Oui, mais il a quoi, dix-neuf, vingt ans ?

— Il a vingt-quatre ans, mais c'est bien ce que je veux dire.

Il avait l'air dégoûté.

— Il a l'air si jeune. Trop jeune, honnêtement, à mon goût.

J'étais soulagé ; à vingt-quatre ans, vous faisiez vos propres choix.

— Donc, vous aimez baiser des hommes ?

— Oui. Pas seulement des hommes. Grands, forts, brusques… c'est ce qui me convient.

Il m'observait comme s'il avait pu me dévorer.

— Est-ce qu'Aaron Sutter te baise ?

— Évidemment.

Un frisson le parcourut et j'observais ses pupilles se dilater.

— J'en ai envie.

Je lui offris mon meilleur sourire.

— Passons un marché, alors.

— Non. En signe de bonne foi, tu viendras dans ma chambre vers minuit et nous en reparlerons.

— Je ne peux pas faire ça. Je vais manquer à quelqu'un.

— Alors, assure-toi que ce ne soit pas le cas.

Il détacha chaque mot, levant une main pour pincer mon téton.

— Et assure-toi d'avoir un plug dans le cul en arrivant. Je veux que tu sois étiré et lubrifié, pour que je n'aie pas à m'en occuper.

J'étais agacé, mais je restai planté là et observai ses yeux s'écarquiller quand il remarqua la cicatrice près de mon pectoral gauche, puis la suivante, et encore la suivante.

— Tu es un gladiateur, hein ?

Son entrejambe frotta contre ma cuisse et je pus sentir son érection à travers son pantalon. Il était dur comme la pierre de désir.

— Ce n'est pas ce que vous pensez.

— Je veux te prendre *bareback*, murmura-t-il.

— Vous avez perdu la tête, répondis-je en reculant d'un pas.

Il agrippa la boucle de ma ceinture, ses doigts se glissant dans mon jean.

— Très bien, mais tu seras prêt pour moi et d'autres seront là pour m'aider à te tenir en place.

— Comme je l'ai dit, minuit ne me conviendra pas. C'est trop tard. Nous devrions y aller maintenant.

Il écarta davantage ma chemise et se pencha pour sucer mon téton. Je m'écartai en tressaillant avant même de pouvoir y réfléchir, des années d'entraînement me désertant en un instant, noyé sous la vague écrasante du sentiment d'appartenir à quelqu'un d'autre. J'étais censé me laisser malmener comme il le voulait, mais… j'appartenais à Aaron et personne d'autre n'était censé me toucher.

— Que se passe-t-il, bon sang !

Nous nous retournâmes en même temps et l'homme – *mon* homme – traversa la terrasse vers nous, se déplaçant facilement à travers la foule clairsemée, un mardi soir n'étant pas aussi bondé qu'un vendredi ou un samedi à la même heure.

Il nous atteignit et s'interposa immédiatement devant moi pour enfoncer deux doigts dans le torse de l'homme que nous étions censés convaincre de travailler avec nous.

— Qui êtes-vous, bordel, et que diable faites-vous à poser vos pattes sur ce qui m'appartient ? cria Aaron.

Criminel ou non, effrayant ou non, Clay Wells fut intimidé par l'homme devant lui, ce fut extrêmement évident.

— Je vous ai posé une question, renchérit Aaron d'une voix rauque de colère.

— Clay Wells, répondit-il, ses yeux se tournant brièvement vers moi.

— Ne le regardez pas, lui, gronda-t-il. Regardez-moi !

Clay reporta toute son attention sur Aaron.

— Bordel, je ne sais pas qui vous pensez être, mais je n'ai jamais entendu parler de vous et puisque je ne vous ai pas donné ma permission pour toucher à ma propriété, vous feriez mieux de vous éloigner de lui, putain !

Clay paniquait, ça se voyait sur son visage, mais il se reprit assez pour parler.

— Ce n'est qu'un malentendu, monsieur Sutter. Je parlais juste à monsieur Ross et lui expliquais que j'aimerais vous inviter tous les deux dans mon hôtel ce week-end, à Sedona.

Aaron lui lança un regard noir, et cela me semblait très réel de là où je me tenais.

— J'ai vu ce que j'ai vu. Vos mains étaient partout sur lui.

— Encore une fois, un malentendu. Veuillez accepter mes sincères excuses. Il n'a pas dit qu'il était avec vous.

Aaron fit volte-face vers moi.

— Tu n'as pas dit que tu étais à moi ?

J'ouvris la bouche et il me gifla en plein visage, du dos de la main.

— Merde, grognai-je pour jouer le jeu puisqu'il avait évidemment retenu son coup.

Je ressentis une légère brûlure, mais il aurait pu me fendre la lèvre s'il l'avait voulu.

Je devais bien lui accorder ça ; Aaron était doué.

— Viens là, grogna-t-il en agrippant ma chemise et en m'entraînant à sa suite. Vous aussi, monsieur Wells.

Aaron m'emmena vers un petit bungalow à l'autre bout de la terrasse, me poussa à l'intérieur, attendit Clay Wells, puis referma la bâche derrière lui.

— À genoux, aboya-t-il.

Je m'exécutai.

— Possédez-vous des choses également, Clay ? Puis-je vous appeler Clay ?

— Oui, s'il vous plaît, et en effet, murmura-t-il, visiblement impressionné par ce qui se déroulait juste devant lui.

Il ne savait pas qui regarder, moi au sol ou Aaron s'affalant dans un lourd fauteuil en bois recouvert d'un épais oreiller.

— Et devez-vous les punir vous aussi quand ils font des choses stupides qui pourraient vous pousser à les vendre à d'autres qui ne les traiteraient pas aussi bien que vous ?

Il acquiesça, abasourdi, quand Aaron ouvrit lentement sa ceinture et son pantalon, baissa son boxeur juste sous ses bourses et enroula sa main aux longs doigts autour de son sexe.

— Rampe jusqu'ici et suce-moi, ordonna-t-il.

Je commençai à m'avancer.

— Lentement.

C'était humiliant, mais quand je levai les yeux vers ceux d'Aaron, je vis le feu qui brûlait en eux, ses pupilles dilatées et la façon dont il se léchait les lèvres. Rôle ou pas, il était en train d'exercer son pouvoir sur moi et cela l'excitait au plus haut point.

Je me donnai en spectacle, bougeant langoureusement, et quand je l'atteignis, je glissai mes mains le long de ses cuisses, me penchai et léchai le gland de son long sexe épais, y goûtant son désir.

Clay émit un bruit étranglé, mais le soupir soudain d'Aaron était un million de fois plus sexy.

— Suce-moi.

Me redressant à genoux, je me penchai vers lui et le pris jusqu'à la gorge dans un mouvement fluide.

— Oh, entendis-je Clay Wells hoqueter doucement.

— Oui, croassa Aaron. C'est un champion pour sucer des queues.

— Ça doit être incroyable.

— Vous n'avez pas idée, dit Aaron tout bas.

Je le suçai fermement, léchant et lapant chaque centimètre de son membre magnifique.

— Donc, votre hôtel ? demanda Aaron en essayant d'avoir l'air de s'ennuyer.

Cela aurait été plus convaincant s'il avait pu empêcher sa voix de partir dans les aigus.

— Je... oui, gémit Clay et je le sentis soudain derrière moi, ses mains sur mes hanches. Envisageriez-vous de me laisser avoir son cul pendant qu'il vous suce ?

Le rire d'Aaron semblait acéré, rempli d'épines, trop vif et saccadé. Jouer le jeu était difficile pour lui à cause de sa possessivité qui lui échappait.

— Je ne partage qu'avec mes amis, monsieur Wells. Sommes-nous amis ?

— J'adorerais être votre ami, monsieur Sutter.

— Alors, dites-moi ce dont vous parliez tous les deux.

C'était un test pour voir qui Clay Wells voulait davantage, à qui il faisait davantage confiance, Aaron ou moi.

— De rien, répondit-il et j'eus ma réponse.

Ce n'était pas seulement la promesse du sexe, même si je savais que Clay voulait que cela fasse partie de notre accord, mais c'était ce que je lui avais dit. Il ne pouvait pas posséder Aaron Sutter. Il n'en allait pas de même avec l'homme qu'il pensait que j'étais. Avec moi, il pourrait planter ses griffes et je travaillerais pour lui pour le restant de mes jours. Aaron pouvait partir à n'importe quel moment ou même se retourner contre lui et s'emparer de son commerce de drogue. Moi, je lui appartiendrais.

— Alors quoi ? le questionna Aaron en glissant la main dans ma chemise et faisant rouler entre ses doigts le téton que Clay avait sucé. Vous pensiez qu'il était beau et en vouliez un morceau ?

— Oui.

Aaron m'arrêta, m'écarta du bout de son sexe et laissa courir son pouce le long de ma lèvre inférieure.

— Est-ce que c'est ses vêtements, Clay ? Est-ce qu'il est habillé comme une pute ?

— Oui, dit-il d'une voix rauque.

— Tant mieux.

Aaron sourit, agrippa ma nuque et me ramena sur sa queue.

Il se glissa à l'intérieur, poussant jusqu'à atteindre le fond de ma gorge.

— Putain, marmonna-t-il quand je creusai les joues pour le sucer fort.

— Monsieur Sutter, vous...

— Appelez-moi Aaron, dit-il d'une voix tendue et je me calmai avant que toute sa concentration ne l'abandonne. Et non, Clay, vous ne pouvez pas avoir son cul. Pas encore.

— Tout ce que vous...

— Dites-moi, Clay, reprit Aaron, sa voix partant dans les aigus quand il se tortilla sous ma bouche. Quand vous avez fini de jouer avec vos jouets, où vont-ils ?

— Je les donne.

Aaron tenta de dissimuler le sifflement qui s'échappait de sa gorge en émettant un petit bruit contrarié. Il appréciait un peu trop mes compétences en matière de fellation.

— Je ne fais pas ça. Je les vends. Normalement, je les garde à peu près une année avant de me lasser, mais c'était si amusant de briser Duncan. Vous devriez le voir prendre une queue maintenant. C'est magnifique. Quand il a débarqué pour la première fois, en devant de l'argent à mon frère, j'ai su qu'il serait un soumis formidable dès que je lui aurais appris à aimer être dominé. Les petits hommes ne peuvent supporter que quelques punitions avant de se briser sous une canne ou un fouet.

— Vous..., commença Clay. J'ai vu son torse. Vous êtes responsable de ces dégâts ?

— Bien sûr, lui assura Aaron.

— Bon sang.

Clay semblait à la fois horrifié et impressionné.

— J'ai aimé ça.

Clay n'arrivait pas à lâcher mes fesses ou à s'empêcher de glisser la main sous moi pour agripper mon sexe à travers mon pantalon.

— Il est vraiment dur. Puis-je le sucer ?

— Que pensez-vous de ça, répliqua Aaron. Vous m'emmenez dans votre hôtel ce week-end, et je pourrai vous laisser jouir dans son cul.

Il serra ma fesse droite avant de se lever.

— Est-ce qu'il est serré à l'intérieur ?

— Qu'est-ce que vous croyez ? ricana Aaron. Je suis le seul qu'il ait eu de toute sa vie. Il était hétéro avant que nous concluions notre marché. Bien sûr qu'il est serré, et quand il vous entoure de ses cuisses musclées... je le jure devant Dieu, je n'ai jamais joui comme ça de toute ma vie.

Je sentis une main frôler mon dos.

— Invitez-moi dans votre hôtel, monsieur Wells, dit Aaron froidement. Et ne touchez pas à mes affaires sans ma permission. Ça me met à cran.

La main de Wells disparut immédiatement.

— Nous partirons demain matin, avec mon avion, dit Clay après un moment.

— Non. Je ne vole qu'avec mon avion. Si vous voulez, vous pouvez vous joindre à moi. Sinon, mon homme, Miguel, se trouve juste à l'extérieur. Donnez-lui les détails et nous nous joindrons à vous demain après-midi.

— Oui, répondit-il, l'air essoufflé. Je le ferai, et merci.

— Veuillez sortir, s'il vous plaît, et refermez...

— Pourrais-je le regarder vous finir ?

— Certainement, ricana Aaron en claquant des doigts à mon attention.

Il n'aurait pas pu durer. Il était déjà semblable à de l'acier recouvert de velours dans ma bouche, et entre ma main et mes lèvres, il remplit ma gorge en quelques secondes.

— Avale-tout, m'ordonna-t-il.

J'avalai, puis le léchai jusqu'à ce qu'il soit propre, avant de m'essuyer enfin la bouche sur sa cuisse.

— Viens là.

Les mains sur les accoudoirs du fauteuil, je me redressai pour le rejoindre.

Prenant mon visage en coupe, il m'embrassa sauvagement, dévorant ma bouche, se goûtant sur ma langue.

— Je vais voir votre homme, monsieur Sutter, dit Clay Wells d'une voix rauque.

Aaron écarta sa main gauche de ma joue et l'agita vaguement à son attention pour le congédier. Je vis le geste du coin de l'œil.

Quand il fut parti et que je l'entendis refermer la porte, je m'écartai et souris malicieusement à l'attention d'Aaron.

— Tu as déchiré, Sutter.

Mais quelque chose n'allait vraiment pas. Aaron avait l'air sous le choc. Il tremblait et me regardait comme s'il allait pleurer, cherchant de l'air.

Je l'agrippai et plongeai dans son regard.

— Aaron ?

— Je suis tellement désolé, dit-il, sa main caressant ma joue là où il m'avait frappé.

— Tu plaisantes ? dis-je en rayonnant. Tu as été absolument génial, putain !

Il releva soudain son pantalon et en ferma la braguette, mais rien d'autre, avant de se jeter sur moi.

— Chéri ?

La tête posée contre mon épaule, les bras autour de mon cou, les jambes autour de mes hanches, il ne parlait pas, il ne faisait que trembler.

— Tu me fais peur, murmurai-je contre ses cheveux. Qu'est-ce qui ne va pas ?

— Je me suis servi... je t'ai traité comme une pute et je n'ai pas... je n'aurais jamais... Duncan.

Je ris doucement et le serrai contre moi.

— Tu étais ce qu'il attendait. Tu as été formidable. Pour quelqu'un qui improvisait, tu as clairement réussi à jouer les connards.

Il geignit doucement et sa bouche s'ouvrit contre mon cou.

— Tu as réussi, Aaron. Nous avons l'invitation et il va essayer de me parler dans ton dos maintenant, parce qu'il croit qu'il peut se jouer de toi. Il va se dire que le grand méchant Aaron Sutter ne l'a pas vu venir et qu'il a obtenu ce qui t'appartenait.

La main d'Aaron se glissa dans ma chemise, sur le même téton que Clay avait sucé, encore une fois.

— Ce n'est qu'un connard arrogant et il veut ce qui est à toi.

— Eh bien, il ne l'aura pas, grogna Aaron en s'écartant, m'attirant sur ses genoux avant de se pencher pour lécher mon pectoral.

— Qu'est-ce que tu fais ? demandai-je parce que c'était agréable.

— Je te nettoie pour enlever toute trace de lui, répondit-il en passant doucement ses mains sur mes flancs et faisant tourbillonner sa langue sur le bourgeon de chair.

C'était vraiment agréable et quand il me fit glisser sur le fauteuil, j'obéis rapidement. Il passa de mon téton droit au gauche, puis embrassa mon ventre dénudé jusqu'à ma ceinture.

— Tu es dur.

— Il faudrait être mort pour ne pas l'être.

Il se glissa dans mon pantalon, descendit mon boxeur, et quand mon sexe se libéra, il me prit en bouche jusqu'à la gorge avec aisance.

Je me cambrai sur le siège et sa main se referma à la base de mon membre tandis qu'il se servait du plat de sa langue, de ses dents et de la succion, jusqu'à ce que j'aie mal aux bourses tant j'avais besoin de jouir.

— Aaron, gémis-je quand il s'arrêta, incapable de me retenir.

— Pardonne-moi.

J'émis un petit bruit qu'il prit pour un oui, et ses lèvres se resserrèrent au bout de mon gland.

— Putain !

La façon dont il suçait était rapide et perverse, et je déchargeai au fond de sa gorge, une semence épaisse et brûlante, avant de le regarder tout avaler.

Assis là, haletant, mon cœur tambourinant à mes oreilles, je me rendis compte qu'il ne me voyait plus. Empoignant ses cheveux, je soulevai sa tête pour croiser son regard et découvris ses beaux yeux remplis de larmes.

— Qu'est-ce que c'est que ce bordel ?

— J'ai failli craquer, avoua-t-il et je pouvais entendre à quel point sa voix était nasillarde. Je ne peux pas laisser cet homme, ou n'importe qui d'autre, mettre la main sur toi… J'ai cru que j'allais vomir.

Je ne pouvais m'empêcher de sourire.

— Je t'ai frappé !

— Oui, répondis-je en riant doucement.

— Duncan !

Il était incrédule.

— Tu as été absolument génial, le félicitai-je en me relevant rapidement pour ranger mon sexe, fermer ma braguette et boucler ma ceinture avant de me rasseoir et de tendre les bras vers lui.

Il s'avança rapidement, grimpa sur mes genoux et fouilla mon regard – je ne savais pas vraiment ce qu'il espérait y trouver.

— Tu as été parfait, continuai-je.

— Putain de merde, murmura-t-il en se pelotonnant contre moi et je le sentis frissonner. J'ai toujours pensé que j'étais un dur à cuire, mais c'était vraiment effrayant.

— Qu'est-ce qui t'a fait si peur ?

Je caressai son dos, espérant l'apaiser.

— J'ai cru que tu allais être fâché.

— Non. C'était comme si nous avions tout planifié, chuchotai-je à son oreille, inspirant son odeur, le son le poussant à s'agiter sur mes genoux.

— Tu me rends fou. J'en ai des frissons.

— C'était sexy, la façon dont tu me donnais des ordres, le taquinai-je en lui embrassant la gorge, la mordillant, sachant que j'allais finir par laisser une marque sur sa peau de bronze.

— Vraiment ?

— Vraiment, affirmai-je d'une voix chantante, adorant le sentir complètement collé à moi, aussi proches que nous pouvions l'être, avec seulement quelques épaisseurs de tissu entre nous.

— J'ai sorti ma queue parce que je préférais qu'il voie la mienne plutôt que la tienne.

— Il n'en a pas vu grand-chose ; elle était fourrée dans ma gorge.

Son gémissement me fit rire.

— Tu n'étais pas obligé de me rendre la pareille, ajoutai-je doucement.

— Tu en avais envie.

— Je suis un mec, non ? Je respire, non ?

Il rit et se pressa contre moi.

— Sache juste que tu n'as absolument pas à t'en vouloir, ajoutai-je.

— Duncan, je…

— Arrête de douter de moi. Pourquoi est-ce que je te mentirais ?

Instantanément, il se laissa aller contre moi, lourd et exténué.

Quelques minutes plus tard, quand je l'aidai à se relever, je dus boucler sa ceinture et arranger ses vêtements pour qu'il puisse bouger. Je gardai un bras autour de lui, ma main dans ses cheveux, quand il s'avança à mes côtés, s'appuyant grandement contre moi.

L'adrénaline qui avait dû se répandre dans son système tout ce temps s'était complètement dissipée. Il tenait à peine debout.

— Je suis désolé, dit-il, l'air inquiet – ce qui ne lui ressemblait pas du tout.

— Aucune raison d'être désolé.

143

Miguel se trouvait à la porte qui menait de la terrasse à l'intérieur. Il avait des indications et un code pour se rendre sur la propriété de Sedona. Nous étions attendus le lendemain après-midi. Je lui expliquai que nous devions tous retourner à la chambre pour parler.

— Tout de suite, inspecteur.

J'eus le sentiment que Miguel et moi allions bien nous entendre.

— Je vais régler l'ardoise au bar et je vous rejoins immédiatement. Dois-je inclure l'ardoise de vos amis pour le restant de la soirée ? demanda-t-il à Aaron.

— Non, dis-je en secouant la tête et répondant pour lui. Clos l'ardoise.

— Oui, inspecteur.

Aaron se tourna vers moi.

— Mes amis ne comprendront pas.

— Putain, ils ont intérêt à commencer, l'informai-je. Et si ce sont vraiment des amis, ils ne s'attendront pas à ce que tu paies toute la nuit, d'autant plus si tu n'es même plus là.

Et au lieu de me contredire, il laissa sa tête retomber contre mon torse, s'affaissant en quelque sorte contre moi. Après tout ça, cette dernière journée, être sous couverture, l'excitation, l'adrénaline, lui et moi… Aaron Sutter était épuisé.

— Un géant des affaires, hein ? dis-je en fermant les yeux et posant ma joue contre ses cheveux.

Il grogna quelque chose en réponse avant de s'appuyer de tout son poids contre moi.

DES GENS essayèrent de se rendre dans la suite d'Aaron toute la nuit. Après l'avoir déshabillé entièrement et l'avoir mis au lit en short de pyjama, je le recouvris de la couette et augmentai l'air conditionné. Rien de tel que de dormir dans une chambre fraîche, pelotonné au chaud sous de doux draps propres et un édredon épais. J'espérais qu'il ne se réveillerait pas.

Quand les appels arrivèrent dans la suite, je demandai à Miguel d'y répondre. Il disait très bien « non ». Quand les demandes d'entrer atteignirent le téléphone portable d'Aaron, j'expliquai qu'il dormait. Personne ne me crut et je finis par tout laisser aller droit sur la messagerie vocale. Tout ce beau monde allait devoir être éduqué très prochainement. Terminés, les jours passés à profiter de lui. Fini de lui coller aux basques, j'allais m'en assurer.

Il était encore tôt pour une nuit à Las Vegas, un peu après vingt-deux heures, donc j'essayai de joindre l'agent Summers pour la mettre à la page. Elle répondit à la deuxième sonnerie.

— Vous bossez tard, agent Summers.

— C'est le boulot, inspecteur.

Elle était ravie de nos progrès et je lui indiquai l'heure à laquelle nous voyagerions le lendemain. Je clarifiai la façon dont Aaron avait modifié nos projets à la volée et combien ses choix rapides avaient réussi à attirer notre proie directement dans nos filets. Elle fut très impressionnée par sa performance.

Je parlais à Jimmy après ça, sans me soucier des deux heures de décalage pour lui. J'espérais le réveiller et fus déçu de constater que ce n'était pas le cas.

— C'est vraiment dégueulasse, D.

Mais je m'en foutais.

C'était agréable de constater qu'il était à la fois inquiet et heureux de ce qui se passait pour moi.

— Je veux que tu aies une vie. Tu le sais.

— Je suis désolé, mais tu seras bientôt catalogué comme le « partenaire de l'inspecteur gay ». Ça va se passer comme ça.

— Oui, eh bien ça ne m'a jamais dérangé avant. La seule différence, c'est que plus de gens le sauront.

— Jim.

— Comme si je m'en préoccupais, répondit-il, l'air dégoûté. Ce qui doit arriver arrivera. Si des mecs au poste se soucient de savoir qui tu baises, je ne pourrai rien y faire. En revanche, ils ont intérêt à garder leurs commentaires stupides pour eux ou je leur défonce les dents.

— C'est ça, ta réponse d'adulte ?

— Laisse-moi y réfléchir une seconde, plaisanta-t-il. Putain, oui.

— Merci, fut ma seule réponse parce que je n'avais pas besoin de le remercier de me soutenir.

C'était mon meilleur ami ; inutile de faire durer cette conversation. J'aurais été prêt à tout pour ce type et, bien sûr, cela allait dans les deux sens. Cela n'avait jamais été remis en question. Jamais.

— Alors, grogna mon partenaire au téléphone.

— Quoi ?

— Je vais parler de Sutter à Lise, d'accord ?

— Oui, soupirai-je. Avant qu'elle le voie quelque part aux infos et en soit blessée.

— D'accord.

Le silence régna un moment.

— Jim ?

— Oui.

— Tu es toujours au téléphone.

— Je sais.

— Qu'est-ce qu'il y a ? insistai-je.

— Pour Sutter... tu penses, hum... tu crois qu'on pourrait voir sa maison à Winnetka ?

Il me fallut une seconde pour comprendre.

— Tu plaisantes ?

— Non, je ne plaisante pas, aboya-t-il.

— Vraiment ?

— Oui. Quoi, bordel ?

Je toussotai.

— Oui, bien sûr. J'ai la clé. Je te ferai visiter.

— Oh ? Tu as la clé. Si ça ce n'est pas génial !

Je lui raccrochai au nez et il me rappela en riant tellement qu'il n'arrivait plus à respirer. Je m'assurai de lui dire d'aller se faire foutre avant de lui raccrocher au nez une deuxième fois. La troisième fois, il ricanait toujours, mais s'était assez repris pour m'écouter parler de l'affaire. Je lui promis de le rappeler avant de nous rendre à l'hôtel le lendemain.

Après Jimmy, j'appelai pour laisser un message vocal à ma capitaine et fus surpris quand elle décrocha le téléphone dans son bureau. Apparemment, elle travaillait tard et essayait de régler de la paperasse, et fus ravie d'avoir de mes nouvelles. Je la mis à jour sur l'affaire, puis allai au cœur du problème.

Je commençai par lui expliquer que j'étais désolé de ne pas tout lui avoir raconté en personne, mais que je devais lui parler du fait que j'étais gay avant de rentrer et que cela lui arrive aux oreilles. Elle me surprit en me remerciant de m'être ouvert à elle et de mon honnêteté, puis m'informa que ce n'était pas du tout ses affaires.

— Avez-vous parlé à quelqu'un de la *Gay Officers Action League* [3], inspecteur ?

---

3 La *Gay Officers Action League* (littéralement « Ligue d'action des agents homosexuels »), est une association créée en 1982 pour répondre aux besoins des membres homosexuels des forces de l'ordre, et encourager la diversité et l'acceptation.

— Hum, non.

— Vous devriez. Voudriez-vous que j'envoie un e-mail au représentant de la GOAL pour notre département ?

Je ne savais pas du tout quoi répondre à ça.

— Je suppose.

— Vous supposez ou vous êtes sûr, inspecteur ?

— J'en suis sûr.

— Très bien. Il est très important que vous connaissiez vos droits. L'égalité peut être une route semée d'embûches. Sachez juste que quand cela arrivera, je serai là pour vous soutenir. Vous êtes l'un des miens.

— Je vous remercie.

— De rien.

Quand je raccrochai, je restai assis seul à l'étage en regardant fixement par la fenêtre. Cela me rendait presque malade d'avoir attendu si longtemps pour être courageux et m'assumer. Et c'était fou, mais j'avais le sentiment de devoir des excuses à quelqu'un.

Cela me semblait être une chose naturelle que d'appeler mon ex.

Il décrocha à la troisième sonnerie.

— Allô ?

Bien sûr, il ne pouvait pas savoir que c'était moi. Mon numéro de téléphone ne se trouvait plus dans son répertoire, pas après si longtemps.

— Allô ?

Et il était tard. Parfois, mon cerveau ne fonctionnait pas bien.

— Il y a quelqu'un… ?

— Nate.

— Duncan ? dit-il après un moment.

— Oui, merde, désolé. Je viens de me rendre compte qu'il est tard, là-bas.

Nous avions deux heures de décalage et il était minuit moins le quart chez lui.

— Non, ce n'est rien. Je suis en train de nourrir le bébé.

Ça, c'était nouveau.

— Le bébé ?

Il rit doucement et comme toujours c'était un son chaud et profond. Le docteur Nathan Qells était toujours agréable à entendre.

— Ma petite-fille.

— Oh, dis-je en souriant au téléphone. Félicitations.

— Merci. J'aide ses parents à souffler avant qu'ils se mettent à se balader en cherchant à manger des cerveaux.

— Ambiance *La nuit des morts-vivants* chez eux ?

— Ce sont des jeunes parents. Ça arrive.

Je pouvais imaginer la scène.

— Alors, inspecteur Stiel, dit-il gentiment. Que me vaut ce plaisir ?

— Ça va sembler vraiment stupide.

— J'en doute.

— Je voulais juste t'appeler et m'excuser.

— De quoi ?

— De ne pas avoir eu les couilles de faire mon coming out quand nous étions ensemble. Je suis tellement désolé, Nate.

Il en eut le souffle coupé.

— Tu as fait ton coming out ?

— Oui.

— À qui ?

— À ma capitaine, mon service, et il va y avoir des photos, quelque part… je suppose dans l'un ou plusieurs de ces horribles magazines people près de la caisse au supermarché… sur Aaron Sutter et moi.

— Qui ?

— Aaron Sutter. Il…

— Aaron Sutter, le mec multimillionnaire qui gère des hôtels ?

Je toussotai.

— Oui.

— Waouh.

Il avait l'air abasourdi.

— Comment le connais-tu ?

— Je ne le connais pas, souffla-t-il. J'ai entendu parler de lui. Il faudrait être mort pour ne pas savoir qui est Aaron Sutter. C'est l'homme qui a dit, « Hé, pourquoi on ne construirait pas dans le Pacifique ? J'ai entendu dire que ça allait cartonner un jour. »

Je me mis à rire parce que c'était drôle de l'entendre plaisanter, et plus drôle encore que mon ex, l'universitaire, connaisse même un peu l'esprit des millionnaires.

— Alors bon sang, dit-il en riant. Quand tu fais ton coming out, tu n'y vas pas avec le dos de la cuillère, hein ?

— Je n'avais pas prévu…

— Duncan.

— Merde.

Il soupira profondément.

— Dans le placard ou dehors, Duncan, tu n'as jamais été l'homme qu'il me fallait. Nous le savons tous les deux. Nous sommes tous les deux assez semblables et même si cela peut être une bonne chose, ça ne l'était pas dans notre cas. Comme tu étais dans le placard à l'époque, je pense que ça ne nous permettait pas d'avoir du recul. Mais maintenant tu peux, et bon sang… je suis vraiment heureux pour toi.

— Tout le monde n'a pas besoin d'être out et fier de l'être pour être heureux, Nate.

— Je suis d'accord. Mais moi, oui. Je pense que c'est un choix que tout le monde doit faire soi-même. Mais pour toi, te connaissant, je te jure que si je n'avais pas cet adorable bout de chou contre moi, je danserais partout dans la pièce.

— Merci.

— Tu es heureux ?

— Pour l'instant, répondis-je honnêtement. C'est flambant neuf et ça va vraiment être la merde quand je rentrerai, mais j'ai parlé à Jimmy et ma capitaine, donc bon… tu vois.

— Ce qui doit arriver arrivera, et tout ira bien.

— Oui. Tout ira bien.

— Attends, quand tu rentreras ? Où es-tu ?

— Je fais partie d'un groupe d'intervention du FBI.

Il s'étouffa.

Je ris.

— Quoi ?

— J'avais oublié que tu étais drôle, répondis-je.

— Bon sang, Duncan.

— Donc, je voulais juste t'appeler et te remercier d'avoir été une très bonne partie de ma vie.

— De rien, soupira-t-il.

— À bientôt.

— Je l'espère, confia-t-il avant de raccrocher.

Rien de tel que de tourner la page.

XI

— DUNCAN ?

Abaissant le journal que j'étais en train de lire, je relevai les yeux vers Aaron qui était venu se planter près de la table de la salle à manger, se frottant l'œil gauche, l'air très confus.

— Bonjour, ricanai-je.

Il essayait toujours de se concentrer.

— Qu'est-ce que tu portes ?

— Mon costume. Enfin, mon pantalon de costume, la veste est juste là-bas…

— Non, je veux dire…

Il tourna la tête avant de revenir à moi.

— … que se passe-t-il ?

— Eh bien, tu dois te doucher, puis petit-déjeuner, et je dois coordonner notre exode de cet hôtel, et…

— Non, renifla-t-il. Pourquoi es-tu habillé ?

— Parce que j'ai couru ce matin, je suis rentré, je suis allé à la salle de gym, puis à la piscine, je me suis douché, rasé, changé, j'ai pris mon petit-déjeuner et j'étais en train de lire le journal en t'attendant, répondis-je, très amusé par sa confusion totale. Tu veux du café ?

Il contourna la table et je m'en écartai pour qu'il puisse s'asseoir sur mes genoux, ce qui était apparemment là où il voulait être.

— Que s'est-il passé, la nuit dernière ? Pourquoi n'as-tu pas dormi avec moi ?

— Je me suis endormi sur le fauteuil après avoir parlé à Nate.

— Qui ?

— Mon ex.

— Pourquoi est-ce que tu parlais à ton ex ?

— Certaines choses avaient simplement besoin d'être dites. Tout va bien.

Ses mains glissèrent le long de mon torse et il me scruta.

— Quoi ?

— Chaque fois que nous serons ensemble, à partir de maintenant, je veux que tu dormes avec moi.

— D'accord. Je ne voulais simplement pas t'attaquer par accident au milieu de la nuit.

— Peut-être que j'aurais aimé ça, grommela-t-il.

— Tu es très mignon, tout vaseux comme ça.

Il ne se laissa pas appâter ; au lieu de cela, il s'effondra contre moi et se blottit contre ma mâchoire.

— Tu dois manger.

— Dis-moi ce qu'il se passe.

— Nous partons dans deux heures environ, donc honnêtement, tu ferais mieux de t'activer.

— Comment se fait-il que je sois tombé dans les vapes ? Est-ce que quelqu'un m'a drogué ?

Je ricanai.

— Non, tu es juste tombé dans les vapes parce que quand l'adrénaline disparaît, tu es plus ou moins foutu.

— L'adrénaline ?

— Tu n'as pas arrêté d'aller et venir. Et puis pense à tous les changements qui se sont produits dans ta vie ces derniers jours, et à la nuit dernière, et aujourd'hui… tu t'es juste épuisé.

— C'est ridicule, aboya-t-il en se levant et en marchant d'un pas lourd jusqu'à la fenêtre. Je ne suis pas faible. Je ne suis pas la femme dans ce truc.

— Dans ce truc ? répétai-je.

Il croisa les bras sans me regarder.

— Dans notre truc, tu veux dire ? dis-je en riant, me levant et le suivant avec le sentiment que l'humour était ma meilleure arme. Pour qu'on soit clairs, il n'y a pas de femmes dans ce truc, notre truc, du tout.

Il fit volte-face.

— Ne te moque pas de moi.

— Je ne me moque pas.

— Écoute, on ne s'occupe pas de moi et on ne me gère pas, compris ? C'est moi qui fais ça. Je répare. Moi. Je suis le type qui fais tous les projets. Pas quelqu'un d'autre.

— Ou…, répondis-je doucement, étonné de ma propre patience.

Normalement, j'aurais hurlé, mais quelque chose chez Aaron me donnait envie de lui parler, de l'apaiser, de le réconforter.

— … Nous pourrions nous relayer, tu sais, puisque nous sommes partenaires.

Il me dévisageait.

— Si ça te convient ?

Toujours silencieux.

— Puisque c'est ce que font les gens. Une relation, c'est un sport d'équipe, lui appris-je. Enfin, d'après ce que j'ai entendu.

Ses yeux restèrent rivés aux miens.

— Petit-déjeuner ?

Il toussa.

— Oui.

Je retournai vers la table et il me suivit. Je tirai sa chaise et il s'assit, me laissant même la repousser pour lui. Quand ses yeux se posèrent à nouveau sur moi, je lui versai du café, lui servis des œufs Bénédicte et des fraises fraîches avec du sucre en poudre, puis lui demandai s'il voulait du jus d'orange.

Il secoua la tête.

— Non.

Je retournai à mon journal et, après quelques minutes, il dit mon nom. Je posai immédiatement les yeux sur lui.

— Oui, faisons ça.

— Faisons quoi ?

Il plissa les yeux.

— Jouons à un sport d'équipe.

— D'accord.

Je souris malicieusement.

Il avait l'air d'aller mieux quand il mordit dans sa tartine.

QUITTER L'HÔTEL aurait été plus facile avec un bélier ou un chasse-neige. Tant de gens, tant de journalistes, et chacun d'entre eux voulait savoir qui j'étais étant donné qu'Aaron me tenait la main. Je portais de nouveau ses lunettes de soleil, qui étaient bien trop fantaisistes pour moi. Nous avions convenu de nous arrêter dans un centre commercial en sortant de la ville pour que je puisse m'en choisir une paire. Nous aurions sans doute pu traverser les paparazzi plus rapidement, mais quand on demanda à brûle-pourpoint à Aaron si j'étais son petit ami, sa réponse – son « oui » clair et honnête – fit reprendre l'assaut de plus belle.

C'était assourdissant ; le bruit des flashes, les « *Par ici !* » hurlés ; c'était fou de voir combien de fois ils me demandaient mon nom. Aaron sourit, se montra, puis me fourra à l'arrière de la limousine.

Une fois en sécurité derrière les vitres teintées, je retirai la casquette qui n'allait pas du tout avec mon costume italien et remarquai alors seulement son regard chaleureux.

— Quoi ?

— Pourquoi est-ce que cette satanée casquette est si ridiculement sexy ?

— Parce que tu as envie de moi, répondis-je catégoriquement.

— Oui, je pense que c'est ça.

Je retirai ses lunettes de soleil et les lui tendis.

— Tu sais que tu peux les garder si tu veux.

— Elles ne me ressemblent pas vraiment.

— Non ?

— Non. J'ai juste besoin d'une paire barbante trouvée dans un kiosque du centre commercial. Je ne sais pas pourquoi tu as besoin qu'elles soient aussi fantaisistes.

— Ce sont des Moss Lipow.

— Je n'ai aucune idée de ce que c'est, lui assurai-je. Emmène-moi au centre commercial.

Mais nous finîmes chez Louis Vuitton et je choisis une paire qui convenait. Je sortis mon portefeuille, mais Aaron attrapa les lunettes et ma main, et ordonna à Miguel de s'en occuper. En quelques minutes, nous étions de retour à la voiture.

— Tu ne peux pas tout m'acheter, l'avertis-je.

— Exact, acquiesça-t-il. Mais une paire de lunettes de soleil à sept cents dollars, je devrais avoir le droit de m'en occuper pour toi.

Je m'arrêtai de marcher et retirai les lunettes de soleil que je venais d'enfiler.

— Elles valent sept cents dollars ?

Son sourire malicieux illumina son visage.

— C'était Louis Vuitton, bébé, pas Walmart.

— Putain de merde, dis-je en les lui tendant. Je trouverai quelque chose à l'aéroport.

— Non, ricana-t-il. Il n'y a plus d'aéroport pour toi, tu ne comprends pas ?

Je me crispai parce que, franchement, tout cet argent, c'était un peu bizarre. J'avais le sentiment de me trouver dans des sables mouvants : si on s'approchait trop, on ne pouvait plus ressortir.

Il serra fermement ma main et, une fois dans la limousine, se tourna sur son siège pour me faire face.

— Tu as l'air d'être en train de paniquer.

— Laisse-moi juste une seconde, demandai-je en regardant fixement par la fenêtre.

— Hé, dit-il et je fus surpris quand il passa une jambe par-dessus moi et s'installa à califourchon sur mes hanches alors que j'avais besoin d'espace.

— Tu n'écoutes pas très bien.

Je jetai un rapide coup d'œil vers son visage.

Il posa les mains de chaque côté de mon cou et je fus obligé de le regarder.

— Duncan, chéri, écoute-moi.

Il baissa la voix en me regardant fixement.

— Tu voyageras en jet privé, maintenant. Une voiture viendra te chercher et t'emmènera où tu veux. Tu auras des lunettes de soleil luxueuses et des costumes sur mesure, et quand viendra le moment de t'acheter une alliance, le magasin sera fermé quand nous choisirons ce que nous voulons. Voilà comment ça fonctionne.

Voilà comment cela fonctionnait pour lui. C'était son monde, mais ce n'était pas obligé d'être le mien. Je... *attends*.

— Alliance ? toussai-je.

— Oui, répondit-il, ses yeux ne quittant jamais les miens.

— Tu as dit « quand », pas « si ».

— Parce que c'est un « quand », voilà pourquoi, pas un « si ». « Si » n'existe plus.

— Un jour, lui dis-je.

— Oui. Un jour.

— D'accord, mais tu comprends que...

— Je comprends que tu ne vas pas quitter ton boulot et rester chez moi toute la journée ou voyager avec moi quand je le veux. Je comprends que tu ne seras jamais entretenu. Je le sais. Mais ce que tu dois comprendre, c'est que ta vie inclut maintenant du personnel, des galas de bienfaisance et d'autres événements. Pendant la journée, au travail, tu es l'inspecteur

154

Stiel. Les soirs et les week-ends, tu es le partenaire d'Aaron Sutter et tu dois correspondre au rôle.

Il fallait que je lâche prise. Je ne l'avais jamais fait et cela ne m'avait mené à rien ni personne. Laisser partir cet homme parce que j'étais trop fier aurait été stupide.

— Tu ne peux pas me *manscaper* [4], lançai-je après une minute.

— Est-ce que tu sais au moins ce que cela signifie ?

J'y réfléchis une seconde.

— Non, pas vraiment.

Il se pencha vers moi.

— Arrête de te laisser effrayer par chaque petit détail.

— Arrête de me dire ce que je peux faire et ne pas faire, l'avertis-je.

— D'accord, dit-il.

— D'accord, acquiesçai-je.

Puis, il m'embrassa.

DANS LE jet, Aaron se retrouva immédiatement au téléphone et sur son ordinateur en même temps. J'étais plus ou moins bloqué jusqu'à notre arrivée à l'hôtel. Tout le monde savait où nous étions : chacun d'entre nous était en attente jusqu'à la prochaine étape de cette aventure.

Je repérai des magazines sur la petite table près de mon siège, même si je ne lisais normalement aucun d'entre eux. Mais je récupérai le *Forbes* parce qu'Aaron était sur la couverture. L'article à l'intérieur affichait un titre ringard, « Voilà le fils [5] ». Avec Gordon Sutter à gauche de la page et Aaron à droite, Gordon avec les bras croisés, Aaron avec la main tendue comme s'il était prêt à serrer la sienne ; on comprenait que les deux hommes n'étaient pas proches.

C'était intéressant de lire tous les détails de la récente bataille d'Aaron avec son père pour prendre le contrôle de Sutter. L'article citait les nombreuses raisons pour lesquelles la compagnie s'en sortirait mieux avec le fils à la barre et non le père. Une citation d'Aaron indiquait que le mandat de son père en tant que PDG avait été entaché par de mauvaises décisions

4 Très tendance, le « manscaping » désigne l'ensemble des soins pour hommes relatifs à la pilosité, tels que l'épilation ou le rasage du torse, des jambes, etc.

5 En anglais « Here Comes The Son », jeu de mots sur la chanson *Here Comes The Sun* (« Voilà le soleil ») des Beatles.

en matière de gestion et de mauvais investissements, et criblé de scandales. Gordon renvoyait la balle dans son camp en dévoilant les mensonges de son fils sur son homosexualité.

Luke Levin – j'étais vraiment fou du nom de cet homme – avait déclaré que ce qui importait au conseil et aux investisseurs de Sutter, c'étaient les résultats, et seulement les résultats. Sous la supervision d'Aaron, la société de courtage basée à Chicago était apparemment en bonne voie pour terminer une cinquième année consécutive avec un rendement net de plus de vingt pour cent. C'était apparemment très bien.

Je m'étais vaguement posé des questions sur le statut d'Aaron, millionnaire ou plus, et eus enfin ma réponse. Cet homme était listé comme milliardaire dans le magazine, 11,2 milliards en tout. Il n'était pas le plus riche, mais pas non plus le plus pauvre de ce club exclusif. Son argent provenait de sources diverses, grâce à des hôtels bâtis partout dans le monde, d'autres propriétés et la valeur de ses parts chez Sutter. Tout cela, écrit en noir et blanc, faisait beaucoup de réalités en peu de temps.

— Hé.

Je baissai le magazine pour l'observer dans son veston bleu vif et pour admirer le contraste de sa chemise blanche, au col ouvert, et de sa peau dorée. Cet homme ne savait tout simplement pas se laisser aller.

— Est-ce que ça va ?

— Je suis en train de lire, répondis-je au lieu de croiser son regard. Retourne à ce que tu faisais.

Quelques secondes plus tard, on me prit doucement le magazine des mains et Aaron se retrouva à genoux devant moi, les mains serrées sur mes cuisses.

— Nous ne sommes pas seuls, l'informai-je.

— Personne n'oserait entrer ici sans sonner pour savoir s'ils le peuvent. Ils le savent, dit-il d'une voix rauque, ses doigts glissant sur la boucle de ma ceinture.

Je saisis ses mains agitées et les immobilisai.

Il eut l'air confus.

— Duncan ?

— Nous allons bientôt atterrir.

— Mais je viens de te dire…

— Oui, mais je n'ai pas envie que tout le monde sache ce que nous faisons ici. Tu comprends, ça ?

Ses yeux se plissèrent.

— Je comprends, mais on s'en fiche, non ?

— Simplement parce que tu t'en fichais par le passé, ça ne veut pas dire que c'est mon cas aussi.

— D'où ça sort, ça ?

— Tu as eu beaucoup d'hommes dans cet avion.

Ses yeux se plissèrent encore davantage.

— Comme si tu étais resté célibataire.

— Lève-toi, lui ordonnai-je doucement.

Il ouvrit la bouche pour dire quelque chose.

— S'il te plaît, l'interrompis-je. Je ne suis pas à l'aise à l'idée que tout le monde sache que nous baisons dans l'avion. Je préférerais passer cette scène.

Il fouilla mon visage du regard.

— Qu'est-ce qui ne va pas ?

— Rien, répondis-je.

Parce qu'il était difficile de lui expliquer exactement ce que je ressentais et que si je n'arrivais pas à le comprendre moi-même, comment aurais-je pu lui expliquer ?

— Je sais que je dois m'habituer à être affiché comme tous les autres, mais…

— Pour commencer, dit-il d'une voix cinglante montant dans les aigus, les autres étaient cachés ; je me suis assuré que personne ne les voit jamais. Même Jory et moi n'avons jamais été photographiés ensemble ou…

— Ce n'est pas le…

— Et ce que j'ai dit, c'est que tu devais t'habituer à ce que les gens te *voient*, clarifia-t-il en insistant sur le dernier mot, se rasseyant sur ses talons sans plus me toucher. Mais personne n'a besoin de savoir ce que nous faisons en privé.

— Tant mieux.

J'essayai de sourire, sans y parvenir.

— Alors, ne baisons pas, d'accord ? Et tu n'es pas obligé de me divertir ou de me parler. Je vais bien. Je sais que tu as des choses à faire. Pas de problème.

Il plissa les yeux.

— Donc, tu me congédies ?

— Aaron, bon sang.

Ma colère enfla.

— Je vois bien que tu essaies de faire une tonne de conneries avant d'être forcé de passer un week-end dans un endroit où tu seras complètement coupé du monde extérieur. Tu as des responsabilités. Tu as une entreprise à faire tourner et je sais que tu as tout couvert, mais en gros tu fais ça pour moi et les fédéraux.

— Duncan…

— C'est génial de te voir faire ton devoir civique, l'arrêtai-je. Et j'apprécie, mais je sais que tu as des choses à faire, donc vas-y.

Vu sa tête, il avait l'air de vouloir dire autre chose, mais il se contenta de se relever et de retourner à ses occupations. Je regardai par le hublot et essayai de comprendre pourquoi il m'avait agacé. Vouloir me peloter était une bonne chose, alors pourquoi n'en avais-je pas eu l'impression ?

À Phoenix, une autre limousine nous attendait et, après avoir atterri, je pus téléphoner, ce qui était mieux, car cela me donnait quelque chose à faire pour passer le temps.

— Bon Dieu, j'ai une impression de déjà vu, dis-je distraitement.

— Comment ça ?

— J'étais là il y a peu, lui fis-je savoir.

— Ici, à Phœnix ?

— Oui. J'étais en vacances, puis j'ai aidé Sam.

— Sam qui ?

Je me tournai vers lui.

— Combien de Sam avons-nous en commun ?

— Oh, oui, c'est vrai. Vous parliez tous de ça quand nous avons dîné avec eux le soir où nous nous sommes rencontrés. Tu as aidé Sam à surveiller Jory. Je ne savais absolument pas que ça s'était passé ici, en Arizona.

— Oui.

— C'est drôle, le monde est petit parfois, n'est-ce pas ?

— En effet.

— Tu as vu Sedona la dernière fois que tu es venu ?

— Non.

— Eh bien, au moins ce sera nouveau.

Et, sans aucune raison, je l'embrassai sur la joue. Sa main recouvrit l'endroit où s'étaient trouvées mes lèvres quand je m'écartai.

— Quoi ?

— Vous êtes un homme très démonstratif, inspecteur.

— Pas vraiment. Tu fais ressortir ça chez moi.

Son regard se voila rapidement.

— Oh, c'était la mauvaise chose à dire ?

— Non, dit-il d'une voix plus basse. La meilleure, en fait.

— Viens, allons-y.

Le trajet était moche, beaucoup de marron jusqu'à ce que nous sortions de Sedona. Red Rock Country était magnifique et je baissai la vitre pour inspirer l'air et le sentir sur mon visage.

— Est-ce qu'on devrait parler de quelque chose ?

Le trajet avait été long et silencieux.

— Je ne pense pas, répondis-je en observant le paysage magnifique plutôt que lui. Nous devons juste le pousser à s'engager envers toi ou moi, puis nous fixerons une heure et un endroit pour le deal, en dehors de son palais des plaisirs, et on l'aura coincé.

— D'accord, mais nous n'allons pas être séparés, n'est-ce pas ?

— Je ne sais pas. Je ne pense pas. Je veux dire, le fait est qu'il sait parfaitement qu'il ne peut rien te faire. S'il doit abattre quelqu'un d'une balle dans la tête, je te laisse deviner qui ce sera.

Pas de réponse, donc je devinai que ce que j'avais dit lui semblait logique.

— Duncan.

Je l'ignorai, ce qui était dégueulasse de ma part.

— Duncan, dit-il d'une voix plus cinglante la seconde fois.

En me retournant, je me rendis compte qu'il était furieux.

— Qu'est-ce qu'il t'arrive ?

— Oh, je ne sais pas. Peut-être le fait que tu te montres si nonchalant envers ta putain de vie ! Envers ta sécurité ! Tu crois que c'est drôle ?

Sa voix se fit plus forte.

— C'est mon boulot, expliquai-je. C'est ça d'être sous couverture. Je l'ai fait plusieurs fois. La dernière fois, je me suis fait tabasser, on m'a tiré dessus… Ça arrive. Je veux dire, nous ne sommes pas vraiment en vacances, exact ? Tout cela pourrait potentiellement très mal tourner. Clay Wells n'est pas lié à un cartel de la drogue, comme dans mon dernier boulot. En gros, c'est un fils de riche qui joue les trafiquants à un niveau intermédiaire, mais il a fait assassiner Evan Polley – il n'est pas inoffensif.

— Non, je comprends.

— Alors, accepte-le et souviens-toi que lundi, que je sois avec toi ou pas, tu partiras. Tu sortiras de cet hôtel. Si je ne suis pas là et que Clay te donne une excuse, quelle qu'elle soit, peu importe à quel point elle est légère, ou folle, tu partiras. C'est le marché. C'est sur sa que compte l'agent spécial Summers. Si tu la pousses à envoyer une équipe pour t'extraire de là, toute l'opération sera compromise, insistai-je. Tu sais tout ça ; tu en as été informé en même temps que moi.

Il acquiesça comme s'il réfléchissait.

— Donc, nous devrions…

— Pourquoi es-tu aussi en colère contre moi ? laissa-t-il échapper soudain et sa voix, blessée et hésitante, me fit sursauter. Qu'est-ce que j'ai fait ?

— Quoi ?

— Ne change pas de sujet, demanda-t-il et je pus voir qu'il tremblait. Dis-moi juste ce qui ne va pas !

— Rien.

— Tu mens.

Je restai silencieux et détournai le regard.

— Duncan.

— Tu dois me laisser faire le tri dans mes pensées, répondis-je enfin. Parce que j'ai du mal.

— Du mal avec quoi ?

Je me passai les doigts dans les cheveux, les tirant légèrement avant de laisser retomber ma tête de côté pour que je puisse le voir.

— Duncan ?

— C'est un vrai cirque.

— Quoi ?

— Être avec toi, soufflai-je. C'est comme rejoindre un cirque et je ne sais pas si je veux être le phénomène de foire que les gens viennent voir.

Il devint très silencieux ; je pus même voir son mouvement de recul.

— Ma vie n'est pas un carnaval effrayant, comment oses-tu la comparer à ça ?

— Est-ce que tu connais la différence entre un cirque et un carnaval, au moins ? Si tu vas t'énerver, sache au moins pourquoi tu t'énerves.

— Oui, Duncan, répondit-il d'une voix implacable. Je la connais.

Et le fait qu'il soit offensé était normal et cela calma ma terreur momentanée de… pas de ce que nous allions faire – pas de cette opération –, mais de nous.

— Comment oses-tu…

— Attends.

Je ris doucement et me rendis compte instantanément que ce n'était pas une bonne réaction. Je n'avais pas voulu me montrer condescendant ;

c'était complètement involontaire. Toute cette conversation était simplement stupide, mais quand je vis à quel point il écarquilla les yeux, je sus que j'allais devoir supporter une sacrée tirade.

Il écarta son ordinateur portable sur le siège et claqua une main sur la console. La voix de Miguel nous parvint de l'avant de la voiture.

— Lève la vitre de séparation et n'arrête pas cette voiture tant qu'on ne te l'aura pas demandé, dit-il tout en retirant sa veste de costume et la jetant sur la place qu'il venait de quitter.

— Oui, Monsieur.

— Aaron, le cajolai-je doucement.

— Non, rugit-il et dans ce petit espace, c'était vraiment fort. Ne me manipule pas !

Il appuya sur un autre bouton sur la console près de lui et ma vitre se referma si rapidement que j'eus de la chance de ne pas avoir eu la main à l'extérieur.

— Ce n'est qu'un mal-…

— Arrête.

Sa voix se fit plus grave et il fut soudain là, pressé contre moi, tiraillant, essayant de me retirer mes vêtements.

La chemise de coton disparut d'abord, les boutons s'arrachant et volant partout quand elle fut rudement ouverte, puis retirée, d'abord d'un bras, puis de l'autre. Il tira le débardeur blanc par-dessus ma tête sans précaution, avant de se débarrasser de ses propres vêtements aussi rapidement que possible.

Je me rendis compte qu'Aaron Sutter communiquait énormément grâce au sexe et je le comprenais parce que je le faisais aussi, normalement. Le truc, c'était qu'avec lui, cependant, je voulais plus.

— Tu vas t'enfuir. Je le sens.

C'était ma faute ; je lui faisais peur sans raison valable.

La plupart des gens pouvaient compter sur deux choses, certaines plus que d'autres : nous avions tous une vie personnelle et une vie professionnelle. À un moment donné, au moins l'une d'entre elles devait bien se passer pour fonctionner correctement en société. Donc, peut-être que vous aviez un boulot merdique, mais que votre vie familiale était solide. Ou si le bonheur domestique n'était pas au programme, votre carrière décollait sainement. Si c'était l'un ou l'autre, vous pouviez vous en sortir. Mais, malheureusement, en l'espace de quelques minutes, j'avais retiré les deux des mains d'Aaron Sutter. Son boulot lui manquait déjà, la fierté qui venait avec, l'identité que cela lui donnait, et je m'étais assuré qu'il sache que nous n'étions pas solides non plus. Mon timing était fantastique.

— Retire ton pantalon !

Sa voix était désespérée et implorante à la fois.

J'avais créé du doute et de la peur. Tout était ma faute. J'étais tellement stupide parfois.

Bougeant rapidement, je le fis basculer et tomber sous moi, sur le sol de la voiture, ma main à l'arrière de sa tête pour qu'il ne se cogne pas.

— Qu'est-ce que tu…

— Je suis désolé, m'excusai-je en me penchant pour poser mon front contre le sien, fermant les yeux en même temps.

Il était très proche de l'hyperventilation.

J'inspirai et expirai, ma main se déplaçant entre nous, sur son cœur, juste là, pressant doucement, lui permettant de sentir mon poids quand je respirais.

Il trembla violemment, tressautant presque sous moi, comme si un courant électrique venait de le traverser.

— Pardonne-moi, lui dis-je d'une voix rauque et basse en relevant la tête pour plonger dans son regard.

Ses mains se glissèrent soudain dans mes cheveux, s'y enfonçant, s'y raccrochant.

— Je sais pourquoi tu veux que nous couchions ensemble.

Il ne répondit rien, mais son regard resta rivé au mien.

— Tu me donnes tellement envie de toi que j'en deviens stupide, confessai-je.

Il massa doucement l'arrière de ma nuque.

— Quand nous sommes ensemble, tu es d'accord avec moi. Tu n'as pas peur de te plier à tout ce que je veux.

— Ce n'est pas ce que je viens de dire ? demandai-je sèchement.

Il rit doucement et releva la jambe pour frotter sa cuisse contre ma hanche.

— Tu aimes vraiment me baiser.

Je m'installai sur lui et il enroula ses deux jambes autour de mes hanches tandis que j'enfouissais mon visage contre son cou.

— J'aime bien ça… j'adore, en réalité, mais ce n'est pas tout.

— Non ?

Je relevai la tête pour qu'il puisse voir mon visage.

— Clairement pas.

162

Mes mots l'apaisèrent et je vis son regard s'adoucir.

— Aaron…

— Arrête. Écoute-moi, juste, dit-il d'un ton bourru. Nous irons ensemble dans cet hôtel, et nous en ressortirons ensemble. Tout le temps que nous passerons là-bas, tu resteras près de moi.

— Tu sais que ça ne sera peut-être pas possible, commentai-je doucement.

— Non, murmura-t-il contre ma tempe. Je sais que ce ne sont pas des vacances. Si c'était le cas, je t'aurais séquestré sur une plage privée quelque part.

Un grondement s'échappa du fond de ma gorge et il se cambra par terre, se frottant contre moi, gémissant doucement en agrippant mon dos.

— Tu aimes quand je fais ça, lui dis-je, satisfait parce que c'était de petites choses sur lesquelles je pouvais m'appuyer, des trucs privés entre nous.

— Ça me rend fou, m'avoua-t-il avant de capter mon regard. Plus sérieusement, tu vas adorer partir sur un yacht avec moi, mais il y aura toujours, toujours d'autres personnes. Miguel est une constante parce qu'il n'est pas seulement mon chauffeur, tu vois ? Il me garde en sécurité. Mais il y a des femmes de ménage, des majordomes, des chefs cuisiniers… ces gens font partie de ma vie et nous sommes ensemble depuis longtemps. Je me suis entouré d'un groupe incroyable, et tu le découvriras. Me voir avec toi, cela fait partie de leur travail. C'est pour cela que nous avons des contrats de confidentialité en béton, et tu vas devoir t'habituer à ce que cela fasse partie de ta vie aussi.

Oui, en effet.

— Les gens qui travaillent pour moi ne sont pas n'importe qui.

— Je comprends, insistai-je en bougeant sur lui, pressant mon entrejambe dur contre le sien.

— Est-ce que tu m'entends ? Est-ce que tu m'écoutes ? Ce sont mes employés, je leur fais confiance et ils me font confiance. Tu comprends ?

— Oui, je comprends.

— Oui ? demanda-t-il en pliant les genoux et se soulevant légèrement pour que mon sexe glisse le long de ses fesses. Tu es sûr ?

— Oui.

— Alors, ça suffit ces conneries, dit-il d'une voix rauque en ondulant contre moi. Ça suffit d'essayer de t'éloigner de moi ! Je ne veux plus jamais que tu t'éloignes de moi !

Il avait l'air à la fois effrayé, énervé et frustré.

Et je me sentais vraiment comme un connard.

— Pardon.

— Ne t'excuse pas si tu ne le penses pas.

— Je le pense vraiment, répondis-je d'une voix rauque.

— Alors, arrête même d'envisager de t'échapper, aboya-t-il en se débarrassant de ses mocassins noirs.

Et il avait raison, parce que c'était là qu'avait atterri mon cerveau.

Il posa une main sur mon torse et me repoussa.

— Aide-moi.

Une fois sa ceinture débouclée et son pantalon déboutonné, je l'attrapai et le fis glisser le long de ses grandes jambes musclées. Je souris quand je vis ce qu'il y avait en dessous.

— Un string ?

— Je les aime bien. Ils ne serrent pas, me taquina-t-il.

— Non, en effet, acquiesçai-je en le débarrassant du sous-vêtement noir en microfibre.

Quand je me penchai pour lécher la goutte nacrée de désir sur la tête évasée de sa queue, il s'étouffa en prononçant mon nom.

Mes lèvres se refermèrent autour de son gland et il gémit doucement, tout bas, avant que je ne baisse la tête et me mette à le sucer lentement, centimètre par centimètre.

— Dans mon sac, m'indiqua-t-il tout en se tortillant sous moi, une main empoignant mes cheveux épais. Il y a du lubrifiant. Il est là, juste là.

Je voulais juste le sucer.

— Duncan.

Il tira sur mes cheveux d'un geste insistant, essayant de m'écarter de lui.

En relevant la tête et en laissant échapper de mes lèvres son sexe chaud et humide, je l'entendis gémir douloureusement.

— Prends le sac !

En me retournant, je vis ce qu'il voulait et attrapai pour l'attirer jusqu'à lui.

Il écarta le rabat et me fourra un petit flacon dans les mains.

— Tu te balades avec ça ?

Ses yeux croisèrent les miens.

— On ne sait jamais quand tu vas décider que tu as vraiment envie de moi.

— Foutaises.

— Prouve-le, s'emporta-t-il en posant ses pieds sur mes cuisses. Parce que tout ce que j'ai entendu jusqu'à maintenant, c'est « non ».

Ses yeux brillants étaient rivés aux miens, mais ils étaient voilés d'envie. En me penchant vers lui, je pris brutalement possession de ses lèvres charnues, écrasant ma bouche contre la sienne, l'envahissant et la goûtant, suçant sa langue.

Il s'agita sous moi quand ma ceinture se défit, que mon pantalon s'ouvrit et que mon boxer fut suffisamment bas pour permettre à ma queue de se libérer.

— Avant que nous entrions dans l'hôtel, dit-il en haletant, j'ai besoin de toi.

Je me recouvris rapidement de lubrifiant et me pressai contre son orifice en relevant les yeux vers lui.

— S'il te plaît, supplia-t-il.

Lentement, je plongeai dans la chaleur accueillante de son corps.

— Tu dois m'appartenir.

Je relevai ses jambes sur mes épaules et nous bougeâmes ensemble, avec une fluidité digne d'années de pratique plutôt que de simples jours. M'enfonçant profondément et durement, je sentis ses muscles se resserrer autour de moi. Je me retirai pour replonger aussitôt à l'intérieur.

— N'arrête pas ! haleta-t-il et j'entendis ses larmes retenues dans sa voix.

— Tu veux des promesses, mais tu as peur de demander.

Ce n'était pas une question.

— Oui, s'exclama-t-il et je sus que cela lui faisait mal de répondre parce que c'était vrai.

— Parce que tout le monde te quitte, continuai-je en mettant des mots sur sa peur.

— Oui.

— Plus maintenant.

— Duncan… tu dois avoir envie de moi, besoin de moi… tu dois me prendre… tu dois rester…, gémit-il, sa voix se brisant tandis que je le martelais, m'enfonçant en lui jusqu'à l'âme. Pitié.

Il était si serré et sexy, et la façon dont ses mains me griffaient pour me garder contre lui, enfoui en lui, c'était plus sexy encore. Mais ses yeux affichaient la véritable révélation. Quelle que soit la fierté qui s'y était trouvée auparavant, elle avait disparu. Je pouvais voir clairement ce qu'il m'offrait, et son beau corps n'en était qu'une partie.

— Reste avec moi.

Je n'avais l'intention d'aller nulle part.

— Promets-le-moi.

Je m'enfonçai en lui, ressortis à moitié, et continuai encore et contre, comme si je le possédais, et il se tordit sous moi, voulant encore davantage de ma queue enflée et de ce martèlement sauvage.

— Je veux que tu le dises.

J'étais si proche d'abandonner, de céder.

— Bébé.

— Je te le promets, répondis-je et nous savions tous les deux ce que je voulais dire.

J'allai rester. J'allai me montrer patient. J'allai rester fort, jurer de garder le secret de ce à quoi ressemblait cet homme quand il se désintégrait complètement et offrait son cœur.

— Duncan !

— Je ne te quitterai pas.

Et toutes ses inquiétudes et son envie de combattre s'évaporèrent parce qu'à partir de cet instant, il allait rester en sécurité dans son cœur.

— Je veux ressentir tes paroles.

Saisissant ses hanches, je le soulevai et roulai sur le dos, l'empalant en sentant le désir remonter le long de ma colonne vertébrale.

— Lâche-toi sur moi, lui dis-je. Je suis à toi.

Il chevaucha brutalement ma queue, se pressant contre moi, me poussant à l'intérieur de lui d'une façon incroyablement profonde, et j'appris à ce moment-là que ce n'était pas de se faire pilonner qui lui donnait tant de plaisir, mais cette sensation d'être étiré, pénétré. Ses muscles se contractant le long de mon membre, le plaisir entrelacé de douleur, le fait de m'aspirer en lui, l'intimité, la domination : c'est ce qui le faisait craquer et le fit éjaculer sur mon abdomen, d'une semence brûlante et épaisse.

Mon orgasme me déchira quand je poussai en lui en adorant la sensation du plaisir qui le consumait encore, ses fesses se contractant sans cesse autour de ma queue, et sa tête retombant sur ses épaules dans un abandon absolu.

Il était magnifique.

Je l'attirai contre moi et le serrai jusqu'à ce qu'il fonde dans mes bras. Je ne pouvais pas beaucoup bouger, mon pantalon de costume baissé jusqu'aux genoux, mais assez pour qu'il puisse se relever, ma queue ressortant de son orifice glissant et humide.

De la semence s'échappa de lui, coulant sur moi et, comme il n'y avait pas de salle de bains à proximité, pas de moyen de nous nettoyer avant de devoir sortir de la voiture, je sacrifiai mon débardeur à la cause et nous essuyai tous deux.

— Duncan, murmura-t-il et je vis que mon bel homme avait besoin de moi.

M'avançant et prenant son visage dans mes mains, j'embrassai son front et ses sourcils, son nez, ses yeux, ses joues, puis pris sa bouche, l'inspirant, l'embrassant jusqu'à ce qu'il doive s'écarter pour respirer.

— Tu ne m'échapperas pas, haleta-t-il.

— Je n'en ai aucune envie. Je suis là. Je n'irai nulle part.

Je ne savais pas que ses yeux pouvaient s'écarquiller autant.

— Nous allons le faire.

— Je croyais que nous venions de le faire ?

— Je vais t'éclater la tête, l'avertis-je.

Il afficha un sourire radieux avant de se jeter sur moi.

— Tu te rends compte que nous allons devoir sortir d'une voiture qui sent la sueur et le sperme, exact ?

— Comme si j'en avais quelque chose à faire.

Nous nous éloignâmes, chacun de nous deux vérifiant dans quel état notre passion nous avait laissés. Mon pantalon était irrécupérable, il manquait des boutons à ma chemise, et j'avais du sperme collé à l'abdomen.

— Quelle mauvaise idée, lui assurai-je après avoir repris ma place.

— Quoi ?

Il s'était affalé sur la sienne, l'air complètement débauché.

— Sortir de la voiture.

— Non, dit-il en se penchant rapidement vers l'avant, pour grimper à nouveau sur mes genoux. On va réussir. On va faire notre boulot ici, puis retourner à Chicago, parce que j'ai vraiment envie de te ramener à la maison.

— Pourquoi ?

— Je suis prêt à commencer ma vie.

Il savait toujours ce qu'il fallait dire.

XII

LES INSTRUCTIONS étaient de conduire jusqu'au portail principal de l'hôtel, de sortir et de taper un code. Une fois le code transmis à la réception, une voiture serait envoyée avec du personnel de sécurité. Les invités devraient préparer leur passeport ou autre pièce d'identité pour les montrer quand on les leur demanderait, puis ils passeraient au détecteur de métaux. Tout appareil électronique, y compris les téléphones portables, les tablettes et autres appareils similaires, seraient déposés dans un casier sécurisé à température contrôlée près du portail d'entrée. Les invités déposeraient leurs objets dans le casier et obtiendraient une clé, et la sécurité aurait l'autre clé, un peu comme un coffre-fort à la banque. Le bâtiment où étaient entreposés les casiers était sous vidéosurveillance, 24 heures sur 24, et possédait également ses propres gardes pour s'assurer que tous les appareils entreposés demeurent en sécurité. Une fois toutes ces étapes accomplies, les pièces d'identité vérifiées et les appareils transmis et rangés, une Jeep viendrait chercher les invités pour parcourir le reste du trajet de deux kilomètres et demi jusqu'au bâtiment principal.

Assis à côté d'Aaron à l'arrière de la plus belle Jeep customisée aux sièges en cuir sur mesure dans laquelle je m'étais trouvé, je pus enfin respirer.

— J'espère que vous apprécierez votre séjour ici avec nous, à Buona Sera, dit le chauffeur en souriant dans le rétroviseur.

J'ouvris la bouche pour lui répondre, simplement pour échanger quelques civilités, mais Aaron serra mon genou et parla à ma place.

— Merci beaucoup.

Je me tournai pour le regarder et il secoua la tête d'un geste infime.

Ne sachant pas vraiment ce qu'il se passait, je restai malgré tous silencieux, profitant du poids d'Aaron contre moi, de ces derniers moments tous les deux avant de monter sur scène.

Un groom nous rejoignit quand on nous déposa et il transporta les deux sacs à l'intérieur du bâtiment principal, où nous traversâmes une passerelle en bois au-dessus d'un cours d'eau avec des rochers. Elle était construite de façon à donner l'impression de flotter et je fus déjà très impressionné.

La zone de réception était un gigantesque atrium ouvert, magnifiquement paysagé, avec une cascade. Mais la plus grande surprise, ce fut de voir un homme promener une superbe femme blonde en laisse.

La main d'Aaron au creux de mon dos me poussa à avancer et, à la réception, une belle femme nous sourit et nous informa que notre séjour serait réglé par le propriétaire de l'hôtel, monsieur Wells.

— Oh. C'est très gentil de sa part.

Aaron lança son sourire éblouissant à la femme et je la regardai manquer d'avaler sa langue.

— Mais s'il vous plaît, prenez ma carte pour les frais accessoires, car je prévois d'en profiter au maximum.

Elle secoua la tête.

— Non, monsieur Sutter. Il a dit qu'il savait que vous insisteriez, mais non.

— Eh bien, c'est vraiment généreux et inattendu. Pourriez-vous me dire si nous serons assis à sa table, ce soir ?

— Oui, en effet, monsieur Sutter. Les cocktails seront servis à vingt et une heures dans la Salle Rouge.

— Parfait.

Elle fronça délicatement les sourcils.

— Je ne voudrais en aucun cas outrepasser mes droits, Monsieur, mais est-ce que votre *boy* possède son collier ?

— En effet, merci de vous en préoccuper.

— Je ne voudrais simplement pas qu'on le prenne pour quelqu'un de disponible.

— Bien sûr.

Elle sembla soulagée et son sourire réapparut.

— Voici vos clés, Monsieur.

— Merci beaucoup. Pourriez-vous m'indiquer où se trouve notre bungalow ?

Elle nous fournit une carte à trois volets pour nous donner des instructions précises. Quand elle eut terminé, Aaron me prit la main et m'entraîna à sa suite, mais au lieu de suivre le trajet indiqué par la gentille dame, il se dirigea vers le balcon.

— Que se passe-t-il ?

En réponse, il relâcha ma main, se pencha sur son sac en bandoulière, fouilla à l'intérieur et en sortit une grande boîte de velours noir.

— Qu'est-ce que c'est ?

169

Il s'éclaircit la gorge.

— Alors voilà : il y a des règles spécifiques dans cet hôtel, que j'ai plus ou moins devinées vu la façon dont se comportait Clay Wells quand nous l'avons rencontré.

Je plissai les yeux, l'air interrogateur.

— Tout cet endroit est basé sur le BDSM, même si d'après ce que je sais de monsieur Wells, je devine que la véritable scène n'est pas une chose dont il sait quoi que ce soit.

C'était nouveau, ça.

— Mais toi, oui.

Il haussa les épaules.

— J'ai essayé, il y a longtemps, quand j'étais jeune.

— Et ? demandai-je, intéressé.

— Tu aimes cette idée, n'est-ce pas ? Qu'on me domine ?

— Oui, répondis-je franchement, pensant que c'était très sexy. Réponds à la question.

— Je manquais d'engagement et de discipline pour ce style de vie.

— Donc, tu es en train de me dire que tu n'étais pas assez fiable.

Il rit et me passa la boîte.

— Qu'est-ce que c'est ?

— C'est ton collier pour ce week-end.

— C'est mon quoi pour le quoi ?

Il toussota pour cacher son rire.

— Tu m'as vraiment perdu.

— Je sais, dit-il en laissant courir le dos de ses doigts le long de mon abdomen.

— Aaron ?

— Désolé, je suis distrait par l'idée que mon sperme a séché sur toi, et qu'il se trouve encore sous ce tee-shirt à manches longues que tu as enfilé dans la voiture.

Je secouai la tête et il afficha un sourire démoniaque.

— Et soit dit en passant, te voir te changer, te débarrasser de ton costume et enfiler un jean, ce fut l'un des plus grands moments de ma vie.

— Très malin.

Il agita ses sourcils.

— Est-ce qu'on pourrait se concentrer ?

— Oh bébé, je suis tellement concentré. Ouvre ça.

Je m'attendais à l'un des colliers que j'avais vus dans les clubs dans lesquels j'avais fait des descentes par le passé, ou quelque chose tout droit sorti d'un film, ou l'un de ceux que j'avais aperçus sur Internet. Je ne m'attendais pas à un trésor rustique forgé à la main. C'était une chaîne en argent avec de larges maillons, ce qui ressemblait à une patine oxydée, polie et brillante. Au centre se trouvait un carré épais aux bords arrondis, gravé d'un A. Quand je le sortis de la boîte, je me rendis compte que de l'autre côté du A se trouvait un D, et qu'on pouvait le retourner facilement pour montrer la lettre que l'on souhaitait. Au coin de chacun des quatre côtés du carré se trouvaient deux longues pierres claires, huit en tout, incrustées dans le métal.

— Aaron ?

— Je le rendrai après ce week-end ; ce n'est qu'un prêt.

— Tu aurais pu prendre n'importe quel vieux bout de cuir…

— Non, me coupa-t-il. Jamais.

Je me concentrai à nouveau sur la chaîne entre mes mains.

— Viens, dit doucement Aaron, laisse-moi te montrer comment fonctionne le fermoir. C'est un peu compliqué.

— L'argent est joli.

Il ricana.

— C'est du platine, bébé.

— Et je suppose que ces pierres au bord sont de vrais diamants.

— Taille baguette et, oui, ce sont des vrais.

Je relevai vivement la tête.

— Tu plaisantes ?

— Non, je ne plaisante pas.

— Bon sang, et si je le perdais ?

— Il ne tombera pas par accident ; il faudrait vouloir l'enlever par toi-même.

— Mais…

— Ce n'est rien. Maintenant, regarde.

Il n'y avait pas de fermoir, mais une serrure, et elle était impossible à activer. Une pièce devait être tirée vers l'arrière, tordue sur le côté, puis les deux moitiés glissaient ensemble et se resserraient. Il avait raison, on ne pouvait pas l'enlever rapidement, et deux mains étaient nécessaires. Aucune peur qu'il se volatilise.

Une fois enfilé, il reposa lourdement, mais confortablement, au creux de ma gorge.

— Est-ce que ça me va ? vérifiai-je.

Les muscles de sa mâchoire se crispèrent quand il acquiesça.

— Tu te fous de ma gueule.

Il dut se forcer à détourner les yeux de la chaîne autour de ma gorge pour remonter jusqu'à mon visage.

— Pardon ?

— Tu me prends pour un idiot ?

— Qu'est-ce que tu…

— Nos initiales se trouvent sur le verrou, soulignai-je en glissant mes doigts sur les lettres profondément gravées. Tu l'as fait faire sur mesure.

Il resta silencieux.

— Mais la question, c'est : quand est-ce que tu l'as fait faire ?

Il ne répondit pas.

— Aaron ? Tu aimes l'idée que je porte un collier, n'est-ce pas ?

Il resta silencieux, mais soutint mon regard.

— Réponds-moi.

— Oui.

Sa voix tremblait.

— J'aime l'idée que tu portes quelque chose qui dise que tu m'appartiens. Je voulais une énorme chaîne en or avec un gigantesque pendentif doré, avec mon nom écrit en diamants dessus, mais je me suis dit que tu penserais que c'était criard.

Ce que je portais était lourd, son poids était substantiel, mais ce n'était pas tape-à-l'œil et vous ne pouviez pas voir les diamants à moins de tourner le verrou pour regarder sur les côtés. De plus, n'importe quelle chemise avec un col le cacherait ; même le bouton du haut ouvert d'une chemise ne révélerait pas la présence de la chaîne. Je devrais être déshabillé pour qu'on puisse la voir, ce que je devinai être l'intention d'Aaron.

En matière de chaîne ou de collier – peu importe le nom qu'il lui donnait – la pièce que je portais possédait des lignes épurées et était très belle, à mon avis. Et franchement, le poids était étrangement apaisant, réconfortant.

— Je ne sais pas si je la garderai, dis-je en lui jetant un coup d'œil.

— Comme tu veux, mais peut-être… Tu sais, Jory s'est fait tatouer le prénom de Sam dans le dos et je n'ai jamais compris pourquoi. J'ai toujours pensé qu'il était idiot de l'avoir fait, mais me laisserais-tu faire pareil ? Pourrais-je me faire tatouer ton nom sur la peau ? Ou une marque ? Que penserais-tu d'une marque ?

Je ne pus contrôler mon sourire.

— Plus tard, murmura-t-il en se pressant contre moi, les mains sur mes hanches. Avec l'alliance.

— Nous avons déjà parlé de l'alliance.

— Oui.

— Une alliance, c'est quelque chose de sérieux, Sutter.

Il leva la main jusqu'à la chaîne et l'empoigna.

— Ça, c'est sérieux aussi, ne te méprends pas.

— Mais ce n'est qu'une couverture, lui rappelai-je.

Mais ses yeux n'étaient pas d'accord.

Je me rapprochai moi aussi, mon corps brûlant contre le sien jusqu'à ce que nous respirions l'air de l'autre.

— Merci pour ce cadeau.

— C'est seulement un cadeau si tu le gardes.

Je tâtonnai le verrou, trouvai le côté avec un A, et le retournai pour qu'il soit apparent.

Son frisson fut visible.

— C'est si facile de te satisfaire.

— Honnêtement, non.

Il sourit d'un air démoniaque, se penchant pour déposer un baiser contre ma mâchoire.

— Je semble simplement épris, actuellement.

— Actuellement ? le taquinai-je tandis que son baiser menait à un autre, puis un autre encore, voyageant le long de mon cou.

Leur trajet était humide et chaque fois qu'il mordillait la peau en y déposant les lèvres, mon estomac réagissait drôlement.

— Oui, dit-il, ses mains effleurant ma boucle de ceinture en cuivre représentant un dragon, derrière laquelle était glissé l'avant de mon tee-shirt.

— Où est-ce que tu as trouvé ça ?

— Pourquoi ? Tu aimes ?

— En effet, dit-il en passant les doigts dessus, remontant plus haut. J'aime ce qu'il y a dessous, aussi.

— Et j'aime te sentir contre ma peau.

— Merde, gémit-il. Je ne peux pas discuter avec toi, tu gagnes toujours. J'ai trop envie de toi.

— Ça va dans les deux sens, lui promis-je. Maintenant, trouvons ce foutu bungalow.

— En fait, c'est une casita, imitation adobe.

— Je n'ai aucune idée de ce que ça veut dire.

Il prit ma joue dans sa main une seconde, comme si j'étais mignon, puis me dit de le suivre.

— Oui, Monsieur.

— Ne fais pas ça, grogna-t-il. Si tu commences à m'appeler Monsieur, nous ne quitterons jamais la chambre.

— Tu m'aimes bien.

— Non, répondit-il distraitement en étudiant la carte. C'est beaucoup plus que ça.

Mais « beaucoup plus que ça » aurait été trop rapide, donc aucun d'entre nous ne poursuivit. J'étais submergé et avais besoin de temps pour réfléchir, mais il s'avançait déjà, bien décidé à trouver notre chambre, et je dus me dépêcher de le rattraper.

Il s'avéra que nous avions notre propre petite maison, avec terrasse privée et piscine, un jacuzzi et une vue incroyable sur les montagnes.

La chambre principale possédait un toit qui pouvait, en appuyant sur un bouton, se rétracter de sorte à pouvoir dormir sous les étoiles, sans rien entre le ciel et soi. La douche était tellement grande qu'elle n'avait pas de porte, seulement une bonde au centre.

— C'est comme faire l'amour dehors, annonçai-je joyeusement.

Aaron fit la grimace comme si j'avais perdu la tête, puis m'indiqua de le suivre en passant la porte vitrée coulissante de la véranda.

— Quoi ?

— Tu plaisantes ?

Il avait l'air horrifié.

— J'ai loupé quelque chose. De quoi parlons-nous ?

— Pas de sexe, murmura-t-il.

— Pourquoi ? demandai-je, aussi bas que lui. Ça te pose un problème de le faire sans le toit ?

— Non, répondit-il en secouant la tête. Ça me pose un problème de le faire ici, tout court. Imagine la surveillance.

Il m'avait perdu.

— Les caméras de vidéosurveillance ?

— Et l'audio, m'informa-t-il. Tout acte sexuel est enregistré, ici. Voilà pourquoi je voulais le faire dans l'avion ou dans la voiture ; tu crois que j'étais prêt à passer trois jours sans toi, alors que je viens tout juste de te récupérer ? Je veux dire, oui, je comprends ; nous sommes ici pour attraper le méchant, mais… j'avais besoin de tirer un coup.

Je digérai enfin ses paroles.

— Attends, tu ne prévois pas de me baiser avant de partir d'ici ?

Il me sourit d'un air narquois.

— Tu as perdu la tête ?

— C'est sérieux, inspecteur, dit-il tout bas. Nous sommes infiltrés.

J'adorais vraiment être rassuré comme ça…

Nous passâmes la journée à pratiquer diverses activités, comme tout le monde. Il y avait du tennis, auquel j'étais nul tandis qu'Aaron jouait comme un dieu du tir aux pigeons d'argile, auquel j'aurais dû pouvoir l'écraser, mais où il s'avéra meilleur avec un fusil et enfin, de l'équitation où je me pris une dérouillée. Je tombai pendant un galop et l'homme de mes rêves rit si fort que les larmes coulèrent sur son visage. Ce n'était pas romantique le moins du monde, et je ne savais pas que les chevaux pissaient et chiaient en marchant. Beaucoup d'illusions furent brisées d'un coup.

Ce soir-là, nous allâmes prendre un verre à la Salle Rouge, ainsi nommée à cause de la couleur des murs, des rideaux soyeux et de la lumière d'ambiance. Les tables, le sol en marbre et les canapés bas où tout le monde était allongé étaient de la même couleur.

Clay Wells fut ravi de nous voir et installa Aaron à sa droite. En matière de vêtements, je me rendis compte que j'étais trop habillé avec mon jean et ma chemise en soie à manches courtes. La majeure partie de ceux qui arboraient des colliers ne portait presque rien.

— Que pouvons-nous vous offrir à boire ?

Aaron choisit un scotch à l'eau, et moi un whisky à siroter.

— C'est incroyable, vous savez, dit Clay après quelques minutes.

— Quoi donc ? demanda Aaron.

Ses yeux se tournèrent vers moi, avant de revenir à mon homme.

— Le nombre de personnes qui m'ont demandé un moment avec Duncan, avant d'apprendre à qui il appartenait.

Le sourire d'Aaron fut absolument démoniaque.

— Personne n'est assez stupide pour toucher à ce qui est à moi.

— Ah non ?

— Non, rétorqua-t-il en secouant la tête. Après tout, j'ai des tueurs à gages à mon service.

Et c'était des conneries. Je le savais, mais pas Clay Wells, ni ceux qui étaient installés à proximité. Ils s'assurèrent de ne pas même regarder vers moi.

— Je suis milliardaire, dit-il en claquant des doigts. Je fais disparaître les gens à volonté.

Je glissai la main sur sa cuisse, parce qu'il fallait qu'il contrôle son côté alpha. Quand je me penchai pour murmurer à son oreille, il glissa la main à l'arrière de ma tête.

— Pas besoin de te montrer trop possessif ici, devant tout le monde, lui rappelai-je.

— Bien sûr que si, murmura-t-il en retour.

— Nous voulons qu'il m'approche, répondis-je tout bas.

Son grognement prouvait que cette idée ne lui convenait pas.

— Sois gentil, pour que nous puissions rentrer à la maison.

Je me redressai, mais il se déplaça avec moi, sa bouche embrassant ma mâchoire et la mordillant légèrement.

— Bon Dieu, Aaron, a-t-il si bon goût ? demanda Clay et toute la table éclata de rire.

— Oui, en effet, répondit Aaron en se détournant de moi. Même si aucun d'entre vous ne pourra jamais le découvrir.

Et personne ne le contredit.

La nuit allait être longue.

Assis dans ce silence confortable, j'observai la salle et remarquai une balançoire dans le coin opposé. Il me fallut une autre minute pour me rendre compte que je pouvais voir Kian, nu et ligoté sur la structure.

Serrant la cuisse d'Aaron pour attirer son attention, je le désignai du doigt.

— Oh.

Il plissa les yeux avant de s'adresser à Clay.

— Votre *boy* est disponible ?

— Quoi ? Oh, oui. Kian quitte mon service, et contrairement à vous, monsieur Sutter, j'offre à mes jouets le choix de trouver de nouveaux maîtres. Donc, celui qui voudra de lui à la fin de ce week-end est libre de le ramener chez lui.

— Je vois.

— J'avais déjà retiré son collier quand vous nous avez vus à Vegas, donc certains de ceux qui nous ont vus là-bas sont ici maintenant, à rivaliser pour l'emmener.

Aaron fronça les sourcils.

— Donc, vous lui avez retiré votre protection.

— Oui.

— Je trouve cela répréhensible, décréta Aaron. Mieux vaut le vendre simplement pour qu'il passe de maître en maître, plutôt que de le laisser seul jusqu'à ce que quelqu'un le revendique.

— Je ne vois pas en quoi lui donner le choix est un pire traitement.

— Parce qu'il devrait savoir qu'il est désiré, surtout que c'est un véritable soumis. Il devrait savoir qu'il est en sécurité et ne sera pas partagé, qu'il sera à l'abri.

Wells désigna Kian.

— Si vous êtes si inquiet, monsieur Sutter, faites-lui une offre. Mais je soupçonne que votre idée de lui payer une école, comme vous l'avez fait avec monsieur Cobb, n'est pas ce que…

— Comment savez-vous pour Jaden ?

— Parce qu'il me l'a dit, répondit Clay en souriant et relevant la main.

Je n'avais jamais rencontré Jaden Cobb. Tout ce que je savais, c'est que c'était celui qui avait craqué et s'était confié au père d'Aaron au sujet de leur relation. En personne, il ressemblait à une version plus jeune de Jory Harcourt. Les similitudes étaient nombreuses, mais les différences étaient plus prononcées. Jaden avait une sorte d'aspect plastifié, de ses sourcils trop épilés à ses lèvres gonflées, jusqu'à son bronzage prononcé qui devait lui demander de passer des heures sur un lit. Jory été une beauté naturelle ; Jaden avait été créé.

Il était magnifique, toutefois, et de nombreuses personnes où nous étions assis furent fascinées, comme en témoignait le bourdonnement qu'il créa en s'installant au sol, à droite de la cuisse de Clay.

Les yeux d'Aaron se plissèrent et, d'après l'expression de Clay, ce n'était pas la réponse à laquelle il s'était attendu. Comme s'il pouvait déstabiliser le milliardaire.

— Alors, dit Aaron en étirant le mot et poignardant Jaden du regard. Qu'est-il arrivé à ta carrière culinaire ?

— Je me suis rendu compte que je n'aime pas beaucoup travailler, minauda-t-il en frottant son menton contre le genou de Clay. Je veux dire, j'aime cuisiner pour un, mais c'est tout.

— Et donc, tu te fais à nouveau entretenir, déclara Aaron sans ménagement.

— Je me fais à nouveau choyer et adorer, corrigea-t-il.

— Je vois, acquiesça Aaron en s'appuyant contre moi.

Quelque chose n'allait pas.

— Je dois te parler une seconde, dis-je en me levant.

Aaron tendit la main et je l'aidai à se lever.

Traversant la salle jusqu'au balcon, nous passâmes devant la balançoire et je vis Kian, debout, les yeux levés vers un homme à l'air très fâché qui lui attachait un collier autour du cou. Il passa vivement son pull par-dessus sa tête et l'enfila sur l'homme plus jeune et plus petit.

— Oh, tant mieux, dit Aaron en s'éclaircissant la gorge. On dirait que quelqu'un attendait d'apprendre que Kian était libéré de Wells.

Le collier était plus fin, mais ce qui était intéressant, c'est qu'il n'y avait aucun anneau pour y attacher quelque chose comme une laisse. Et le plus révélateur, c'était le métal ouvragé à l'avant.

— Qu'est-ce que c'est ?

— C'est un collier Infini, m'informa Aaron.

— Et c'est quelque chose d'important ?

— En effet.

Je souris malicieusement.

— Comment ça se fait que je n'en ai pas un ?

— Parce que le vôtre devait être spécial, inspecteur.

Nous étions proches de la rambarde, alors je l'attrapai et l'écrasai contre moi en embrassant son cou.

— Mais tout ce que tu veux, gémit-il, les mains sur mon dos, s'y agrippant fermement.

— Je suis désolé que Jaden ne soit qu'un idiot, grognai-je à son oreille avant de l'embrasser.

— Ce n'est rien, soupira-t-il en se blottissant contre moi. Ce n'était pas ma première pensée.

— Comment ça ?

— Il m'a rappelé que je me lasse des gens et que je les perds, dit-il en me fixant du regard. Et je me suis dit que je devais m'assurer de ne pas perdre mon inspecteur. Que je ne dois pas le laisser se perdre.

— Ça va dans les deux sens, répondis-je avant de l'embrasser de nouveau.

Glissant les mains sous sa veste de costume, je tiraillai sa chemise jusqu'à ce qu'elle sorte de son pantalon et que je puisse poser les mains sur sa peau. C'était agréable. Il était déjà prêt pour moi, mais me repoussa soudain.

— Quoi ? hoquetai-je, le corps durci d'envie, prêt à le jeter n'importe où pour le prendre.

— La surveillance.

J'étais perdu.

— J'ai dit que nous ne pouvions pas baiser ici, me rappela-t-il.

— Oui, je sais.

— Parce que c'est *enregistré*, dit-il comme si j'aurais déjà dû comprendre ce qu'il voulait dire.

— Exact.

— Combien serais-tu prêt à parier qu'il collecte tout cela quelque part ?

Je compris tout à coup.

— Oh, merde, tu es plutôt brillant.

Il plissa les yeux.

— « Plutôt » ?

— D'accord, dis-je en lui faisant faire volte-face et le poussant légèrement vers la salle. Va papoter. Je vais jeter un œil.

— Quoi ?

Il fit volte-face.

— Non. Nous devrions y aller ensemble. L'histoire sera meilleure ainsi. Nous dirons que nous cherchions notre cabane.

— *Casita*, le corrigeai-je.

— Peu importe !

— Non. Je serai perdu et ivre ; retourne les divertir.

Ses yeux, troubles de passion une seconde plus tôt, étaient désormais inquiets.

— Quoi ?

— Devrions-nous même parler ainsi ? Et je me suis servi de ton titre il y a une minute et… putain.

Il voulait parler de la surveillance audio.

— Je doute que ce soit enregistré, ici. C'est probablement seulement les chambres. Mettre tout cet endroit sur écoute sonore coûterait atrocement cher.

Aaron leva un sourcil comme si j'étais stupide.

— Allez, vas-y.

Il n'était pas convaincu, mais me laissa. Je regardai autour de moi pour m'assurer que personne ne me voyait et passai simplement par-dessus la balustrade, me laissant tomber deux mètres plus bas sur le chemin. J'aurais préféré porter mes chaussures de course, parce que mes chaussures

179

de ville n'étaient pas aussi flexibles ou silencieuses, mais si James Bond y arrivait, je pouvais essayer de me débrouiller.

La taille du domaine était démesurée, mais je me dis que ce qui servait de salle de surveillance se trouverait probablement vers l'avant. C'était logique, puisque plus loin vers le petit canyon tout signal aurait été plus difficile à capter. Oui, l'hôtel n'avait pas de Wi-Fi pour les clients et c'était présenté comme un avantage. Selon eux, se trouver loin de toutes les distractions de l'extérieur était une bonne chose. Mais, en réalité, ça aurait été l'enfer d'amener l'Internet jusqu'à l'hôtel, donc c'était en fait un marketing très intelligent.

Puisque seules les personnes invitées dans l'hôtel passaient le portail de l'entrée, personne ne pouvait nous fournir d'informations détaillées sur le domaine. Le FBI m'avait envoyé des photos satellites de la NASA et j'avais fouillé sur Google Earth, mais aucune de ces photos n'avait de marqueur désignant les bâtiments, parce que personne ne savait de quoi il s'agissait. Ce que j'avais vu ne m'avait été d'aucune aide. Et toute personne contactée par le FBI aurait pu prévenir Clay Wells.

J'évoluai donc en quelque sorte à l'aveuglette dans le domaine jusqu'à apercevoir la petite tour. L'antenne était un indice flagrant, tout comme la parabole au-dessus. Tout était dissimulé derrière de très grands arbres fleuris et n'était pas plus grand qu'une maison d'un étage.

La porte était verrouillée, bien sûr, et il fallait un badge pour entrer. Mon seul recours était d'attendre que quelqu'un sorte – et ne sachant pas quand s'effectuaient les changements d'équipe ni même si quelqu'un était en service, cela me semblait futile – ou de trouver où étaient situés les quartiers du personnel. Il fallait que je m'introduise dans cette tour et vois comment les données étaient conservées, et heureusement je n'avais pas à m'inquiéter d'un mandat de perquisition. J'en avais un pour regarder, simplement pas pour entrer. Mais puisque j'avais été invité… c'était épineux, mais si je pouvais retrouver une trace d'Evan Polley sur le domaine grâce à une vidéosurveillance, cela suffirait à relier les deux hommes. Ajoutez à cela une écoute téléphonique et cela déclencherait le genre d'enquête qui ruinerait Clay Wells. Il fallait que je fouille davantage, mais je m'inquiétais qu'Aaron ne puisse expliquer mon absence.

En revenant vers la passerelle en bois, j'aperçus Kian et son nouveau mec. L'homme, qui faisait facilement un mètre quatre-vingt-dix-huit comparé à son mètre soixante-seize, le tenait dans ses bras et ceux du jeune homme ainsi que ses jambes étaient enroulés autour de lui. Je m'arrêtai pour les regarder, parce que comment m'en empêcher ?

— Ils sont beaux ensemble, n'est-ce pas ?

Je me retournai et fus confronté à un très bel homme, plus âgé, aux tempes argentées, grand et large d'épaules, puissamment bâti. Ses yeux bleu pâle ressemblaient à des morceaux de glace scintillante, froids et vides. Il me parut venir d'Europe de l'Est ; son accent n'était pas doux, comme d'autres que je connaissais, mais tranchant et précis. Même si les mots étaient bénins, sa voix était tranchante comme un rasoir.

— En effet, acquiesçai-je.

Il me tendit la main.

— Goran Begović.

J'y glissai la mienne.

— Duncan Ross. Enchanté.

— Non, dit-il en se rapprochant d'un pas pour me parcourir du regard et s'arrêter enfin sur la lourde chaîne autour de mon cou. C'est moi, vraiment.

Il ne m'échappa pas qu'il me tenait toujours la main.

C'était hilarant, franchement. Chez moi, dans ma vie de tous les jours, quand je me baladais, je n'avais jamais droit à ce type d'attention. Personne ne me voyait en dehors du club où j'allais traîner pour trouver un coup d'un soir, ou un coup d'une heure. Mais maintenant qu'Aaron me regardait, tout le monde me regardait aussi.

J'essayai de libérer ma main, mais il resserra son emprise.

— C'est un bel endroit, dit-il en relevant son autre main large et charnue vers mon cou, ses doigts glissant sur la surface du collier.

Il le souleva et vit que le A pouvait être retourné et devenir un D.

— Donc, le D est pour Duncan. Pour qui est le A ?

— Aaron, répondis-je en essayant de reculer d'un pas, mais son poing autour de la chaîne me rendit la tâche impossible.

— Attends, dit-il doucement, calmement en libérant ma main, mais pas la chaîne. N'aie pas peur.

Je lui lançai un regard noir.

— Lâchez-moi.

Et il comprit, parce que je vis la lueur dans son regard. Je n'avais pas peur ; j'étais agacé.

— On dirait que tu as participé à ton lot de combats, Duncan.

— Quelques-uns.

Il acquiesça.

— Tu as subi des dégâts. Ton nez, tes mains… Puis-je voir en dessous de la chaîne, s'il te plaît ?

— Je ne crois pas…

— En fait, tu vas devoir me montrer. Tu es loin de ton maître et je vais te ramener à lui. Pendant qu'il n'est pas là, tu dois faire ce que je te dis, avec raison. Déboutonner ta chemise, ce n'est qu'une petite requête.

Je n'avais aucune idée du protocole, mais je doutais sérieusement qu'il soit en train de me dire la vérité. Le truc, c'était que je ne voulais pas que ma promenade seul sur le domaine attire l'attention, donc je m'exécutai.

Quand ma chemise fut déboutonnée, il posa ses mains à plat sur mon torse, les glissant sur ma peau comme s'il sculptait mes pectoraux.

— Ton corps est magnifique.

Je restai planté là à attendre.

Ses mains coururent le long de mon abdomen avant de se poser finalement sur mes hanches, ses yeux se relevant vers les miens.

— Vraiment magnifique.

Il me fallut beaucoup de concentration pour ne pas reculer.

— Ces cicatrices, dit-il en traçant l'une de celles qui coupait ma clavicule en deux, elles ont été obtenues en service ou quelque chose de similaire. Ce ne sont pas des cicatrices de bondage. Elles ont été faites pour essayer de te tuer, pas pour s'amuser, pas pour te punir. Je connais la différence.

— Comment la connaissez-vous ?

Son sourire n'atteignit pas ses yeux et n'y infusa aucune chaleur.

— J'ai infligé certaines cicatrices ressemblant à celles-ci, et j'en ai vu plus encore.

— Vous êtes en service ?

— Pas ici.

— D'où venez-vous ?

Ses yeux se plissèrent et, trop tard, je vis son regard glisser derrière moi.

Des mains agrippèrent mes poignets, l'arrière de mon cou, et je fus projeté vers l'avant. Quelqu'un attrapa la chaîne et s'en servit pour m'étrangler, avant de me montrer un couteau et que je ne sente quelqu'un tirailler ma ceinture.

Je n'étais pas petit. J'étais grand et fort, donc la simple idée de me faire maîtriser et maintenir au sol, que d'autres s'imposent à moi… me violent… ne n'avait jamais, *jamais* effleuré l'esprit. Ce n'était pas une chose qui pouvait m'arriver.

Mais il y avait tant de mains et ma ceinture fut coupée par l'arrière avant de m'être retirée, la boucle tirée par l'avant. Je vis le banc, à quatre pas seulement dans les buissons, dans une petite clairière, comme si c'était naturel et qu'il aurait dû se trouver là, sous les étoiles. Des anneaux étaient soudés dans la base en ciment pour que des chaînes puissent y être attachées, des laisses glissées, nouées. On me plaqua contre celui-ci, mon torse s'écrasant contre le bois, me coupant le souffle, ma tête cognant assez fort pour que ma vision se trouble pendant une seconde. L'un des hommes profita de cette occasion pour me montrer le grand couteau de chasse dont il s'était servi pour détruire ma ceinture, dentelé et épais, et j'aurais souhaité pouvoir mieux le voir, mais j'arrivais à peine à me concentrer.

Des doigts se glissèrent à l'intérieur de mon jean, s'immisçant près du haut de ma raie, et j'entendis le tissu se déchirer quand le couteau commença à trancher le jean. Pendant une seconde, juste un instant, un élan de terreur, de futilité, me submergea, mais je bougeai mon pied droit en réaction, juste un léger sursaut, et je me rendis compte qu'il était libre.

Dans les forces de l'ordre, il y a deux écoles de pensée. L'une dit que seuls comptent votre arme et vous. Votre arme vous aidera à vous sortir de n'importe quel dilemme : devenez bon tireur et apprenez l'art mortel d'abattre n'importe quelle cible.

Mon partenaire était très doué avec son arme à feu. Vous ne vouliez pas l'affronter dans une ruelle si vous aviez tous deux tiré votre flingue. Il aurait pu vous mettre une balle dans la tête avant même que vous pensiez à tirer. Sam Kage était pareil, comme en témoignait le canon qu'il portait en dehors du service.

Je n'avais jamais été bon tireur et je devais donc dépendre du second protocole d'autodéfense, la partie « plonger dans la mêlée » que la plupart des flics ne tenait pas vraiment à cœur. J'étais le type qui essayait de vous attraper avant que vous puissiez sortir votre flingue de son étui. Ce n'était pas la façon dont préférait se comporter un policier. Cela expliquait pourquoi j'avais été blessé plus souvent que Jimmy ou Sam, étant donné que la distance que créait un flingue vous éloignait des poings, des battes, des poings américains et des couteaux. Ce que j'avais découvert, toutefois, c'est que les gens qui dépendaient de leur arme n'étaient pas vraiment doués au corps à corps – sauf les types des opérations spéciales, évidemment – ou à la lutte. Donc, quand je me reculai en prenant appui sur ma jambe et que j'arrivai à la glisser sous moi, l'effet de levier fut meilleur et je réussis à me tourner de côté et décocher un coup de pied.

Le bruit d'un genou craquant, suivi par une plainte aiguë, fut une véritable mélodie à mes oreilles.

— Sale connard !

Je me relevai juste à temps pour me prendre un poing en pleine figure, mon œil gauche me donnant l'impression de s'être liquéfié pour jaillir de mon orbite. Il y avait du sang, et je savais que c'était le mien, mais cela n'avait pas d'importance. Je n'étais plus sans défense.

Quand il se retourna et essaya de me frapper de sa jambe, je me jetai vers l'arrière, hors de portée de son coup, et me laissai tomber au sol. Quand je roulai, ma main glissa sur ma boucle de ceinture abandonnée dans les graviers et je l'attrapai, enroulant rapidement la ceinture autour de ma main en m'agenouillant.

— Non ! entendis-je Goran hurler, mais son homme me chargea malgré tout et, quand il fut assez près, je lui décochai un coup de poing dans les couilles.

Grâce à ma ceinture enroulée autour de doigts, la surface de mon coup était plus grande, ce qui doublait sa force. L'homme tomba comme une masse.

Mon cœur tambourina à mes oreilles quand je bondis sur mes pieds et décochai un coup de pied dans la tête du type, l'assommant. Puis, je me tournai vers l'autre, qui tenait toujours son genou, et le frappai aussi fort que possible dans les côtes.

Je manquai le type avec le couteau, mais la lame trancha sans me poignarder, à cause de son mauvais angle.

Agrippant son bras, je lui tordis le poignet et l'entendis craquer, suivi immédiatement par son cri, puis je le repoussai loin de moi, lui prenant le couteau des mains en faisant volte-face vers Goran.

Ses yeux, que j'avais trouvé si morts, étaient désormais écarquillés et brillants.

Je restai là où je me trouvais, méfiant, écoutant si du monde approchait.

— C'était magnifique.

Reculant d'un pas, les gardant tous à l'œil, je me redressai lentement.

— J'aimerais parler à ton maître. Montre-le-moi, s'il te plaît.

— Vous plaisantez ?

Il s'avança d'un pas et je reculai d'un autre.

— Non, dit-il en levant la main. S'il te plaît. Laisse-moi te parler.

— Vous venez juste d'essayer de m'agresser.

Il sourit pour m'apaiser, comme si ma déclaration était complètement folle.

— C'était un test. Si tu ne t'étais pas battu, nous t'aurions relâché.

184

— Ou vous prenez votre pied quand les gens ne sont pas consentants et maintenant que je suis là, et que vous êtes là, vous me racontez des conneries.

— Non, je…

— Vous m'avez laissé blesser vos hommes pour un test ?

Il grimaça.

— Ce ne sont pas mes hommes ; c'est la sécurité de l'hôtel. Ils travaillent pour Wells. Nous n'avons pas le droit d'amener notre propre personnel. Tu le sais.

— Urgence, hurla soudain le type dont j'avais cassé le poignet et je vis son talkie-walkie.

Puis, quand il bougea, pendant de l'intérieur de sa veste, j'aperçus son badge de sécurité.

— Nous avons besoin d'une évacuation médicale immédiate.

— Duncan, reprit Goran. S'il te plaît, montre-moi ton maître. Je dois m'expliquer et lui offrir une récompense pour avoir endommagé sa propriété.

J'entendis des gens courir, des pieds claquer sur le chemin de béton et, au milieu du chaos de la foule venant aider, je me penchai et piquai le badge du type que j'avais assommé, le glissant dans mon boxer, contre ma hanche.

Une femme apparut soudain devant moi, les mains sur mon visage, m'examinant.

— Votre sourcil droit a besoin de points de suture, m'informa-t-elle. Vous voulez bien venir avec moi à l'infirmerie ?

— Bien sûr.

— Qui est votre maître ? demanda-t-elle, grimaçant en auscultant mon cou.

—Aaron Sutter, répondis-je et rien qu'en prononçant son nom, je me sentis mieux.

Les gens devant moi n'eurent pas la même réaction.

Mon infirmière – docteur ? Je n'en étais pas vraiment certain – écarquilla les yeux si grands que je crus l'avoir fait disjoncter. Et le grand et effrayant Goran Begović émit un bruit de gorge. Quand je lui jetai un coup d'œil, il était d'un teint de cendre.

Je souris malicieusement.

— Laissez-moi deviner, il semblerait que vous connaissiez Aaron Sutter ?

Je crus qu'il allait s'évanouir.

XIII

Elle s'appelait Miranda et était, en réalité, aide médicale à Buona Sera. Elle était très gentille et me fit une anesthésie locale avant de refermer mon arcade sourcilière gauche, cinq points de suture en tout, ainsi que la coupure au-dessus de mon téton droit, où il en fallut six. Mon nez, étonnamment, avait traversé cet assaut indemne, mais ma lèvre était fendue et ma joue gauche changeait rapidement de couleur. J'avais du sang sur ma chemise, mon jean était foutu et mes chaussures, qui étaient en bon état auparavant, étaient éraflées par le gravier sur lequel nous nous étions battus.

— Je m'inquiète vraiment pour votre tête, grimaça-t-elle. Vos pupilles sont énormes et votre cou est à vif. Il faut que vous retiriez cette chaîne.

La chaîne me frottait la peau et même si je l'appréciais, il fallait que je la retire. Mais je devais attendre Aaron pour ça. C'était lui qui pouvait la retirer, pas moi. Ce n'était pas mon rôle. Et pas pour une autre raison que la plus évidente : il se poserait des questions s'il arrivait et qu'il la trouvait posée sur la table d'examen plutôt qu'autour de mon cou. Je n'aurais jamais voulu qu'il doute du fait que je lui appartenais.

J'étais assis, Miranda s'agitant autour de moi, quand Aaron entra à toute allure, talonné de près par Clay Wells et Goran Begović. Il se planta devant moi en quelques secondes, les mains sur mes cuisses, les agrippant fermement en me dévisageant.

— Hé, souris-je en tendant une main pour la poser contre son cou, plongeant dans son regard. Je vais bien.

Il ne répondit pas, gardant simplement les yeux rivés aux miens.

Je tendis l'autre main vers lui, mais il secoua intimement la tête avant de s'emparer de la chaîne.

— Je ne veux pas la retirer, lui dis-je, mais…

— Mais on s'en est servi comme d'une arme contre toi, dit-il brusquement, ses mains se déplaçant lentement, doucement, sur ma peau.

Une fois déverrouillée, il la passa autour de son propre cou et l'y attacha, retournant le A pour afficher le D, avant d'écarter les mains.

— Qu'en penses-tu ? demanda-t-il doucement.

— Je crois que la sensation me manque, étonnamment, mais ça te va vraiment bien.

186

— C'est étrange, cette histoire d'appartenance, non ?

— Oui, répondis-je d'une voix basse et rauque.

Il s'affaissa contre moi, pressant son front contre le mien et profitant de ma proximité, tout comme je le faisais moi aussi.

— Nous serons bientôt à la maison, murmurai-je en guise de réconfort.

— Tant mieux, dit-il avant de faire soudain volte-face vers les deux hommes.

— Monsieur Sutter, je…

— Non ! dit-il catégoriquement et je pus entendre sa voix trembler.

Il était furieux.

Goran inspira vivement.

— Je n'avais pas la moindre idée que cet homme vous appartenait. Je…

— Oui, acquiesça Aaron. Vous ne le saviez pas… ou vous le saviez très bien.

— Je le jure ! Je ne vous attaquerais jamais ni ne vous testerais en aucun…

— Ce n'est pas vrai, plaida Clay. Monsieur Sutter, il l'a fait de nombreuses…

— Non ! rugit-il et c'était si fort que je pus constater à quel point il était furieux.

J'entendis à nouveau ce que j'avais pris pour de la colère, mais que je reconnus soudain comme étant de la peur. Il n'y avait rien de pire que de rendre quelqu'un fou furieux, mais également de l'effrayer. Les gens faisaient des choses surprenantes quand ils étaient poussés à l'extrême. Aaron Sutter avait atteint les limites de ce qu'il pouvait supporter. Il était fatigué de cette incertitude.

Doucement, je levai la main pour la poser sur son épaule. Il la recouvrit de la sienne un moment plus tard.

Clay s'éclaircit la gorge.

— Monsieur Sutter, s'il vous plaît…

— Monsieur Wells, l'interrompit-il. Vous allez demander à monsieur Begović de quitter votre hôtel immédiatement, ou je partirai simplement d'ici et j'indiquerai à mon équipe d'acheter cette propriété par tous les moyens nécessaires, puis de la raser.

Clay Wells eut l'air absolument terrifié et il lui fallut un moment pour se reprendre suffisamment pour pouvoir parler.

— Monsieur Sutter, je ne peux simplement pas…

— Faites votre choix maintenant, répondit Aaron d'une voix implacable. Lui ou moi.

— Monsieur Sutter, intervint Goran. Je…

— Monsieur Begović, veuillez indiquer à votre conseil d'administration que Sutter ne se joindra plus à votre entreprise pour racheter les entreprises de télécommunications précédemment convenues en Europe. Nous ne ferons plus jamais affaire ensemble.

— Vous… non, je… c'est absurde ! Personne ne fait des affaires dans ce…

— Moi, oui, coupa-t-il l'homme plus âgé qui rougissait d'indignation. Si vous partez maintenant et que je ne vous revois plus jamais, peut-être que je n'établirai pas de partenariat avec Mihovil Cvetko pour racheter vos parts dans votre propre compagnie. Mais vous devez partir maintenant.

— Monsieur Sutter, l'un est professionnel et l'autre…

— Mon cœur, murmura-t-il et je vis un léger frisson le traverser. Vous êtes en train de recevoir un grand cadeau, Goran. Je n'ai pas mon téléphone. Si je pars d'ici, je l'aurai en quelques minutes. À la seconde où je l'aurai, votre compagnie m'appartiendra. Si j'étais vous, je m'enfuirais.

— Je…

— Déguerpissez.

— Je vous ruinerai ! hurla-t-il presque au visage d'Aaron. Tout le monde sera au courant de votre…

— Tout le monde le sait déjà, l'interrompit-il. Vous venez de poser la main sur mon partenaire et le monde entier sait qui il est.

Goran s'évanouit.

— Putain de merde, hoquetai-je.

Je n'avais jamais vu un homme s'évanouir avant et c'était bizarre. Il se raidit, ses yeux roulèrent dans leurs orbites, et il se retrouva par terre.

Aaron Sutter avait tellement fait peur à cet homme qu'il en avait perdu connaissance.

— Putain, marmonnai-je en attrapant Aaron et le faisant tourner doucement pour me faire face. Vous êtes un terrifiant enfoiré, Aaron Sutter.

J'espérais un sourire, mais il souffrait trop. Il avait l'air brisé.

— Oh, chéri, je vais bien, lui promis-je en entourant mes bras autour de lui, pressant mon visage contre son épaule.

— N'essaie pas de m'apaiser, râla-t-il en resserrant ses doigts dans mes cheveux.

Il massa mon cuir chevelu et ses lèvres se posèrent doucement le long de ma mâchoire, y abandonnant de légers baisers.

— Sales menteurs !

Nous tournâmes tous deux soudain la tête et quand je vis le visage de Clay, je compris ce qu'il venait de se passer.

— Ce n'est pas votre *boy*, votre esclave ou votre possession, aboya-t-il en reculant d'un pas vers un téléphone accroché au mur. Il est quelque chose de ridiculement ordinaire. C'est votre petit ami et vous l'aimez !

— Et si c'était le cas ?

J'avais vraiment besoin d'apprendre à Aaron Sutter l'art de détourner la conversation, et celui du déni.

Bon sang.

— Alors cela signifie que vous n'avez nullement l'intention de me laisser le baiser, accusa-t-il Aaron. Et il n'a aucune intention de faire affaire avec moi.

Mais nous nous en étions si bien sortis jusqu'à maintenant…

— Qui êtes-vous ? rugit-il.

— C'est un inspecteur aux homicides de Chicago, cracha Aaron. Et vous avez tué Evan Polley, et vous n'allez pas vous en tirer comme ça !

C'était dommage qu'il n'ait pas également agité son poing à l'attention de Wells. Cela aurait complété le ridicule de cette scène.

Clay fit volte-face et se précipita vers le téléphone et, heureusement, j'étais blessé, mais pas agonisant, donc je bondis de la table, l'attrapai et l'enfonçai tête la première dans le mur. Il glissa le long de celui-ci quand je le relâchai, s'effondrant au sol.

En me retournant, je regardai Aaron et levai les mains au ciel.

— Je m'en fiche ! gronda-t-il d'un ton irritable en me désignant d'un geste. Tu crois que je vais laisser tout ça continuer ?

Le cri nous surprit tous les deux et la pauvre Miranda, qui venait tout juste de me recoudre, fit demi-tour et déclencha l'alarme à incendie à côté de la porte qu'elle venait de passer.

Parfait.

Aaron se précipita vers moi et j'attrapai son bras, le faisant passer par l'autre porte pour que nous nous retrouvions tout deux sur le chemin à l'extérieur l'infirmerie.

— Je n'arrive pas à croire que tu aies perdu la tête comme ça, aboyai-je en le traînant à ma suite. À quoi pensais-tu ?

— Je veux que tu rentres à la maison avec moi ! rétorqua-t-il, agité et agacé.

— Nous rentrerons à la maison juste après ça, ripostai-je, irrité qu'il ait tout gâché. Je n'arrive pas à croire que tu as bousillé toute cette opération en…

189

— On s'en fout ! Je m'en fous ! Qu'ils aillent se faire foutre ! Que tout ça aille se faire foutre ! beugla-t-il. Tu as été blessé !

— Tu ne peux pas dire à cette opération d'aller se faire foutre quand tu en as envie ! C'est le Bureau Féd…

— Ils pourront m'envoyer une putain de facture ! Je ne les laisserai pas te blesser !

— Je me blesse toujours !

— Plus maintenant !

Je secouai la tête en continuant à marcher d'un pas rapide vers la tour de sécurité.

— Ne me traite pas comme si j'étais naïf, m'avertit-il sévèrement. Je te veux en un seul morceau et je te veux vivant, avec moi, là où je peux te garder à l'œil, à la seconde où nous rentrerons chez nous !

— Oh ? soufflai-je, un peu plus endolori que je ne l'avais cru, avançant de plus en plus vite. Je croyais que tu ne faisais plus emménager les gens chez toi ?

Ses yeux brillaient de mille feux, ce qui était une bonne chose parce que cela signifiait qu'il était focalisé sur moi, pas sur le fait qu'on puisse se faire abattre ou Dieu sait quoi d'autre. Nous avions encore une occasion de rattraper le coup si nous pouvions atteindre la salle de sécurité.

— J'ai changé d'avis, fulmina-t-il en avançant plus vite encore, courant désormais à côté de moi.

— Et quand une telle chose s'est-elle produite, monsieur Sutter ? demandai-je en entendant des gens crier derrière nous quand nous passâmes le coin de l'allée pour nous précipiter sur un autre chemin.

— Là-bas ! cria-t-il. Quand je suis entré et que je t'ai vu blessé. Tout a changé.

— Comment ça se fait ? insistai-je en continuant à le distraire, apercevant la tour au loin à gauche.

— J'ai décidé que je te veux dans mon lit, et chez moi, et sur mon canapé… je te veux, c'est tout !

C'était vraiment très mignon. Dommage que son timing soit aussi pourri.

— Est-ce que tu m'as entendu ?

— Impossible de ne pas t'entendre, lui assurai-je en pointant la tour du doigt. Nous allons là-bas.

Nous courûmes ensemble et le gravier sur lequel nous avancions vola dans les airs, le plâtre des bâtiments autour de nous explosa, puis une lampe éclata assez près de nous pour que nous devions nous écarter tout en prenant accélérant l'allure.

— Plus vite ! rugis-je.

— Attends !

Aaron essayait de comprendre quelque chose en me suivant.

— Que se passe-t-il ?

— Des gens nous tirent dessus, aboyai-je en atteignant la porte de la tour une seconde avant lui, écrasant la carte-clé à plat sur le boîtier et entendant le bourdonnement quand la porte s'ouvrit.

Nous nous précipitâmes à l'intérieur, refermâmes la porte derrière nous et restâmes plantés là, adossés à celle-ci. Je haletais, essoufflé par la bagarre et l'anesthésiant, mais Aaron allait très bien, il semblait juste abasourdi.

— Quoi ?

— Les gens ne peuvent pas me tirer dessus. Je suis Aaron Sutter !

Il était tellement indigné que cela aurait été drôle si, de l'autre côté de la porte en acier, d'autres tirs n'avaient pas retenti.

— Je crois qu'ils veulent te tuer, répondis-je en faisant éclater sa bulle. Désolé, chéri.

Il étudia mon visage.

— Quoi ?

— J'aime que tu m'appelles chéri.

— Sérieusement, nous sommes sur le point d'être tués ici. Tu le comprends, non ?

— Pas aujourd'hui.

Il sourit largement, parcourant la pièce du regard.

— Mais va à l'étage, vérifie s'il y a quelqu'un, et je vais trouver un moyen de désactiver le lecteur de carte pour entrer.

Cela semblait raisonnable, donc je montai le court escalier en colimaçon jusqu'au premier étage.

Personne ne se trouvait là. Puisque nous n'avions pas été abattus en entrant, j'étais convaincu que ce serait le cas. Mais le mur d'écrans sur trois côtés de la pièce était impressionnant. Si, comme on nous l'avait dit, il y avait cinquante bungalows – ou casitas imitation adobe, bref peu importe –, alors chacune d'entre elles semblait avoir été équipée d'environ quatre caméras. D'autres surveillaient le domaine. En m'installant devant la console, je vis des commandes numériques pour le tout.

— Aaron !

— Je n'ai rien trouvé pour désactiver cette porte !

— Ce n'est pas grave, lui lançai-je par-dessus mon épaule. Je peux le faire d'ici.

En un instant, il grimpa l'escalier pour s'asseoir à côté de moi.

191

— Où est le verrou ? me demanda-t-il.

Je lui montrai la commande de forçage manuel, la déclenchai, puis activai la caméra extérieure pour pouvoir voir la porte. Il y avait facilement une trentaine d'hommes, leur arme sortie, la moitié d'entre eux avec des fusils, et ils auraient sans doute fait irruption ici s'ils en avaient eu les moyens. Mais la porte était renforcée et intégrée au mur, et une fois déclenchée elle s'ouvrait vers l'intérieur, pas l'extérieur. Elle n'avait aucune poignée et quand j'activai la commande, des barres métalliques glissèrent en travers pour sécuriser la porte de l'intérieur. L'extérieur de la tour était également en acier. Aucune fenêtre nulle part. Au fond, c'était comme se trouver dans un sous-marin. Nous étions en sécurité. Ils ne pouvaient pas entrer. Malheureusement, nous ne pouvions pas sortir non plus.

— Vérifie s'il y a de l'eau ou autre chose ici, lui dis-je en sentant ma tête commencer à palpiter.

Quand il alla vérifier, j'essayai de comprendre où se trouvait la fonction de recherche. Je devais voir ce que je pouvais trouver sur Evan Polley avant que Clay Wells se trouve un moyen d'entrer. Quand Aaron me rejoignit, je pouvais à peine voir. Même la lumière de l'écran de l'ordinateur était difficilement supportable et j'avais plus qu'un simple mal de tête.

— Hé, dit doucement Aaron en revenant avec deux bouteilles d'eau glacée. Il y a un petit réfrigérateur en bas, mais il n'y a que de l'eau dedans. Et la salle de stockage ne contient que des câbles et ce genre de choses, probablement pour les téléviseurs et les ordinateurs de la réception. Il y a également des produits d'entretien et ce genre de conneries.

— D'accord, soupirai-je en plissant les yeux pour voir le moniteur.

— Qu'est-ce qui ne va pas ?

— Rien.

— Ne me raconte pas n'importe quoi. Tu es blafard. En fait, tu es même gris et tes pupilles sont juste… bébé, tu dois t'allonger.

— Je ne peux pas m'allonger, aboyai-je. Je dois…

— Échangeons nos places pour que tu puisses reposer ta tête, d'accord ? Tu peux rester ici, avec moi.

— Je m'y connais mieux que toi.

Il ricana.

— Oh, j'en doute. C'est de la surveillance. Je possède une équipe de sécurité d'entreprise et des espions capables d'effectuer de sacrés piratages.

Je me tournai vers lui.

— Tu enfreins la loi ?

— Oui, répondit-il en me souriant. Maintenant, bouge.

— C'est mal, lui dis-je en me glissant sur l'autre chaise pour qu'il prenne ma place.

Il ricana.

Je me rendis compte à quel point ça semblait naze.

— C'est mal ? répéta-t-il.

— Je suis en train de mourir, marmonnai-je. Lâche-moi du lest.

— Tu n'es pas en train de mourir, dit-il sérieusement. Mais oui, c'est mal. Je te promets de commencer à être un citoyen modèle maintenant que je me suis assuré une place chez Sutter, que je détiens des parts de contrôle, et surtout que j'ai un petit ami sexy.

— Vraiment ?

— Quoi ?

— Tu te comportes vraiment bizarrement.

Il haussa les épaules, puis se mit à taper au clavier quelques secondes plus tard. Un rire bizarre de méchant de série B lui échappa peu après.

— Oh, Keystone, mon vieil ami.

— Qu'est-ce que Keystone ?

— C'est un programme de surveillance dont nous nous servions chez Sutter, avant de passer à Você, qui contrôle toutes nos caméras internes, ainsi que tous les appareils de Sutter Plaza.

— Tu veux dire qu'en gros ton programme se trouve sur l'ordinateur de tout le monde dans ton entreprise ?

— Oui, répondit-il sans me regarder. Sauf le mien, celui de Levin, de Miguel et de Margo.

— Et tes employés savent-ils qu'il est là ?

— Je suis sûr qu'ils peuvent le deviner, mais on ne peut pas le voir. Même si l'on est doué.

— Tu ne peux pas connaître toutes leurs affaires privées.

— S'ils font des trucs privés sur mon temps, sur *mon* ordinateur, j'en ai tout à fait le droit.

— Je ne pense pas.

Il grogna.

— Aaron, c'est une invasion de la vie privée, le réprimandai-je.

— Leur vie privée peut attendre les heures où ils ne travaillent pas pour moi, répondit-il en tapotant toujours, cherchant Evan Polley dans la base de données. Et soit dit en passant, il n'y a pas d'audio sur cette surveillance.

— Non pas que ça ait encore de l'importance, mais tant mieux.

Il tapota plus furieusement.

— D'accord, attends.

Ma tête me faisait mal et je la posai sur mes bras repliés en fermant les yeux.

— Tu as dit tous les appareils de Sutter Plaza.

— En effet.

— Donc, tous ceux qu'il y a dans les locaux, ou ceux qui y entrent également ?

— Vous êtes très rapide, inspecteur.

Je grognai.

— Mais oui, tous.

— Donc, les téléphones portables aussi ?

— Le programme vérifie tous les périphériques, pour trouver toute information reliée à Sutter. Donc, disons que tu te trouves dans mon immeuble et que tu écris ne serait-ce qu'un mot par texto au sujet de Sutter, le programme est alerté et ton appareil est scanné.

— Comment ?

— Par Wi-Fi.

— Il accède simplement à l'appareil sans qu'on le sache ?

— Oui.

— Donc, mon téléphone, puisque j'ai ton numéro dedans et que je suis chez Sutter, est piraté par le programme pour voir quelles informations je possède au sujet de ta compagnie ?

— Non.

— Mais tu viens de dire que tous les appareils…

— Tous les téléphones appartenant aux forces de l'ordre sont exclus du programme, inspecteur.

— J'ai des informations sensibles sur mon…

— Est-ce que tu m'écoutes ? Nous n'analysons aucun appareil appartenant à…

— Et ce programme le sait, c'est tout ?

— N'aie pas l'air si sarcastique, dit-il en riant doucement. Bien sûr qu'il le sait.

— Comment ?

— Je suis désolé, inspecteur ; je pense que je vais devoir vous mettre en contact avec mon département technique si vous avez besoin d'une explication complète de tous les tenants et aboutissants d'un programme quand je n'ai pas, en réalité, créé.

— Tu sais que c'est mal, non ? grognai-je en sentant la migraine faire surgir une nausée. Bon Dieu, je crois que j'ai vraiment une commotion cérébrale, cette fois.

— Qu'est-ce que je peux faire ? demanda-t-il brusquement.

— Rien

Il inspira et je sentis sa main dans mes cheveux.

— Je dois faire quelque chose.

— Continue juste à faire ce que tu faisais et parle-moi.

— D'accord.

— Alors comment fonctionne le programme ? demandai-je en changeant de sujet.

— Je ne…

— Explique-moi comme si j'étais idiot.

— Je n'aurai jamais besoin de faire ça.

— Oui, c'est très gentil, l'apaisai-je. Contente-toi de parler.

— Très bien. Il fonctionne comme une sorte de virus. Il y a à peu près trois ans, des hackers très doués ont tenté de s'infiltrer chez Sutter. Ils étaient bons, mais notre pare-feu a tenu le coup et nous avons été en mesure de les retrouver dans ce petit village complètement paumé, au Brésil : Caetés, Pernambuco.

— Et ?

— Et bien sûr, je les ai embauchés et ils m'ont créé Você, dont nous commercialisons une version réduite du nom de Bloodhound au public.

— Donc, tu as Você chez Sutter, et tu vends Bloodhound.

— Exact.

— D'accord, donc Wells se sert de Bloodhound ?

— Non. Comme je l'ai dit, il se sert de ce que nous utilisions il y a cinq ans, quand j'ai repris Sutter.

— Et ça fait quoi ?

— Seulement de la surveillance, pas d'Internet. Tout est interne ; rien d'externe.

— D'accord.

— Mais le truc qu'ils ont en commun, c'est que le programme te permet de contrôler le tout depuis une interface centralisée.

— Et c'est pour ça que tu arrives à t'en occuper.

— Oui.

J'émis un petit bruit et l'écoutai simplement un moment jusqu'à ce qu'il me secoue doucement.

— Mal à la tête ?

J'émis un autre bruit pour confirmer.

— Peut-être que tu devrais boire de l'eau ?

— Oui, d'accord.

Je bus la moitié de la bouteille d'un demi-litre, puis reposai ma tête.

— Si tu dois uriner, j'irai te chercher une autre bouteille.

— Je vais bien, murmurai-je.

— D'accord. Repose-toi encore un peu. Je transfère différents éléments dans un seul fichier. Si je pouvais accéder à mon téléphone, nous pourrions avoir Internet.

— Et des renforts, le taquinai-je.

— Eh bien, oui, ça aussi.

— Donc, tu as trouvé Wells et Polley ensemble ?

— En effet.

Il n'avait pas l'air ravi.

— Qu'est-ce qui ne va pas ? demandai-je en laissant rouler ma tête pour le regarder.

— Il y a quelqu'un d'autre sur la vidéo, également.

— Oh ? Qui ?

— Nick McCall.

Je gémis bruyamment.

— Tu plaisantes ?

— Non.

— J'y ai totalement cru. Toute cette histoire d'ami inquiet. Putain, je ne suis qu'un idiot.

— Tu étais un idiot excité, dit-il d'un air espiègle en embrassant mon œil droit. Heureusement que je ne t'ai pas laissé tomber entre ses griffes.

— Oui, parce que je suis vraiment plus en sécurité en traînant avec toi.

Il rit et j'en fis de même, même si cela me faisait mal.

Nous pouvions boire de l'eau et pisser. Le problème, c'était qu'après trois jours nous aurions besoin de nourriture. Je soupçonnais également, vu la façon dont je perdais la trace du temps qui passait, que ma tête était en pire état que je ne l'avais cru.

— Tu as une grave commotion cérébrale, m'assura Aaron. Tu t'es fait passer à tabac trop souvent.

Impossible de le contredire.

— Hé, dis-je en le regardant continuer à taper au clavier. Je veux te parler de mes dossiers juvéniles, si tu veux toujours savoir.

— Oui, s'il te plaît.

Il prit mon visage en coupe, tournant toute son attention vers moi.

— Vérifie rapidement la porte.

— Il n'y a que cinq hommes devant, environ ; le reste d'entre eux est parti avec Wells faire le tour du domaine. Peut-être qu'ils cherchent un lance-roquettes.

— Quoi ?

— Ou un bazooka.

— Vraiment ?

— Peut-être qu'un lance-flammes aiderait ?

— Tu n'es pas drôle.

— Je suis un petit peu drôle, répondit-il en glissant son pouce sur mon sourcil. Tu sais, au cas où je ne l'ai pas assez répété, tu es vraiment magnifique.

— Tu es biaisé. Je suis à toi, donc tu dois penser que je suis mignon.

Il se crispa.

— Quoi ?

— Ta place est avec moi.

— Nous en avons déjà convenu.

— Non. Je veux dire..., continua-t-il avant d'inspirer. Quand nous rentrerons, emménage chez moi.

— Si nous rentrons.

— Non. *Quand*.

— Parlons-en plus tard, l'apaisai-je.

— Je veux en parler maintenant.

— Aaron, tu...

Il rit.

— Ça va craindre pour toi.

— Comment ça ?

— Pour que tu sois pris au sérieux, ricana-t-il.

— Je peux tirer sur les gens. Je parie que ça leur ferait comprendre que je suis sérieux.

— Arrête. Penses-y une seconde.

— Donne-moi un exemple.

— D'accord, disons que tu arrives sur une scène de crime et avant même que tu puisses poser la moindre question, la presse débarque et te hurle des conneries du genre : « Hé, nous vous avons vu en tenue de soirée à la cérémonie d'ouverture de la nouvelle exposition du Field Museum. Comment étaient les hors-d'œuvre, inspecteur ? »

197

— Oui ?

— Oui, acquiesça-t-il. Et tu iras dans des endroits avec moi et je m'absenterai, et toi, tu sais, tu pensais qu'ils en avaient après toi à Vegas ? Oh, bébé, quand tu te tiendras près de moi en smoking, ce sera la folie.

Je digérai tout ça.

— Ton époque sous couverture est terminée.

Mais je le savais déjà.

— Nous parlons des journaux, des magazines, du Web… je veux dire, les gens chercheront « petit ami d'Aaron Sutter » et ta photo apparaîtra.

C'était vrai.

— Tu le comprends, tout ça ? Est-ce que tu comprends vraiment…

— J'ai compris, dis-je en tendant la main vers lui, la glissant à l'intérieur du col de sa chemise pour pouvoir toucher sa peau chaude.

Il tressaillit.

— Qu'est-ce qui ne va pas ?

— Tes mains sont gelées, répondit-il, l'air inquiet. Pourquoi es-tu gelé ?

— Je ne sais pas.

— Tu peux me tenir contre toi ?

— Bien sûr, répondis-je en souriant malicieusement.

— Non, idiot. Est-ce que ça te fera mal si je grimpe sur tes genoux et que je te donne de ma chaleur corporelle ?

— Non. Viens là. Amène ta chaleur.

— Quel hédoniste.

— Je ne sais pas ce que cela signifie, répondis-je en me penchant en arrière pour qu'il puisse se lever et s'asseoir sur mes genoux, à califourchon sur mes cuisses. Tu voudrais peut-être… oh.

Il m'enveloppa de ses bras et, alors seulement, en le sentant contre moi, je me rendis compte à quel point j'avais froid.

— Tu es si agréable, lui dis-je.

— Vous aussi, inspecteur. Maintenant, parle-moi de tes dossiers juvéniles.

— D'accord.

Et il écouta attentivement, sans jamais détourner le regard, quand je lui racontai la plus grande horreur de ma vie. Quand j'eus terminé, j'attendis sa réponse, son indignation, sa juste colère, pour moi et ce qu'il s'était passé, les cris que poussaient habituellement ceux à qui j'avais avoué la vérité.

— Il devait tellement t'aimer, dit-il d'un ton bourru, des larmes dans la voix, en se penchant vers moi pour me serrer aussi fort que possible.

Aaron Sutter connaissait mon cœur comme jamais personne ne l'avait connu. Je n'allais jamais le laisser partir.

XIV

LE MATIN suivant, samedi, je compris dans quel pétrin nous nous trouvions vraiment quand je me réveillai et me rendis compte que l'image de la porte extérieure avait changé.

— Qu'est-il arrivé à l'angle de la caméra ? demandai-je à Aaron.

— Ils ont tiré sur la caméra au-dessus de la porte, hier soir.

Je tressaillis.

— Pourquoi tu ne m'as pas réveillé ?

— Pour que tu fasses quoi ? rétorqua-t-il en me détaillant. Que tu hurles ? Tu avais besoin de sommeil et je peux toujours les voir, seulement d'un peu plus loin, maintenant.

— Aaron…

— Allonge-toi, m'ordonna-t-il. Tout ira bien.

Il se montrait très optimiste, mais en réalité Clay Wells ne pouvait pas nous laisser sortir de sa tour de surveillance.

Wells n'était pas stupide ; il avait probablement une très bonne idée de la raison pour laquelle un inspecteur des homicides se trouvait ici, et ce qu'il cherchait. Il devait également avoir compris que soit Aaron, soit moi savions nous servir de cette interface. Il se bottait probablement le cul de ne pas y avoir mis un mot de passe. Son plus grand problème, toutefois, c'était le temps. Lundi matin, Aaron Sutter était censé sortir de la propriété. Miguel Romero l'attendrait au portail dans quarante-huit heures. Si Aaron ne venait pas, Miguel appellerait l'agent spécial Summers, puis organiserait une conférence de presse et finirait par appeler le gouverneur. C'était, m'assura Aaron, le mode opératoire normal de Miguel de rameuter tout le monde, même la Marine. Impossible que Clay Wells ait déjà accueilli une célébrité telle qu'Aaron Sutter sur sa propriété. Il n'y avait tout simplement pas beaucoup de milliardaires dans les parages, et même si cela avait été le cas, inviter mon petit ami avait été une erreur ; une erreur qu'il regrettait, j'en étais certain. Nous pouvions le voir faire les cent pas près de la tour.

Même s'ils avaient tiré sur la caméra au-dessus de la porte pour que nous ne puissions pas voir, il y en avait une autre plus haut dont personne n'avait pris la peine de s'occuper, et une autre dans un jacaranda en face. Clay Wells ne savait probablement même pas qu'elle se trouvait là. Je ne pensais pas que qui ce soit puisse se rappeler chacune des caméras qui se trouvaient sur cette propriété. Nous pouvions le voir aller et venir, agiter les bras, se mordiller la lèvre inférieure et donner des coups de pieds au sol. L'homme était de plus en plus enragé à chaque seconde passée.

— Tu vois, dit Aaron à l'homme à l'écran comme s'il lui faisait la leçon. Voilà ce qu'il se passe quand tu laisses ta petite tête penser pour la grande.

Je l'observais depuis le sol où j'étais allongé sur une bâche, me servant de la veste de costume d'Aaron comme oreiller.

— Qu'est-ce que tu racontes ?

Il se tourna sur sa chaise et baissa les yeux vers moi.

— Si Clay Wells avait été moins intéressé par ton cul et plus concentré sur ses affaires, il aurait déduit de ce qu'il savait de moi que je ne partage pas. Je ne partage jamais, et t'inviter en même temps que moi, c'était un exercice futile.

— Conneries, ricanai-je.

— Qu'est-ce que tu veux dire par là ?

— Quand nous nous sommes rencontrés pour la première fois, tu m'as dit que tu partageais tes petits amis. Que cela t'excitait de les voir se faire baiser par d'autres personnes.

— Oui ? Et alors ?

— Donc, cela veut dire que tu les partageais avant, soulignai-je.

Il se renfrogna.

— Exact ?

— Je suppose, aboya-t-il.

— Pas besoin de supposer, c'est la vérité, le coinçai-je. Donc, ce que tu lui demandes de savoir, en réalité, c'est qu'avec moi tes habitudes ont soudain changé.

Ses yeux restèrent rivés à mon visage.

— Correct ?

Il acquiesça.

— Cet homme n'avait aucune idée que tu n'avais pas l'intention de m'offrir à lui, ou à qui que ce soit d'autre, d'ailleurs.

— Personne d'autre que moi ne te touchera. Jamais.

Je ris doucement.

— Ce qui est vraiment gentil de ta part et tout ça, très « alpha effrayant », mais c'est moi qui prends cette décision, Sutter, pas toi.

Il prit une rapide inspiration.

— Et puisque tu es le seul que je laisserai me toucher, nous sommes sur la même longueur d'onde.

C'était attendrissant de voir la façon dont il se mordit l'intérieur de la joue en acquiesçant rapidement.

— Mais le fait que tu ne partages pas, je veux dire, comment diable pouvait-il le savoir ?

— Je l'aurais su, moi, grogna-t-il. Je me fais un devoir de rester à jour sur tout.

— Ça doit être difficile.

— Difficile, oui, impossible, non. Ce serait paresseux de faire moins que ça. Je connais tout, sur tous les gens avec qui je *pense* même seulement à faire des affaires.

— Ah oui ?

— Bien sûr.

— Donc, ce type, Goran, tu sais tout de lui ?

— Oui.

— Tu sais qui il baise ?

— Noms et dates, oui.

J'étais impressionné et Aaron put le voir sur mon visage.

— Je suis désolé que tu aies mis fin à une relation d'affaires à cause de moi.

— Non, répondit-il en souriant. Je suis ravi que tu aies découvert que cet homme n'était qu'un serpent. Imagine, si j'avais fait l'erreur de me lancer dans des affaires avec lui. Alors n'importe laquelle de ses indiscrétions aurait pu ternir ma réputation. Mais maintenant, je suis libéré de lui, grâce à toi.

— D'accord. Donc, que penses-tu que Clay Wells va faire maintenant ?

Il réfléchit un moment.

— Si j'étais lui, j'essaierais de trouver un moyen de nous forcer à ouvrir la porte.

— Du genre ?

— Du genre, pointer une arme sur quelqu'un que tu aimes et le menacer de l'abattre si nous n'ouvrons pas.

— Oui, ça ne fonctionnera pas, répondis-je en bâillant et en me frottant les yeux. Tu es déjà ici, avec moi.

Clay Wells perdrait un temps précieux à fouiller mes antécédents, seulement pour y trouver un père dont je n'étais plus proche, et une belle-mère et des demi-sœurs qui ne savaient même pas dans quelle ville je vivais.

Je me dis qu'il valait mieux que je me lève pour laisser à Aaron l'occasion de se reposer. Le sol en ciment recouvert d'une mince bâche n'avait rien de luxueux, mais il devait être épuisé.

— Hé, lui dis-je en levant les yeux pour lui proposer d'échanger ma place avec la sienne, pour le découvrir assis là, figé, en train de me dévisager.

— Qu'est-ce qui ne va pas ?

— Tu sais que ta voix est différente quand tu me parles ?

— Comment ça ?

Je n'étais pas certain de ce qu'il voulait dire.

— Je veux dire qu'elle change, le son n'est pas le même.

— Vraiment ?

— Oui. Donc, je sais toujours quand tu me parles.

Je l'observai se lever, puis s'agenouiller devant moi.

— Tu ne sais même pas ce que tu as dit, mais même si je n'avais pas fait attention aux paroles, j'aurais entendu le ton.

Il me fallut une seconde, puis cela me frappa.

Tout ce que j'aimais se trouvait dans cette pièce, avec moi.

Une belle façon de bousiller ma déclaration.

— Merde, Aaron, je suis désolé. Je ne voulais pas…

Mais il m'interrompit en s'avançant, pris mon visage dans ses mains et m'embrassa. Il agissait avec le cœur et je le sentis quand sa bouche revendiqua la mienne, quand sa langue pressa à l'intérieur, quand sa main se glissa sur ma nuque pour me retenir.

Il fit l'amour à ma bouche, cajolant, suçant, son autre main se posant sur ma gorge, se recourbant doucement sur ma pomme d'Adam. La pression était légère, mais, tout comme sa main dans mes cheveux, elle m'empêchait de bouger. Il voulait que je reste là, en son pouvoir, sa bouche scellée à la mienne, me possédant à chacun de ses baisers, de ses souffles haletants, de ses gémissements et de ses geignements.

Bon Dieu, je l'aimais et quand je ne pus plus respirer, je me libérai pour pouvoir le faire.

— Je t'aime, lui dis-je et ce n'était pas aussi terrifiant que je le pensais.

— Je sais, répondit-il en souriant, ses lèvres frôlant les miennes. Et je vous aime aussi, Duncan Stiel, et nous vivrons heureux, pour toujours.

— Dès que nous sortirons de ce thermos géant, répondis-je ironiquement en agrippant ses hanches et en l'attirant contre moi.

Il m'aimait. Et je l'aimais aussi, si férocement, si complètement. J'avais été aveuglé dès le départ. On aurait pu dire que c'était trop soudain, mais je connaissais mon cœur autant que mon esprit, et c'était aussi vrai pour lui que pour moi. J'avais voulu lui appartenir dès l'instant où cet homme m'avait pris la main pour m'entraîner vers le taxi, le soir où nous nous étions rencontrés.

J'adorais tenir la main… et juste comme ça, j'avais été foutu.

— Oh, merde ! hoqueta-t-il.

— Qu'est-ce qui ne va pas ?

Il me dévisageait, les yeux écarquillés.

— Je suis tellement stupide.

— Non, franchement pas.

Il émit un petit bruit comme si le jury délibérait encore sur cette question.

— Bien sûr que si. Je ne suis qu'un gros bêta, parce que je viens tout juste de trouver un moyen de nous sortir d'ici.

— Tant mieux, grommelai-je. Parce que je pensais stupidement que tu étais concentré sur moi, espèce de salaud terre-à-terre.

Il ricana, m'embrassa le front, puis se leva pour se diriger vers l'ordinateur.

— Quelle est ton idée ?

— Est-ce que tu t'es déjà abonné à un antivirus qui s'exécute sur son ordinateur et se met à jour en ligne ?

— Bien sûr.

Il acquiesça.

— Eh bien, Keystone fonctionne de la même façon, avec une assistance en ligne, donc techniquement, si je passe le logiciel en mode hors-ligne, quelqu'un devrait vérifier ce qu'il se passe.

— Mais, il n'y a pas d'Internet sur le domaine de l'hôtel. Clay nous l'a expliqué.

— Non, il a dit qu'il n'y en avait pas pour les invités. Mais réfléchis-y : il enregistre les gens tout comme dans un hôtel ordinaire et doit donc avoir accès à Internet pour le faire. Plus important encore, ce système pourrait être piraté comme n'importe quel autre programme s'il n'avait pas d'aide.

— Je déteste devoir t'en informer, mais on est samedi. Tout le monde s'en fout.

— À moins qu'ils soient payés pour ne pas s'en foutre, m'expliqua-t-il. Si tu achètes la version supérieure avec une assistance clientèle 24 h/24, 7 j/7, comme Clay Wells l'a probablement fait pour s'assurer que la surveillance de son complexe ne soit jamais interrompue, alors peut-être que quelqu'un surveille en ce moment même.

— C'est un pari risqué.

— En effet.

Je me levai et m'installai près de lui.

— D'accord, passe le hors-ligne.

Il se tourna vers moi.

— Si je le passe hors-ligne et qu'il n'y a personne, nous sommes foutus. Je ne pourrai plus rien voir pendant qu'il est déconnecté. Nous serons aveugles.

— Ce n'est pas grave, le réconfortai-je. Fais-le.

Il ne lui fallut que quelques minutes pour arrêter tout le système, et c'était vraiment étrange de voir tous ces écrans bleus de la mort sur chacun des moniteurs des trois murs en même temps. Nous restâmes assis ensemble dans la pièce sombre, sous cette lueur bleutée, et après une minute, je sentis sa main se glisser dans la mienne.

— J'ai une villa, tu te souviens ? Celle sur la côte amalfitaine.

— Oui.

— J'ai vraiment envie que nous allions là-bas, après tout ça. Tu pourrais ?

— C'est agréable là-bas, en avril ?

— C'est agréable toute l'année.

— Je peux demander, promis-je, même si je viens tout juste de rentrer d'un groupe d'intervention du FBI. Je parie que mon capitaine aimerait bien que je lui serve un peu.

— Bien sûr, acquiésça-t-il. Mais tu devrais voir ça. L'océan vient jusqu'à la limite de la propriété, et j'ai une piscine à débordement séparée du jacuzzi par un petit mur de roches qu'on peut enjamber. C'est très décadent.

— Ah oui ? Tu as couché avec beaucoup de monde, là-bas ?

— En effet. Mais je n'ai jamais emmené quelqu'un que j'aimais là-bas, et si tu me le permets, j'aimerais vraiment te la donner pour que tu puisses choisir qui est autorisé à venir à partir de maintenant.

— Tu vas juste me donner une de tes maisons ?

— Oui, si tu me le permets.

— Et si tu mettais juste mon nom dessus et que je mettais ton nom sur la Greystone [6] que je possède à Lincoln Park ?

— Tu possèdes une Greystone ?

— Oui. Elle est vraiment bien, en plus. Enfin, c'est juste une petite maison mitoyenne, mais elle est vraiment jolie.

— Pourquoi tu ne vis pas là-bas ?

_____

6 Le Greystone est un type de bâtiment résidentiel très répandu à Chicago, dans l'Illinois, et qui tire son nom de la couleur de ses façades, souvent grises.

— J'ai besoin de plus d'argent pour finir les rénovations.

Il fronça les sourcils.

— Depuis combien de temps est-ce que tu la retapes ?

— À peu près deux ans. Le problème, c'est que l'artisan n'arrête pas de trouver de plus en plus de problèmes à régler, mais je ne suis pas prêt à tout abandonner. Il a même offert de me la reprendre.

— Comme c'est gentil de sa part, répondit Aaron en souriant, mais ce n'était pas un beau sourire. Comment s'appelle-t-il, bébé ?

— Ne fais pas ça, l'avertis-je. C'est le cousin de Jimmy, donc je sais qu'il ne se fiche pas de moi. C'est vraiment un chouette type. La maison est juste pourrie.

— J'en suis sûr.

Son sourire se fit clairement démoniaque.

— Le nom de l'entreprise, s'il te plaît.

— *Parrish Remodeling*, répondis-je en étudiant son visage. Donc tu n'en veux pas la moitié ? Trop petit pour toi ?

— Non, insista-t-il. J'adorerais que tu mettes mon nom dessus. Vraiment. Comme je te l'ai déjà dit, ton sens du quiproquo me fait délirer. Pour toi, ce n'est pas l'argent qui compte, c'est l'intention. C'est de faire les choses ensemble. Je n'ai jamais eu ça avant, avec qui que ce soit, et pour que quelqu'un le comprenne enfin, comprenne comment je vois le monde… tu n'as pas idée du cadeau que tu me fais.

— Ah bon ?

— Oui, dit-il en se penchant vers moi.

Je m'écartai pour qu'il me rate.

— Duncan !

Il était incrédule.

— Regarde.

Il se retourna et là, clignotant au coin droit d'un des écrans, se trouvait une fenêtre de discussion. Nous ne pouvions pas sortir, mais eux pouvaient entrer. Cette petite boîte jaune qui clignotait était une bouée de sauvetage.

Aaron ne prit aucun risque et demanda immédiatement à parler au responsable. Quand il eut la bonne personne et que Lisa Deems fut en ligne avec nous, il lui demanda de nous passer les forces de l'ordre et d'ignorer toute autre communication provenant du même serveur ou de Buona Sera.

Le « Entendu, Monsieur » que nous reçûmes en réponse fut très agréable à lire.

XV

Nous vîmes le FBI, la police d'État et celle de Sedona passer le portail de l'hôtel. Avant cela, je n'avais aucune idée que Clay Wells possédait un hélicoptère. Mais c'était le cas, et Aaron et moi le vîmes s'envoler depuis la pièce où nous nous trouvions. Ses hommes le regardèrent depuis le sol. Ils prirent la décision intelligente d'ouvrir le portail et, une fois que tout le monde fut entré, Aaron et moi sortîmes, clignant des yeux à la lumière du petit matin de ce beau dimanche à Sedona.

L'agent Summers arriva avec le contingent du FBI et pendant qu'Aaron passait en revue ce que nous avions trouvé sur la cassette, y compris Nick McCall, elle nous expliqua que la DEA surveillait également Wells, et entre eux et ce que nous avions trouvé, il irait certainement en prison une fois arrêté.

Aaron en fut ravi, mais m'emmener à l'hôpital et manger étaient au sommet de sa liste de priorités. L'agent Summers déclara qu'elle allait m'emmener immédiatement et il la remercia gracieusement, mais refusa.

Il récupéra son téléphone et, une demi-heure plus tard, Miguel arriva au volant d'un Hummer, accompagné de la même équipe de sécurité qu'à Vegas. Deux des hommes furent envoyés à notre chambre pour empaqueter nos affaires et récupérer nos sacs, et deux autres pour retrouver Jaden pendant qu'Aaron parlait à Miguel.

— C'est comment d'avoir ce genre d'argent ? me demanda l'agent Summers en secouant la tête.

— Je pense que je vais le découvrir.

Elle rit doucement.

— Je pense que oui, inspecteur. Je vous verrai mardi matin, dans mon bureau à Chicago.

— Oui m'dame. Je serai là.

— Duncan !

Aaron me fit grimper sur la banquette arrière du Hummer et me dit que je ne devrais probablement pas manger avant d'avoir été ausculté. Cela

206

me convenait. J'étais glacé, la tête me tournait et je me sentais nauséeux, et aucun de ces états n'était propice à prendre un repas.

— Alors, y a-t-il un hôpital à Sedona ? demandai-je en m'adossant au siège et en le regardant.

Il était renfrogné et écarta mes cheveux de mon visage.

— Probablement, mais tu vas aller au centre médical Banner Good Samaritan, à Phœnix.

— Pourquoi ?

— Parce que je n'ai pas le temps de faire venir mon propre médecin par avion.

Ce qui n'était pas vraiment une réponse, mais je l'acceptai et arrêtai de parler. J'avais vraiment sommeil et quand Aaron s'approcha de moi, j'appuyai ma tête contre son épaule et fermai les yeux.

— Merci de t'inquiéter et de prendre soin de moi.

— Avec plaisir, dit-il en frottant sa joue contre mes cheveux. J'ai hâte de le faire à temps plein.

Je n'étais pas conscient quand Jaden Cobb fut ajouté avec un autre groupe, mais je me réveillai quand nous nous mîmes enfin en route. Il était assis, silencieux, entre les deux hommes qui l'avaient débusqué dans sa chambre, l'air mal à l'aise et serrant son sac à dos contre son torse. J'attendis de voir comment Aaron allait gérer la situation.

— Donc, récapitulons : tu as eu peur, tu as parlé à mon père, puis décidé de me balancer, tu m'as laissé te dépêtrer de tout ce bazar et enfin, tu as décidé que l'école de cuisine était trop dure pour toi et tu as vendu ton cul à Clay Wells.

— Aaron…

— J'ai oublié quelque chose ?

— S'il te plaît, répondit-il d'une voix cinglante. La partie avec Wells, ce n'était qu'une façade. Il ne m'a même pas baisé ; il voulait juste te faire sortir de tes gonds.

— Et tu l'as laissé faire ?

Les yeux de Jaden s'emplirent rapidement de larmes.

— Est-ce que tu m'as toujours détesté ou est-ce nouveau ?

— Je ne te déteste pas, répondit-il d'une voix rauque, la voix pleine de sanglots.

— Alors je ne comprends pas. Quelle était ton intention ?

Son regard se tourna vers moi avant de revenir à Aaron.

— Je voulais que tu me revoies, mais on dirait que ça ne va pas se produire.

— Non, acquiesça-t-il. C'est fini entre nous, sauf…

— Sauf quoi ?

— Est-ce que tu veux toujours être sous-chef chez Cabo, comme tu le proclamais ?

Son regard était rivé à celui d'Aaron.

— Tu me laisserais travailler dans ton restaurant à Vegas ?

— Ce n'est pas le mien, c'est celui de Madeline, répondit-il doucement.

— Elle en est le cuisinier en chef, Aaron, mais il t'appartient.

Il haussa les épaules.

— Elle t'appréciait et voyait ton potentiel. Elle m'a dit que tu étais paresseux, mais qu'elle pensait pouvoir arranger ça et, d'après elle, être mignon n'a jamais fait de mal à un chef. Voilà comment ils obtiennent leur propre émission sur Bravo.

Il se redressa et pencha la tête, les larmes dégoulinant le long de ses joues.

— Bon sang, Aaron, qu'est-ce que c'est que toutes ces bonnes intentions ? Depuis quand est-ce que tu es le héros ?

— Il a toujours été le héros, intervins-je. Tu étais simplement trop occupé à te faire entretenir pour le remarquer.

Il me lança un regard meurtrier.

— Et pas toi ?

— Je suis inspecteur aux homicides, expliquai-je. Je travaille pour gagner ma vie.

Sa bouche s'ouvrit d'une façon presque comique.

— Alors ? insista Aaron jusqu'à ce que le regard de Jaden se pose à nouveau sur lui. Est-ce que tu veux travailler chez Cabo ou pas ?

— Oui.

— Tant mieux. Je demanderai à Miguel de t'emmener à l'aéroport.

— Aaron, je…

— Et de t'acheter un billet d'avion.

— Merci.

Il reprit son souffle.

— S'il te plaît, viens me voir si tu passes à Vegas.

— Si je passe, répondit Aaron en s'affaissant contre son siège et posant sa tête sur mon épaule, je le ferai.

Mais quelles étaient les chances pour que cela se produise alors que nous avions le monde entier à visiter ?

Il s'avéra qu'Aaron avait eu raison d'insister pour que j'aille à l'hôpital. J'étais déshydraté et j'avais besoin de nourriture parce que tous mes organes commençaient à être en insuffisance. Voilà pourquoi je n'arrivais pas à réguler la température de mon corps. Ce qui était bien, c'était qu'Aaron resta avec moi tout ce temps, rôdant, rendant le personnel complètement fou avec toutes ses demandes ; il posa tellement de questions que mon docteur finit par hurler en lui disant que *oui*, il pourrait m'emmener manger un steak quand nous aurions terminé.

Nous ne fûmes autorisés à partir que le soir. Entre les interminables poches de solution saline et celles de glucose, il fallut des heures avant que mon corps ne se régule. Aaron s'endormit dans le fauteuil – ou du moins ce qui servait de fauteuil dans cet hôpital – près de mon lit. Il ne lâcha jamais ma main, même quand il se mit à ronfler. Quand Miguel entra, il fut stupéfait.

— Quoi ?

Il indiqua Aaron.

— Il est fatigué, lui dis-je.

Il se tourna vers moi.

— Je sais, mais normalement, il travaillerait malgré tout. Il a tendance à continuer jusqu'à devenir tellement chiant que j'ai envie de lui mettre une balle dans la tête.

— Oui, ne fais pas ça, répondis-je froidement. Je l'aime bien vivant.

— Non, bien sûr… mais vous ne comprenez pas ? C'est grâce à vous. Il veut juste s'asseoir près de votre lit et vous tenir la main. Il n'a jamais fait ça, avant. Il n'a jamais ralenti, pour personne.

— Même pour…

Mais je m'arrêtai avant de prononcer le nom. J'étais jaloux de ce qu'il avait ressenti pour Jory et il fallait que je m'en remette, parce que le partenaire de Sam Kage n'était qu'un souvenir, et que j'étais le présent et l'avenir d'Aaron.

— Oui, répondit Miguel. Même pour monsieur Harcourt. Il y a une différence entre vouloir quelqu'un parce que vous ne pouvez pas l'avoir, et vouloir quelqu'un parce que vous êtes amoureux. Je suis avec lui depuis plus longtemps que n'importe qui ; je peux voir la différence.

Je plissai les yeux.

— Tu l'aimes.

— En effet, mais pas comme vous le pensez, répondit-il en riant doucement. C'est mon patron. Il prend soin de plus de personnes que vous ne pourriez l'imaginer, sur plusieurs continents. Nous sommes tous très heureux de travailler pour cet homme. Nous serions prêts à le suivre n'importe où.

J'en fus surprise.

— Dans les journaux, tout ce qu'on lit sur lui, c'est que c'est un playboy.

— Oui, mais ils disent la même chose à propos de Batman.

Mon sourire devint énorme.

— Ah oui ? Batman ?

Il remua les sourcils.

— Il n'a pas de repère secret ou de gadgets cools, mais quand vous le verrez faire des affaires, sauver des écoles et des bibliothèques, et installer des usines vertes dans de petites villes pour créer des emplois et ne pas détruire l'environnement au passage... vous comprendrez.

— Donc, tu es en train de dire que c'est un chouette type.

— C'est le meilleur, mais c'est aussi un connard égoïste.

— Et possessif, et étouffant, ajouta Aaron sans ouvrir les yeux. Si vous voulez parler de moi tous les deux, vous devriez le faire quelque part où je ne peux pas vous entendre.

Je serrai sa main et il se pencha vers l'avant, embrassa mes phalanges, puis reprit sa place.

— Maintenant, s'il vous plaît, fermez-la pour que je puisse faire la sieste.

Je remarquai qu'il avait laissé son téléphone, éteint, à côté de ma hanche.

— Tu n'as pas des gens à appeler ?

— Non. Pas pour l'instant.

Miguel n'aurait pas pu avoir l'air plus surpris, même quand il sourit et hocha la tête. Apparemment, il aimait voir le milliardaire au repos.

DANS L'AVION pour rentrer, après du vin, des steaks et des pommes de terre au four avec tous les accompagnements possibles, Aaron s'assoupit sur le canapé. Je m'installai contre le dossier et il se servit de moi comme d'un oreiller, pendant que je discutais avec l'agent Summers.

— Nous avons attrapé monsieur Wells alors qu'il essayait de passer la frontière du Mexique. Monsieur McCall avait réservé un aller simple pour Paris, mais il est également en détention grâce à votre partenaire.

J'avais appelé Jimmy et il avait remué ciel et terre pour retrouver McCall.

Elle toussota avec insistance.

— L'inspecteur O'Meara effectue son travail de policier d'une façon peu conventionnelle.

— Ce qui est une façon sympa de dire que vous avez aimé ses résultats, interprétai-je en riant, mais que ses méthodes vous ont terrifiée.

— Pas terrifiée, déclara-t-elle. Plutôt consternée.

— Oui, c'est ça.

— Disons qu'il défonce des portes et ne fait aucun prisonnier, répondit-elle.

— Ouaip, acquiesçai-je. Mais personne ne dira un mot à son sujet. Ils n'oseraient pas.

— Et êtes-vous pareil, inspecteur ?

— Cela dépend de l'affaire, répondis-je honnêtement.

Elle ne me posa plus de questions après ça.

AARON VOULUT que notre cohabitation débute immédiatement. Quand nous atterrîmes à Chicago, je grommelai que j'avais besoin de dormir dans mon propre lit.

— Mais tu es invité, proposai-je.

— C'est très gentil, sourit-il. Mais puis-je simplement te demander quelles bonnes choses te sont déjà arrivées dans ce loft ?

— C'est chez moi.

Il posa la main sur son cœur.

— Non, chez toi, c'est là où je me trouve.

Et puisque c'était logique, j'acceptai d'emménager à cet instant.

Le baiser auquel j'eus droit scella notre accord.

XVI

ASTRID ÉTAIT vraiment désolée. Elle n'arrêtait pas de m'observer d'un regard doux et blessé. Max était fâché, sa mâchoire serrée me le confirmant avant même qu'il ne prononce un mot.

— Vous n'auriez pas dû écouter aux portes.

Astrid plissa les lèvres.

— En effet, acquiesça Max, l'air tendu.

Nous entendîmes tous la porte d'entrée s'ouvrir et Aaron m'appeler.

— J'espère que tu es prêt, parce que je vais juste me changer, puis nous passerons prendre Max et...

— Nous sommes déjà là.

Max se força à sourire à son frère quand il se précipita dans la pièce.

Aaron était toujours magnifique en costume – comme dans tout, franchement –, mais dans un costume trois-pièces comme celui qu'il portait aujourd'hui, j'aurais pu m'offrir à lui n'importe où, n'importe quand. Il y avait quelque chose de vraiment sexy à le voir tiré à quatre épingles, quand je savais ce que son corps pouvait vraiment faire.

— Salut, Aaron, le salua Astrid Takahashi en rougissant parce qu'elle s'habituait encore à appeler le magnat de l'immobilier par son prénom.

Max et elle sortaient ensemble depuis six mois et, à ce stade, elle était passée d'assistante du procureur anonyme à petite amie du petit frère du milliardaire gay. La seule chose qui lui manquait, selon elle, c'était de ne plus pouvoir se rendre chez Starbucks en jogging. Et elle détestait vraiment devoir se maquiller pour aller à la salle de gym.

— Salut, répondit-il en lui offrant le fantôme d'un sourire sans vraiment se concentrer sur elle, distrait...

— Hé, souris-je.

Je glissai l'un des *pierogi* [7] à la pomme de terre préparés par notre cuisinière dans sa bouche, depuis le bol que je tenais à la main. Elle m'en

7 Plat typique de la cuisine polonaise, semblable à des ravioles farcies à la pomme de terre, à la viande ou au chou, le plus souvent.

cuisinait toujours des tonnes maintenant qu'elle savait à quel point je les adorais.

Aaron avait instauré des changements dans ma vie, mais j'avais également apporté des modifications à la sienne. D'une part, il m'avait empêché de préparer mon propre petit-déjeuner le matin parce que je ne voulais pas déranger la cuisinière. Ce dont je ne m'étais pas rendu compte, c'est que je la blessais en le faisant moi-même. Madame Kappel voulait me nourrir ; je devais la laisser faire. Donc, soudain, quelqu'un me préparait mes repas et moi, en retour, j'avais changé l'endroit où Aaron mangeait.

Nous ne prenions plus le petit-déjeuner sur la terrasse ou dans le salon. Nous mangions dans la cuisine, avec Madame Kappel. Elle glissait des crêpes sur nos assiettes directement depuis sa poêle, y déposait du beurre et les parsemait de sucre en poudre. C'était amusant de la voir se tracasser pour Aaron et me dire quel bon mangeur j'étais. Parfois, Miguel se joignait à nous et c'était agréable également.

— Alors, quel sera ton costume pour la fête d'Halloween ? demanda Astrid à Aaron.

— Je serais un… pardon.

Il s'approcha rapidement de moi, retirant son manteau et le déposant sur le dos du canapé en chemin.

— Qu'est-ce que tu… qu'est-ce que tu portes ?

Je portais une chemise à jabot, une épaisse ceinture de cuir et un pantalon noir glissé dans des bottes de cuir qui m'arrivaient aux genoux. Une véritable épée était logée dans le fourreau à mes côtés. La réponse à sa question était évidente.

— C'est le costume de pirate que tu m'as pris.

Il en eut le souffle coupé.

— J-Je ne me souvenais pas qu'il ressemblait à ça.

— Je ne l'ai pas enfilé quand il a été livré ; tu m'as dit que ce ne serait pas nécessaire, parce que ton tailleur avait tout fabriqué grâce aux mesures que tu lui as envoyées.

— Vraiment ?

— Hmm-hmm, murmurai-je.

— Je ne m'en souviens pas.

— Eh bien, c'était juste après que nous sommes allés au tribunal pour témoigner contre monsieur Wells et Nick McCall, donc tu avais de plus gros problèmes en tête.

— Hmm-hmm.

Je souris malicieusement.

— Max et Astride sont Roméo et Juliette.

— Avant, ajouta Astrid.

— C'est drôle.

— Merci, répondit-elle en s'illuminant.

— Est-ce que je peux te parler en haut, une seconde ? demanda Aaron et sa voix était basse et rauque.

— Non, répondis-je en me léchant un coin de la bouche pour essuyer un peu de sauce. Nous devons nous dépêcher ou nous serons en retard pour la soirée. La lutte contre Alzheimer te tient vraiment à cœur et puisque c'est Sutter qui organise ce dîner de charité, tu te dois d'être à l'heure.

— Il y a un comité d'accueil pour ton arrivée, l'informa Max. Monsieur Levin s'est dit que puisque Sutter sponsorisait l'événement, et puisque nous venons tout juste de racheter Armada et que certains des cadres de l'équipe seraient là…

— Bien sûr, l'interrompit Aaron, son regard glissant le long de mon corps.

— Aaron ?

— Je… je ne crois pas que ce costume soit censé ressembler à ça, dit-il d'une voix rauque.

— À quoi ?

Je m'avançai d'un pas et effleurai son nez du mien avant de l'embrasser doucement.

— Oh, gémit Astrid et elle se mit soudain à pleurer à chaudes larmes.

— Bon sang, marmonnai-je en fourrant le bol dans les mains d'Aaron avant d'attraper Astrid pour l'écraser contre mon torse.

— Que se passe-t-il ? demanda Aaron.

— Rien, répondis-je rapidement. Va te changer à l'étage.

— Il se passe clairement quelque chose, insista-t-il en se rapprochant de moi, la main sur l'épaule d'Astrid. Chérie, dis-moi ce qui ne va pas. Quoi que ce soit, je peux tout réparer.

— Le père de Duncan a laissé un message épouvantable sur sa messagerie vocale, lâcha soudain Max. Astrid et moi ne voulions pas l'entendre, mais nous sommes entrés sans prévenir et…

— Attends, l'interrompit Aaron, son regard se déplaçant d'elle à moi. Elle est triste pour toi ?

— Oui, parce qu'elle a très grand cœur, murmurai-je en relevant son menton et prenant sa joue en coupe pour que ses yeux croisent les miens. Ce qui, comme je le lui ai déjà dit à plusieurs reprises, ne lui servira pas en tant qu'assistante du procureur dans la grande ville de Chicago. Tu dois t'endurcir, fillette.

Au lieu de me frapper ou de me pincer comme elle le faisait en général, elle jeta ses bras autour de mon cou et me serra contre elle.

— Je suis tellement désolée que ton père ne soit qu'un con d'homophobe, dit-elle tout à coup.

— Moi aussi, poupée, ris-je à son oreille ce qui la fit couiner et s'écarter de moi. Maintenant, ça suffit. Oublie ça.

— D'accord.

— Va te maquiller, lui dis-je avant de me tourner vers Max. Et toi, bois un coup et ressaisis-toi.

— Oui, acquiesça-t-il.

Mes yeux se posèrent ensuite sur Aaron.

— Et toi, va te changer. Nous devons y aller.

Avant qu'il ne puisse répondre, je lui pris le bol des mains, me détournai et me rendis dans la cuisine. Les *pierogi* me collaient au palais ; je devais les faire passer avec quelque chose. C'était mal de boire du jus d'orange à la bouteille, mais cela devrait faire l'affaire, même si n'avions qu'une carafe, étant donné que Madame Kappel le pressait tous les jours. Quand je refermai la porte du réfrigérateur, Aaron se trouvait là.

— Oui, j'ai bu à la carafe. Et alors ?

— Quoi ?

— Tu sais, la porte vitrée de ce truc est vraiment géniale, dis-je d'un air espiègle.

— Je me fous du réfrigérateur ! cria-t-il. Je veux savoir ce qu'a dit ton putain de père !

Je tendis la main vers lui, mais il recula d'un pas, hors de portée.

— Maintenant.

— Ce n'est pas important ; c'est la même chose qu'il me dit depuis des semaines. J'ai juste oublié de le bloquer sur mon téléphone. Je l'ai fait sur ma boîte mail, mais…

— Depuis des semaines ? Pourquoi ne m'en as-tu rien dit ?

— Pourquoi le ferais-je ?

— Parce que nous partageons des choses.

— Oui, répondis-je, indigné. Des choses importantes.

— Non, *toutes* les choses, chaque petit détail. Je veux tout savoir.

Nous restâmes silencieux : il attendait, je réfléchissais mes options.

Je soupirai profondément.

— D'accord.

215

— D'accord, bien. Alors, je peux entendre le message ?

— Tu crois que j'ai gardé cette merde ?

Je ris doucement.

— Alors, qu'est-ce qu'il a dit ?

Je fis exprès de fermer un œil pour faire semblant de réfléchir.

— Duncan !

— Ce ne sont que les mêmes vieilles conneries, répondis-je en haussant les épaules. Je vais aller en enfer. Je fais de lui la risée de sa communauté, et ma belle-mère et lui ont honte de m'avoir accueilli.

— Oh, pour…

— Il a également dit qu'il aurait préféré qu'Ian vive plutôt que moi, et qu'il se retourne probablement dans sa tombe en ce moment même.

Aaron se jeta sur moi.

— Et voilà pourquoi je ne voulais pas te le dire, dis-je en souriant contre ses cheveux, le serrant aussi fort qu'il le faisait avec moi.

— Je… Duncan…

— Chéri, l'apaisai-je. Il ne raconte que des conneries. Je le sais, et tu le sais. Ces conneries sur mon frère, c'est parce qu'il frappe là où il sait que ça fait mal. Mais Ian était mon champion ; il ne m'aurait jamais laissé tomber. Gay, hétéro, noir, blanc ou bleu, Ian aurait dit : « Sois heureux, Dunc' ».

Aaron frissonna entre mes bras, sa bouche s'ouvrant contre ma gorge.

— Donc, encore une fois, c'est ma faute pour ne pas avoir bloqué son numéro. Je n'ai personne d'autre à blâmer que moi.

— Je suis vraiment désolé.

— Ce n'est rien. Je te promets que je vais bien. Il est exactement comme je pensais qu'il serait s'il le découvrait. Je m'y suis préparé depuis que j'ai déménagé.

Aaron poussa un profond soupir, puis s'écarta d'un pas.

— Hé, allez, détends-toi. Imagine à quel point cela aurait été bizarre s'il avait réagi style « vivre et laisse vivre ». Je serais mort d'une putain de crise cardiaque.

Il essayait vraiment de se reprendre pour moi.

— Tu sais, ronronnai-je, si tu joues bien ton coup, je te laisserai peut-être jouer aux pirates avec moi plus tard.

— Je ne sais pas si je suis d'humeur à…

— À quoi ? le taquinai-je en frottant mon entrejambe d'une main, le regardant suivre mes doigts des yeux, sa lente progression jusqu'à…

— Oh merde, hoqueta-t-il d'un air douloureux, les yeux énormes. Duncan, tu ne portes pas de sous-vêtements !

Je ricanai.

— Oui, je n'ai pas encore enfilé le jockstrap. Je voulais que tu assistes au spectacle.

— Tu plaisantes ? Ta queue est parfaitement définie, et on peut voir chaque… je… tu ne peux pas sortir comme ça ! Je te l'interdis !

— Je ne vais pas sortir comme ça ; je vais mettre un jockstrap, idiot.

— Oui, je ne… pense…

— Je m'en fiche de ces conneries avec mon père, l'assurai-je. Je le jure. Maintenant, viens me montrer à quel point tu tiens à moi.

Il se jeta sur moi comme si j'étais une proie, me repoussant contre le comptoir, les mains sur mes hanches, son genou écartant mes jambes.

— Oh bon sang, je plaisantais, ris-je à son oreille. Tu as oublié que je disais que nous devions nous dépêcher ?

Il se pencha vers moi pour m'embrasser.

Je me redressai et tournai la tête en même temps.

— Arrête ça. Avoir la gaule en essayant d'enfiler ce jockstrap, ça ne va pas m'aider.

— C'est toi qui me tues, pleurnicha-t-il doucement. Bon sang, Duncan, tu pourrais tout aussi bien être nu !

Je plissai les yeux.

— La chemise est trop serrée, le pantalon, c'est de la folie, et les bottes sont juste sexy. Pitié, emmène-moi en haut et joue au pirate en maraude avec moi.

Je ricanai.

— Donc, tu serais un banquier capturé et je t'aurais fait prisonnier ?

— Oui, d'accord, peu importe, gémit-il, les mains sur mes hanches. Est-ce qu'on peut juste monter, s'il te plaît ?

— Non, répondis-je en le repoussant doucement, mais fermement. Les gens comptent sur ta présence ce soir.

— Et tu vas sortir comme ça ? cria-t-il à moitié. Ta photo sera partout demain matin, et tu…

Je pris son visage dans mes mains.

— Ce sera drôle et les gars du boulot m'en feront voir de toutes les couleurs… encore une fois… mais je suis comme n'importe quelle autre personne déguisée. C'est juste que cette fête d'Halloween a lieu en avance et qu'au lieu de se contenter d'être pris en photo par des amis, ce sera par tout le monde.

— Oui, mais…

— Ça ne se passera pas comme le bal en blanc organisé par ton ami Ron ; c'est un événement beaucoup plus haut de gamme.

Lors d'une grande fête somptueuse à laquelle Aaron m'avait emmené, où il allait chaque année et avait ensuite juré de ne plus jamais retourner, quelques paparazzi avaient réussi à passer la sécurité et s'en étaient pris à moi. Tout allait bien jusqu'au moment où l'un d'eux s'était trop approché et avait fini par déchirer ma chemise. Nous avions lutté, j'étais tombé, et le type s'était effondré sur moi. Le sang se voyait vraiment quand on ne portait que du blanc. Jusqu'au moment où Aaron avait débarqué, la presse n'avait pas eu idée qu'il pouvait se mettre autant en colère ou bouger aussi rapidement. Moi, oui : j'avais vu cet homme en action. J'avais fini par devoir le retenir et dire au journaliste de s'enfuir. Désormais, il n'assistait qu'aux soirées qu'il organisait lui-même ou auxquelles Miguel nous accompagnait.

— J'enverrai un chèque avec Max.

— Non, objectai-je en riant. Je dois y aller, ne serait-ce que pour entendre la blague du butin.

— Quoi ?

Et une heure plus tard, les yeux plissés à cause des flashes, j'entendis l'un des reporters crier :

— Hé, le pirate, montre-nous ton butin [8] !

Je lui fis signe que j'étais d'accord.

Des applaudissements, des sifflets et des cris s'ensuivirent, ainsi que d'autres flashes – assez pour m'aveugler un moment – avant que je me retourne et que Max apparaisse avec l'un de ces gigantesques chèques en mousse, pour que tout le monde puisse voir les cinq millions de dollars que Sutter donnait pour la recherche contre Alzheimer. Malheureusement, même cela ne détourna pas l'intérêt général de mes fesses. C'était drôle et la presse ne faisait que s'amuser. Mon petit ami, toutefois, ne trouvait pas d'humour à cette situation.

— Ça suffit, dit Aaron quand nous entrâmes dans le gala. Nous sortons par l'arrière.

Je secouai la tête.

— Non. Nous devons aller prendre notre place dans la file du comité d'accueil et, d'ailleurs, je veux voir Prentiss.

Il fit volte-face vers moi.

— Pourquoi ?

— Parce que c'est notre beau-…

_____

8 En anglais, « booty » sert à la fois à désigner le butin d'un pirate et les fesses d'une personne.

Max s'interrompit et pencha la tête, grimaçant en observant Astrid comme si elle pouvait savoir ce qu'il demandait.

— … demi-frère ?

— Demi, oui, confirma-t-elle.

— Je confonds toujours.

— Je sais, mon chéri, répondit-elle, faussement condescendante.

— Oui. Je veux le rencontrer, dis-je en prenant la main d'Aaron et le traînant à ma suite. Et tu sais que c'est toi l'attraction principale ici, Sutter. Impossible que tu partes.

Nous atteignîmes la file quand les premières personnes arrivèrent, nous arrêtant en chemin pour dire bonjour à monsieur Levin et sa femme. Aaron lui serra la main, puis ce fut mon tour.

— Toujours un plaisir, inspecteur, dit-il chaleureusement en tenant ma main plus longtemps que celle d'Aaron. Vous vous souvenez de ma femme, Sarah.

— En effet.

J'inclinai la tête en l'observant, et Aaron et le président de son conseil furent tous les deux charmés quand elle leva les yeux au ciel.

— Vous me devez de l'argent.

Elle grogna.

— Ce n'est qu'un dollar.

— C'est par principe.

— Les paris sur le basket-ball universitaire sont interdits par la loi, inspecteur, m'informa-t-elle d'un air hautain.

— Vraiment ? la taquinai-je.

— Très bien, répondit-elle. Quand nous danserons tout à l'heure, je vous donnerai votre argent.

— Je ne prends pas les pièces de vingt-cinq cents.

Elle grogna tout bas, ce qui fit sourire largement monsieur Levin, tandis qu'Aaron et moi contournions Max et Astrid pour prendre notre place.

— Ça te va bien, les chapeaux, complimentai-je Aaron. Qu'est-ce que tu es censé être ?

Il fut abasourdi.

— Voyons, je suis Phileas Fogg Tu sais, *Le tour du monde en quatre-vingts jours*.

Je toussotai.

— Oh, bien sûr.

— Tu te fiches de moi ? C'est de la lecture de niveau troisième.

— Tu sais ce qu'on dit, intervint Max près de moi.

— Non, qu'est-ce qu'on dit ?

— Si tu dois l'expliquer, répondit-il en offrant une grimace à son frère, ça ne va pas.

Je toussotai de nouveau.

Le dégoût qu'éprouvait Aaron à notre égard fut évident.

La plupart des participants qui remontaient la file du comité d'accueil furent ravis de me rencontrer et se fichaient complètement de savoir que j'étais un homme. Une poignée de personnes furent mal à l'aise, et une ou deux un peu brusques, mais personne ne se montra malpoli. Cela n'aurait pas été malin. Aaron ne supportait pas qu'on me rejette. Quand Max me donna un coup de coude, je levai les yeux et découvris un homme blond en train de serrer la main d'Astrid.

Prentiss Sutter était beau – tous les fils de Gordon l'étaient –, mais il n'avait ni le charisme d'Aaron, ni le style de Max. Je fus un peu déçu.

— Vraiment heureux de te rencontrer enfin, mentit éhontément Max. J'ai vraiment hâte de travailler avec toi et Père pour amener Armada à bord.

Prentiss tressaillit et Max relâcha sa main, puis le plus jeune des fils s'avança de deux pas et se retrouva devant moi, blanc comme un linge.

Je lui offris ma main et il la prit, sa tête se relevant brusquement pour que nos yeux se croisent.

— C'est un plaisir de mettre enfin un visage sur votre nom. Je suis Duncan Stiel, le petit ami de votre frère.

Il resta muet en relâchant ma main, puis se retrouva devant Aaron. L'homme que j'aimais prit la main de son frère dans la sienne et la recouvrit de l'autre.

— Mon père et toi avez lancé « Armada Courtage » il y a trois mois.

— Quoi ?

Il était troublé.

— Oui, tu n'es pas obligé de garder le secret, comme si je ne savais pas que vous prévoyiez de vous attaquer à Sutter et ses clients, et tout le reste, dit Aaron doucement. Je le sais. Mon père – *notre* père… ce qu'il ne comprend pas, c'est que je sais *toujours*.

Je posai une main sur le dos de chacun d'entre eux et les écartai juste assez du passage pour que les personnes suivantes dans la file sachent qu'ils parlaient en privé. Je fis signe à Max de prendre sa place au bout de la file pour les minutes suivantes.

— Donc, continua Aaron, il y a environ une semaine, vous avez fusionné avec Drazan Hess à Hong Kong.

— Oui, nous… comment…

— Drazan Hess est une filiale de Sutter.

Il lui fallut une seconde pour comprendre.

— Non.

— Si, confirma Aaron. C'est en réalité la holding de Max, alors il la supervise, mais elle appartient toujours à Sutter, et donc à moi.

— Je… il ne le sait pas.

— Non, je sais, réconforta-t-il le jeune homme. Mais nous avons invité de nombreux membres du conseil d'administration et cadres supérieurs d'Armada à cette fête ce soir, pour qu'ils puissent rencontrer Max et son équipe puisque, à partir de la semaine prochaine, mon père, toi et votre conseil d'administration travaillerez avec lui.

Prentiss tourna lentement la tête pour pouvoir voir Max.

— Donc, dès que nous en aurons terminé avec cette cérémonie d'accueil, vous pourrez parler tous les deux.

Sa tête pivota de nouveau vers Aaron.

— Nous avons changé le plan de table pour que tu sois à la nôtre.

Pauvre gamin. Il était complètement stupéfait.

— Ou si tu n'es pas assez à l'aise pour rester, tu peux prendre Max à l'écart et prendre rendez-vous avec lui pour que vous voyiez en privé.

— Mais le conseil est là, tu l'as dit, et… des gens que je connais.

— Oui.

Il semblait sur le point de vomir.

— Tu te montres drôlement gentil.

Aaron posa une main sur son épaule.

— Je ne suis pas gentil, mais cette chose dans laquelle notre père t'a entraîné, cette guerre contre moi, ce n'est pas juste envers toi.

Prentiss l'écoutait, ce qui était une bonne chose.

— Ce que tu *devrais* faire et ce que tu *vas* faire sont peut-être deux choses différentes.

— C'est-à-dire ?

— C'est-à-dire que tu *devrais* travailler avec Max et trouver un moyen de racheter les parts de notre père. Ce serait la meilleure chose à faire pour toi, car, finalement, Max souhaite que tu gères Armada seul. Il aime investir dans des start-ups, mais il ne voudra pas y rester à long terme.

— D'accord.

— Mais, si tu décides que tu préfères rester fidèle à notre père, cela ira aussi. En revanche, dans ce cas-là, Max ne te donnera jamais assez de parts

221

pour menacer ses intérêts. Donc, comme je l'ai dit, cela dépend vraiment de toi.

Les yeux de Prentiss, qui étaient d'un bleu plus foncé que le turquoise d'Aaron ou l'indigo de Max, étaient rivés à ceux de son frère aîné.

— J'apprécie vraiment que tu aies cette conversation avec moi. On m'avait dit de ne pas m'y attendre.

— Parce qu'il t'a dit que j'étais l'Antéchrist. Je sais.

— Est-ce que tu as changé depuis que tu…

Son regard se dirigea vers moi, me jaugea, puis revint à Aaron.

— Que tu es en couple ?

— Oui.

— J'en suis heureux.

— Oh, tu as intérêt à l'être, répondit Aaron avec une pointe d'avertissement dans la voix.

Il saisit l'épaule de Prentiss et le guida vers Max. Nous reprîmes place dans la file, mais Aaron plaça Prentiss entre Max et lui, et je me retrouvai tout au bout.

Je posai la main au creux du dos d'Aaron et me penchai à son oreille.

— Tu es vraiment un chouette type.

— Tant que tu le penses, c'est tout ce qui importe.

Lorsque la file se termina, Aaron m'attrapa la main et m'entraîna à sa suite, contournant les tables et dépassant la piste de danse jusqu'à une alcôve obscure au fond, cachée par un amas de rideaux suspendus au plafond de la salle de bal. C'était un endroit calme, inutilisé et rempli de chaises empilées et de tables supplémentaires.

— Qu'est-ce qu'on fait ? lui demandai-je en me tournant vers lui maintenant qu'il ne me traînait plus à sa suite.

— Je sais que tu as lu l'article dans ce magazine au sujet du successeur présumé.

— Ce n'est pas drôle.

J'avais été vraiment blessé pour Aaron à cause des choses que son père avait dites à propos de ses choix de vie, de moi et de la façon dont il dirigeait l'entreprise.

— Tu te rends compte qu'il ne peut rien me faire, exact ?

— Je sais.

— Et chaque mot qu'il prononce contre les gays entache sa réputation aux yeux du monde des affaires, ici et partout ailleurs.

— Bien sûr.

— Mais tu t'inquiètes quand même.

— Pas après ce que tu as dit à Prentiss.

— Mais tu savais tout ça. Je te l'ai dit quand Max l'a fait.

— Avec ta bénédiction, lui rappelai-je.

— Et mon argent.

Il sourit malicieusement, s'avançant d'un pas vers moi.

— Mais dis-moi, est-ce que tu te souviens du nom ?

— Du nom de quoi ?

— Du magazine, continua-t-il en se rapprochant encore, l'article sur mon père et son nouveau protégé ?

Je dus réfléchir.

— Je ne pense pas.

— Exactement, parce que quand je suis dans la presse, je suis dans *Forbes*, *The Economist*, *Fortune*, mais mon père et son héritier ne le sont pas.

— Bien sûr.

Il pencha la tête et embrassa mon oreille, ce qui envoya un frisson le long de mon flanc.

— Mais ne t'inquiète pas ; je ne baisserai jamais ma garde quand il s'agira de Prentiss.

— Et je suis là.

— Je sais, dit-il d'une voix rauque. Hé, jette un coup d'œil dehors et assure-toi que le cocktail se passe bien.

Je fis ce qu'il me demandait, m'éloignant de quelques pas pour jeter un coup d'œil vers la salle depuis la sécurité des lourds rideaux. Tout le monde était assis ou debout, se promenant, parlant, riant et buvant.

— Alors ? demanda-t-il, ses mains sur mes hanches, défaisant la ceinture qui maintenait le fourreau.

— Qu'est-ce que tu fais ? lançai-je par-dessus mon épaule.

— Je veux juste te retirer ça une seconde.

— Pourquoi ?

Il ne répondit pas, laissant tomber l'épée au sol avant de s'attaquer à la deuxième ceinture que je portais, celle qui ne maintenait pas une arme ancienne sur ma hanche. Ses doigts agiles la défirent en quelques secondes.

— Aaron ?

— Tu ne surveilles pas les invités.

Je retournai à la foule.

— Je pense que tout se passe bien.

— Tant mieux, dit-il en embrassant ma nuque rapidement avant de se retrouver tout à coup à genoux derrière moi, mordant mes fesses à travers le tissu fin du pantalon.

— Aaron !

Je me cambrai soudain.

— Devine ce qui s'est fini aujourd'hui, demanda-t-il comme ses mains défaisaient le fermoir à l'avant du pantalon avant de s'y attaquer.

— Je...

Il voulait que j'entretienne une conversation ?

— Quoi ?

— Les travaux de ta Greystone, répondit-il en glissant le pantalon et le jockstrap le long de mes jambes, avant qu'ils atteignent le haut de mes bottes.

— Oh, gémis-je en écartant mes jambes autant que possible, me penchant vers l'avant, empoignant les rideaux et m'y raccrochant en cambrant le dos.

— Donc maintenant, dit-il en écartant mes fesses, nous pouvons commencer à acheter des trucs à mettre dedans.

— Oui, nous... oh, gémis-je doucement quand il glissa sa langue en moi.

— C'était un bon investissement de ta part, me félicita-t-il avant d'enfoncer sa langue de plus en plus profondément, puis de la ressortir, la faisant tournoyer contre mon orifice.

— Aaron !

Je poussai à nouveau contre lui.

Il me pénétra à nouveau, léchant et lapant, m'étirant lentement, détendant les muscles, son visage enfoncé dans mes fesses, massant en me dévorant jusqu'à ce que je sois recouvert de salive.

Quand il ajouta un doigt et glissa le long de ma prostate, je me mis à le baiser de plus en plus fort.

— Voilà, ronronna-t-il et je sentis mon orifice s'étirer encore quand il ajouta un autre doigt, m'ouvrant toujours graduellement, entrant et ressortant, allant et venant, le rythme lent, mais régulier, implacable.

Quand il glissa la main devant moi pour prendre mon sexe, je le suppliai.

— Est-ce que tu peux me prendre sans lubrifiant ? demanda-t-il en se relevant derrière moi, me caressant des bourses au gland à plusieurs reprises. Tu peux ?

En réponse, je pressai mes fesses contre lui.

— Bon Dieu, j'adore que tu sois prêt à le faire, ronronna-t-il encore en embrassant mon dos et j'entendis un emballage se déchirer. Mais c'est à ça que servent les sachets de lubrifiant.

— Est-ce que tu plaisantes ?

Sa planification était impressionnante.

— Tu as eu la présence d'esprit de prendre du lubrifiant en partant de chez nous ?

— Vu la façon dont tu es habillé, dit-il d'une voix sombre et basse, tu ne pouvais pas rentrer à la maison sans avoir été baisé.

— C'est plutôt romantique.

— Seulement pour toi, répondit-il d'une voix rauque, les mains sur mes hanches, se positionnant derrière moi avant de glisser facilement entre mes fesses, la pression contre mon orifice me faisant hoqueter. Depuis que je suis rentré et que je t'ai vu… bon sang, Duncan, est-ce que tu sais à quel point tu es magnifique ?

Sa pénétration me brûla, même avec le lubrifiant, et au lieu de glisser comme d'habitude, il dut avancer lentement, pousser et pousser encore, centimètre par centimètre.

— Branle-toi. Tu es si serré et sexy que je ne peux rien faire d'autre que te baiser.

Ses paroles, ma main sur ma hampe, tirant et serrant, et son sexe épais bougeant en moi me poussèrent à m'empaler sur sa longueur.

— Oh putain, hoqueta Aaron, ses mains se refermant comme des griffes sur mes épaules, me maintenant fermement quand il se libéra. Bébé, est-ce que tu me sens ?

Mes muscles se contractèrent et ondulèrent autour de lui, se resserrant, souhaitant le garder là et l'empêcher de bouger malgré les pulsations qui résonnaient à travers moi et m'encourageaient à bouger.

— Aaron, s'il te plaît.

Il s'enfonça profondément et un frisson mêlant plaisir et douleur me traversa.

— Je ne veux pas… te faire mal…

— Non, répondis-je en me sentant étourdi et empli d'envie.

— Je veux juste m'enfouir en toi.

— Oui, le suppliai-je. Dépêche-toi.

— Tu n'as pas idée d'à quel point je veux voir ces bottes sur mes épaules, et toi dessous.

— Je les garderai toute la nuit, lui promis-je, le souffle court, si tu me baises maintenant.

— Oh, je vais te prendre, jura-t-il et il s'enfonça en moi entièrement.

225

Aussi vite, je passai d'une douleur vive et cinglante à une envie sourde et envahissante, telle une démangeaison que je voulais frotter encore et encore au bout de sa queue.

Il me caressait de l'intérieur et je me penchai vers l'avant, l'accueillant plus profondément encore, son rythme langoureux m'ouvrant jusqu'à ce que mon corps s'arrête de lutter et cesse d'essayer de le repousser et l'aspire à la place.

— Putain de merde, bébé, ton cul.

J'avais besoin d'être par terre et m'agenouillai. Aaron me suivit, relié à moi, ses cuisses plaquées contre les miennes tandis qu'il me martelait de l'intérieur.

Empoignant le tapis, je reçus chacun de ses coups de reins parce que j'en avais envie, y prenant trop de plaisir pour l'arrêter. Quand je sentis la chaleur grésiller au creux de mes bourses et grimper le long de ma colonne vertébrale jusqu'à mon ventre, je lui murmurai que j'étais proche.

— Tu ne touches pas à ta queue.

— Pas... besoin, haletai-je.

Il se pencha sur moi, ses doigts s'entrelaçant aux miens tandis qu'il suçait la peau entre mes omoplates, avant de la mordre quand son rythme s'accéléra, cessant de ressortir et ne souhaitant plus que s'enfouir en moi. Il voulait être là, et c'était tout.

Je me mordis la lèvre fort pour ne pas crier et jouis par terre, sous moi, en jets épais et salissants.

Aaron continua à me marteler à travers l'orgasme qui me noyait, et le sien quelques secondes plus tard. Il se déversa en moi, brûlant et épais, puis s'effondra sur mon dos, satisfait et haletant.

— Oh mon Dieu, je t'aime, gémit-il.

— Tu dis ça à cause du sexe, répondis-je en essayant de calmer mon cœur tambourinant.

— Non, répliqua-t-il en se redressant et en se libérant doucement de mon corps qui palpitait encore.

Heureusement, son costume de Phileas Fogg avait beaucoup d'épaisseurs, donc il retira sa veste, puis son gilet, suivi de sa chemise fantaisiste en dessous, et enfin le tee-shirt imprégné de sueur qui lui collait au torse, ne gardant qu'une écharpe en soie de travers.

— Tu as l'air complètement débauché, le taquinai-je.

— Oh, monsieur le pirate, dit-il en se penchant pour m'embrasser, tout comme vous. Vous, Monsieur, vous avez l'air d'avoir subi les derniers outrages.

— Est-ce que c'est sexy ?

— Putain, oui, répondit-il en se servant du tee-shirt pour essuyer mes reins, l'intérieur de mes cuisses et enfin éponger puis frotter les éclaboussures de sperme au sol.

— Tu as tout étalé, le grondai-je.

— Bébé, ils nettoient tous les tapis ici après ce genre d'événement – tout cet endroit, d'accord ? Ne nous inquiétons pas d'une petite tache dans ce petit coin.

Je ris.

— Hé.

— Quoi ? demandai-je sans pouvoir m'arrêter pas de sourire.

Il s'éclaircit la gorge.

— Épouse-moi, d'accord ?

Et tout à coup, nous redevînmes sérieux.

— Tu es sûr ?

— Sûr.

— On ne peut pas se marier à Chicago, répondis-je en laissant courir mes doigts le long de la chaîne autour de sa gorge.

Il s'était avéré qu'Aaron avait besoin de cet ancrage plus que moi, surtout quand il devait partir en voyage d'affaires. Le collier qu'il m'avait retiré ce soir-là à Sedona ne l'avait jamais quitté et affichait toujours le D de Duncan. J'aurais dû être la seule personne à le voir, mais la chaîne avait été visible dans des photos qu'on avait prises de nous deux dans les sources chaudes de Landmannalaugar, en Islande.

— Nous aurons une union civile ici et irons nous marier à New York.

— Pardon, quoi ?

— Est-ce que tu m'écoutes ?

— Oui, désolé. J'admirais votre collier, monsieur Sutter.

Instantanément, son sourire lui revint.

— Alors, où est-ce qu'on va se marier ?

— À New York.

— Eh bien, c'est plutôt approprié, non ?

— Oui.

Je plongeai dans son regard et il soutint le mien.

— Alors d'accord.

Son visage s'illumina.

— C'est un oui ?

— Ça l'est.

Il s'avança vers moi et je le rejoignis à mi-chemin, l'embrassant et le serrant contre moi, essayant de nous rapprocher toujours plus.

Quand nous pûmes nous lever tous deux et nous rhabiller, nous rejoignîmes la foule, prîmes un verre et trouvâmes nos places à table avec Max et Astrid, et Prentiss. Aaron ne perdit pas de temps pour le leur dire et demanda à Max d'être son témoin.

Max acquiesça rapidement et se jeta sur Aaron ; Astrid, en le voyant, se couvrit la bouche d'une main. Je pouvais voir qu'elle essayait de toutes ses forces de ne pas pleurer. C'était agréable de voir les frères Sutter partager un moment si vulnérable. Je passai un bras autour de ses épaules et l'attirai contre moi. J'aimai la façon dont elle se blottit contre mon torse. J'avais à nouveau une famille et j'en étais très reconnaissant.

Après le dîner, pendant que les gens dansaient, Aaron posa ses longues jambes musclées sur mes genoux tandis que nous discutions. Ses joues étaient rouges et la cravate blanche à sa gorge contrastait joliment avec sa peau de bronze et ses cheveux dorés. Ses yeux étaient doux en me regardant, comme s'il était saoul.

— Tu as l'air bourré.

— Non, je me contente de te regarder, soupira-t-il. J'aime te regarder.

— Tu sais que toutes ces conneries de jeunes tourtereaux disparaîtront, non ?

— Non, je ne pense pas, dit-il pensivement. C'est permanent. Je suis amoureux.

— Moi aussi, répondis-je en massant ses mollets, me servant de la force que j'avais dans les mains pour pétrir ses muscles.

Il gémit doucement.

— C'est agréable ?

— Bon Dieu, oui.

— Peut-être que je ferais mieux de te ramener chez nous et de t'offrir un massage complet du corps.

— Est-ce que tu porteras les bottes ?

Je ne pus m'empêcher de sourire.

— Bien sûr.

— D'accord, je suis partant.

Et comme d'habitude, quand nous partîmes après avoir dit bonne nuit à Max et Astrid, et même Prentiss, il me tenait la main.

MARY CALMES vit à Lexington dans le Kentucky avec son mari et ses deux enfants et elle aime toutes les saisons sauf l'été. Elle est diplômée d'une licence en Littérature Anglaise de l'Université du Pacifique à Stockton en Californie. En raison du fait qu'il s'agisse de littérature anglaise et non de grammaire anglaise, ne lui demandez pas de vous montrer une proposition, cela n'arrivera jamais. Elle aime écrire et s'immerge dans le processus, elle croit sans aucun doute possible aux fins heureuses, et en écrit pour chacun de ses personnages.

Publié par DREAMSPINNER PRESS
www.dreamspinner-fr.com

MARY CALMES

QUESTION DE TEMPS

TOME 1

Tout vient à point...

Jory Keyes mène une vie normale comme assistant d'un architecte jusqu'à ce qu'il soit témoin d'un assassinat brutal. Bien qu'initialement sauvé par l'inspecteur de police Sam Kage, Jory refuse la détention préventive – il a une vie qu'il aime et à laquelle il ne renoncera pas, peu importe qui est après lui. Mais la vie de Jory est réellement en danger, surtout après qu'il accepte de témoigner à propos de ce qu'il a vu.

Alors qu'il jongle avec les tentatives de meurtre dont il est l'objet, des amis bien intentionnés qui veulent le voir heureux, un patron trop protecteur et un mystère qui se dévoile lentement et qui est beaucoup plus sinistre que ce qu'il aurait pu imaginer, le jeune homosexuel se retrouve impliqué avec Sam, l'inspecteur en conflit avec lui-même et dans le placard. Et si Jory a une chance de survivre au danger, il ne peut pas survivre à un cœur brisé.

www.dreamspinner-fr.com

MARY CALMES

QUESTION
TEMPS DE

TOME 2

Tout vient à point...

Trois ans plus tôt, Jory Harcourt change de nom et referme la porte d'un passé chargé de douleur dans le but de devenir plus fort. Il a une nouvelle carrière, une associée formidable, et une vie satisfaisante – mis à part le trou béant dans sa poitrine que lui laissé l'inspecteur Sam Kage lorsqu'il est parti en emportant son cœur.

Maintenant, Sam est de retour et il sait ce qu'il veut... et ce qu'il veut, c'est Jory. Jory, qui ne sait pas s'il peut survivre à une nouvelle rupture – ou à la perte de Sam durant l'une de ses missions dangereuses – résiste à retomber dans les bras du seul homme qu'il a jamais vraiment aimé. Mais lorsqu'un tueur en série avec un compte à régler prend Jory pour cible, il devra décider si l'amour vaut le danger alors qu'il tente de résoudre l'affaire et de protéger Sam.

www.dreamspinner-fr.com

À toute épreuve

MARY CALMES

Suite de Question de temps, tomes 1 et 2

Jory Harcourt n'a pas besoin de chercher des ennuis. Où qu'il aille, ceux-ci semblent le trouver, en particulier quand son partenaire, Sam Kage, travaille sous couverture pour une équipe d'intervention fédérale.

Après avoir été forcé à mettre la clef sous la porte par la récession, Jory est embauché comme entremetteur et organisateur d'événements. Ce n'est plus qu'une question de temps avant que sa grande bouche et son attitude trop franche le jettent entre les pattes d'un riche héritier et d'un magnat de la drogue, qui veulent tous les deux le conquérir. Puis, comme si cette situation n'était pas déjà assez délicate, Jory retrouve la trace de son amant sous couverture, aux ordres du trafiquant.

Entre les hommes qui ont envie de lui et ce qui veulent simplement sa mort, Chicago devient un peu trop dangereux pour Jory, et sur le conseil de son frère, de son petit ami et du FBI, il se rend à Hawaï… où un grave accident menace le restant de ses jours. Est-ce que Sam et Jory garderont la foi et prouveront que leur relation est vraiment à toute épreuve ?

www.dreamspinner-fr.com

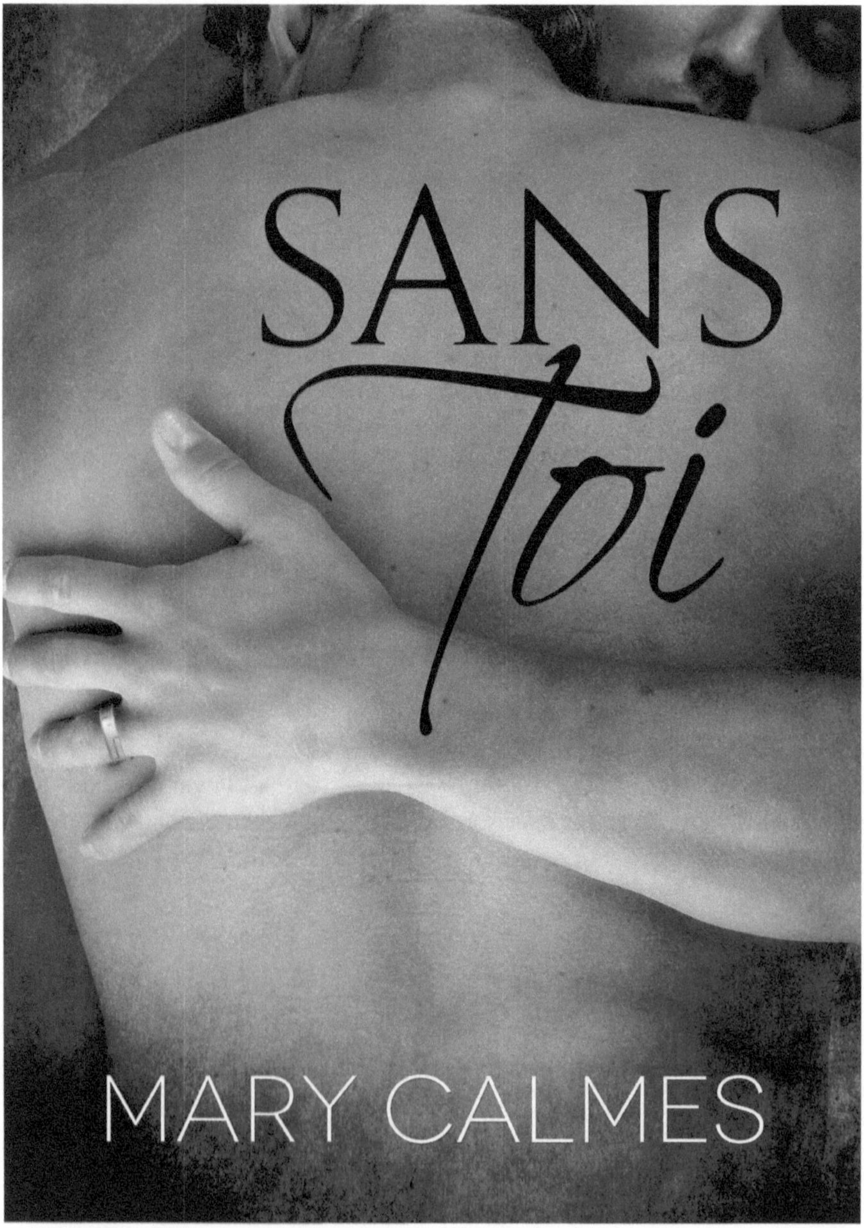
SANS
Toi
MARY CALMES

Suite de À toute épreuve

Jory Harcourt a enfin la vie dont il rêvait. Être marié à l'US Marshal Sam Kage l'a changé. Ils ont fait la paix avec leur passé tumultueux et Sam a transformé Jory : autrefois prêt à fuir à la moindre difficulté, il est désormais capable de rester pour affronter les tempêtes. Sam et lui ont deux enfants, une maison en banlieue et un minivan génial. L'époque où Jory était l'épicentre du désastre est révolue. La vie de famille est agréable.

Ce qui signifie que c'est exactement le bon moment pour un grand remaniement domestique. Mais l'ex de Sam réapparaît à l'endroit le plus inattendu. Un tueur escalade leur balcon lors d'une réunion de famille. Et peut-être que ces deux événements ont quelque chose à voir avec le témoin qui a disparu un an plus tôt. Leur joie conjugale vient d'en prendre un coup, mais Jory ne laissera personne lui retirer sa famille. Avant de savoir ce que c'est d'avoir un foyer, il aurait pris ses jambes à son cou. Mais plus maintenant. Il sait que Sam et lui doivent affronter les choses ensemble, parce que c'est la seule façon dont ils pourront s'en sortir.

www.dreamspinner-fr.com